萧统传

阮德胜 何志浩 著

（上）

时代出版传媒股份有限公司
安徽文艺出版社

图书在版编目（CIP）数据

萧统传 / 阮德胜，何志浩著. -- 合肥：安徽文艺
出版社，2025．1． -- ISBN 978-7-5396-8234-1

Ⅰ．Ⅰ247.5

中国国家版本馆 CIP 数据核字第 2024AU2564 号

萧统传
XIAOTONG ZHUAN

出 版 人：姚　巍

责任编辑：王婧婧　　宋潇婧　　　　封面设计：李　超

··

出版发行：安徽文艺出版社　　www.awpub.com

地　　址：合肥市翡翠路 1118 号　　邮政编码：230071

营 销 部：(0551)63533889

印　　制：永清县晔盛亚胶印有限公司　　(0316)6658662

··

开本：700×1000　1/16　印张：26　字数：280 千字

版次：2025 年 1 月第 1 版

印次：2025 年 1 月第 1 次印刷

定价：138.00 元

··

目录

楔子　西庙夕照

江南池县进入公元 555 年，城里城外的光景并没有契合"太平"的年号，该有的祥和已成了过往，该来的景致却迟迟未到。时令从皇历上才翻到秋分，夜霜便将草木打得枯黄，风也起了硬心，横扫着大地。

一对麻翅鸟儿被太阳误导而早起，待跳上城西的西庙顶时，体味到脚皮上的冰冷，昨夜的快乐荡然无存。秋浦河里的鱼老鸦逮到一条花鳜，像水鬼一样，引诱得老渔夫不慎跌入冰冷的河水里。远处有了打稻子的号子，是抢季节，还是抢生活？热腾腾的汗味冲得一头老牛连打了几个喷嚏，反刍的草味显出了寡淡。

南湖湿漉漉地兜着城南，撇过清冷的杏花村后，在不远的地方与秋浦河打个结，不紧不慢地汇入浩浩的长江。

有位老者，似乎不关心什么顺风顺水，他过的不是日子，是这个朝代。

1

他正沿着人们司空见惯的南湖而来，一步，一步。他蓬蒿般的头发仿佛仅在前朝梳洗过，很多处都不经意地打结成团；脸膛被灰白的胡须霸占得仅剩下一边一块铜钱大小的皮肉，黑红黑红的；长长的睫毛好似两把扫帚，守着浑浊的目光。他有些瘸，是左腿还是右脚？是胎生还是战乱的后遗症？一时无法确认。他有一双大手，年少时开始握剑，掌心生满了茧皮，可现在有谁去握他的手呢？他的茧皮长在人间冷暖之外。

大意的是池县人，就那么草率地认定他是个乞丐。

也难怪，他来的是个容易令人推想他为乞丐的日子。

这天是中秋，是池县祭庙的大日子，自然也是乞丐们乞讨的好日子。他这么破烂不堪地来，又少了剑，有的只是那坚定的脚步。在南梁朝歪歪倒倒的世景下，窄着身子过日子的百姓，谁又能去观察和体味他脚步的坚定呢？

他不知道什么是祭庙，他是来祭人的，他已经快二十年没有来过这里了。他依然沿着潮湿的南湖绕着城西，一步一步地走着……

刚过城西大桥，一乘官轿和一队随员便将他硬挤到一边。

"这是——"他不习惯这种霸道，两个字的疑问从胡须里扯了出来。

"什么这四，还那五呢！一边去，你个要饭的！"一位矮个子衙役厉声道，"要是误了大人的官祭，有你好果子吃！"

他听不明白，乖顺地立到一边，望着官轿气哼哼地离去。

他的心不在官轿身上，而在路上。"再往东，走上四百七十步……"他在心中念叨着。

一只老黄狗在路中间不识趣地骚情着一只小黑狗。他蹲下来捡了一粒石子，老黄狗吓得一溜烟跑了，小黑狗没有动，无辜地望着他。

路越走越宽，两棵大香樟还在，可以歇脚的凉亭还在，但路边比人深的芭茅草，以及那片竹林，都没有了。他的心在收紧，步子便快起来，这片丘陵似乎被人翻过。果然，路在不远处断了，一幢黛瓦白墙的建筑高高地立在那里，看那瓦当上的青苔，看那墙脚的黄迹，院落有些年头了。

"不会吧？"他似乎明白了什么，双手抓紧头发，"慧娘！我的妹，你在哪里？"他好像在哭。

他沿着墙根狂跑起来，很快便看清了院落的正门，大大的建筑像衙门一样坐北朝南，占有西门的风水，门头上金色的"西庙"二字在阳光下闪得他的双眼生疼。此时，县令已经祭祀完，正被人簇拥而出。

什么样的大官他没见过？何况区区一个县令。他从正门顺时针地围着西庙奔跑一圈。"妹啊，妹啊！"他跑着跑着，便清楚了此行的枉然。他再次来到西庙门前时，瘫倒在一根柱子下，远看像一堆破絮。

西庙很快热闹起来，一年一度的中秋祭庙渐入佳境——越是年份不好，祭祀越被人重视。各怀心思的人们，谁会在意一个哭泣的"乞丐"？

池县的中秋祭庙，分官祭和民祭。刚才县令来就是做官祭，念祭文、上檀香、三叩首都是程式。观者不多，显得清冷。

民祭也有程式，如风俗般种在前来者的心里。气派的是七里八乡的大姓宗族的傩戏班子，他们打着銮阵、抬着龙亭、戴着面具、敲着响器、放着火铳、挑着供品，浩浩荡荡地前来祭拜。

傩戏班子遵守着几十年来的程式，将内心的渴望化作祭拜仪式的神圣。他在哭，一直在哭。西庙里祭拜者的进出，以及西庙的热闹与清冷，他都不在意。一些傩戏班子在完成祭拜之后，随手扔下了米糕、糍粑、肉圆之类给他，他也不在意，他连乞丐还礼的基本职业道德都没有。他毕竟不是乞丐！

他在脑海里抠挖着往日的回忆，但他终究想起来，应该寻找一个可以问话的人。很快他觅到一位半边脸长着红痣的老者，他将面前的所有食物都送了过去。

"请问这西庙……"他一张口便以问话的方式。

"我不要，你快一天水米未进了。你不是要饭的？""红痣脸"推了推食物，老者是个明白人，可能也是唯一关注他的人。

"西庙建于大同元年，至今正好二十年。庙里不供佛、不供神，供的是当朝第一太子昭明。他出生于乱世，学道至真，性本淳朴，洁身自好，爱民如亲，身处宫闱，心系苍生，英年早逝，青史留名。池县为他的邑地，也是他的情归之地，百姓爱戴他，尊其为土主，初一、十五有小祭，中秋是大祭……"

"昭明太子……土主……呵呵，他是土主……"他向"红痣脸"道谢之后，又回到那根柱子下。他的追忆又多了一人：谥号"昭明"的太子萧统。

日头是什么时候偏西的，那位"红痣脸"以及其他人是什么时候散去的，他一概不知。他在储话，他是个不太会说话的人，他得将话一点一滴地储存起来，才能说上一阵子。

一轮圆月在城东的白沙湖上升起，银辉镀着这座小城。此时的他已将话储存得差不多了，他起身时，打了个趔趄，跌跌撞撞地进了西庙。

守庙人回家与妻儿团圆去了，摇曳的烛光多少减少了庙宇的清冷。一尊塑像端坐大堂中央，是那么伟岸！他努力地去寻找它的双眼，想与之对视，却不能，它太高大了，它在看整个南梁，以及之后的一朝又一朝。

"太子啊，殿下！"他扑通跪下，高声呼叫，"殿下可知，您的庙宇正是慧娘的坟地？这是天意，还是您的在天之灵的安排？您能托梦给我吗？

"殿下，您不幸之后，慧娘痛不欲生，苦苦地追您而去。她追到您了吗？她好吗？你们在一起生活了没有啊？

"殿下，在朝时，您没有好好地待慧娘，我不怪你。可我就这么一个妹子，她苦命啊。我大大走得早，姆姆也很快离开了我们。最惨的是我们小小年岁被坏人利用，险酿成大灾。是您的国仪胸怀拯救了我们，圣明啊太子！如今，您是池县的土主，百姓都在朝拜您。若慧娘找不到您，您得去找到她。慧娘只要能与您在一起，我便放心了。她虽然是个武士，但她胆子小，您得好好地保护她，她会听话的，她还会给您做您爱吃的野菜团子……

"殿下，您在看当下的南梁吗？我敢肯定它不是您想要的南梁。今天的热闹不是真的热闹啊，国号更迭、世风换移、民生不保，您看到了吗？您的在天之灵，不能不佑天下啊！"

"呜咕，呜咕……"一只无名鸟在叫着月夜。

他走了，哭干泪水，说完储了一天的话，走了。他一步一瘸地由西往东，往东……他知道面前的湖水很快将归流于长江吗？那里已无路，他能叫得醒夜渡吗？

西庙安然于时光里，成了池县一景，万年不落。

第一章 乱世知秋

一

南齐永元三年（公元 501 年）的八月，秋风似乎比往年来得早了许多，建康城中一派萧索。远处的山峦，因为部分色彩的骤变，仿佛是富人家随手丢弃的块块破布。

深宫之中，却是一派温润的景象。体态轻盈的潘贵妃赤脚在金箔铺就的地上翩翩起舞，看不出丝毫寒意。

两边是歌吹乐舞的伶人。正座的位置上，皇帝萧宝卷正搂着吴婕好乌头蜂似的细腰，一边喝着老酒，一边吃着几十种色香味俱全的点心。

如果不是此时宫门外一名斥候策马前来传送急报，真的难以想象这个帝国正处在战争之中。

"至尊！前方传来急报！"

宦官梅虫儿手里拿着急报，拖着宽大的鹤氅，一路踉跄着跑到皇帝的面前。

两边的伶人停止了吹奏。潘贵妃的脸上现出了不快的神色，很不情愿地回到座位上。梅虫儿匍匐在萧宝卷的面前，双手奉上急报，不敢多嘴。

另一名宦官茹发珍从萧宝卷的身边慢慢踱到梅虫儿的身边，叹息道："虫儿，战事何急？我朝有陈伯之、薛元嗣二位将军，至尊可无忧也。今正行乐，何奏急报？"

"哼！"皇帝依旧搂着吴婕好，看着梅虫儿滑稽的表现，不禁轻声一哼。

说着，茹发珍从梅虫儿的手里接过急报，慢慢打开，才看了几行，便被吓得两脚一软，几乎站立不住。

萧宝卷一把推开怀里的吴婕好，问道："何至于此？！"

"陈伯之……他……他……投敌了……"茹发珍瑟瑟地说道，生怕龙颜大怒，拿自己出气。

萧宝卷歇斯底里地喊道："地图！快，把地图给朕呈上来！"

茹发珍和梅虫儿赶紧起身吩咐门外待命的太监，潘贵妃和吴婕好识相地告退，那些伶人也都散去。

一阵匆忙之后，几名太监将偌大的地图展开。齐朝的大好河山一下呈现在萧宝卷的面前。

"襄阳……江州……"萧宝卷在地图上寻找着，指点着，他对形势多了解一分，心中的恐惧便增添三分。

"事急矣！贼臣萧宝融已坐拥整个湖广，攻下池县，沿江而下，便能……"梅虫儿话说了一半，便不敢再说。

"贼臣萧宝融，傀儡耳！身为我朝宗室，竟助外人！"萧宝卷示意他将地图收起，随后悻悻地走到正座的台阶上，长吁短叹。

"至尊英明！这一切都是乱臣萧衍在背后捣鬼，说什么起兵是为了'清君侧、立贤君'，其真心，何人不知？"茹发珍在一旁应和道。

"陈伯之都降了，那些文臣武将，哼……看来朕真的只能信任你们两个了。"这个年轻的皇帝眼角几乎要流出泪水，"你们说，还有办法吗？"

"办法，倒有一个。"梅虫儿低头说道，"至尊，可还记得萧懿？"

"萧懿？"茹发珍看了看满地的金箔，不怀好意地说道，"就是那个之前公然辱骂至尊的前任尚书、乱臣萧衍之兄？"

"至尊，萧衍说您是昏君，错杀忠良萧懿，如今叛军还未做好沿江而下的准备。您下一个罪己诏，给萧懿尚书平反，或许能让叛军内部有所分裂。"梅虫儿进言道。

"休得胡言！"萧宝卷大发雷霆，冲着梅虫儿一声怒吼，吓得梅虫儿低头不敢言语。

"萧衍拥兵自重并非一时，萧懿是他兄长，又屡次冲撞朕，他们兄弟二人的不臣之心，堪比汉之曹氏、魏之司马。"

说完，萧宝卷平复了情绪，低头，也看见了满地的金箔。

"朕，真的是个昏君吗?"他蹲下身去，抚摸着铺地的金箔，自言自语。

正是因为萧懿反对他滥用金箔铺地，才被他设计刺杀。准确地说，他并不想真的杀害萧懿，他已经事先放出风声，希望萧懿逃走投奔萧衍，坐实他们兄弟谋反之罪，再将其一网打尽。

"至尊年方弱冠，功业如此，怎么会是昏君?"茹发珍进言道，"不知梅虫儿这话是何居心，贼臣萧懿乃是被刺客暗杀，与至尊有何关联? 萧懿面斥圣上，有过在先，如何让至尊去下罪己诏? 难不成，你也早有通敌之意?"

"你?!"梅虫儿对着茹发珍怒目而视，"如今讨论的是破敌之策，你休要胡言乱语，若是有更好的计策，你大可现在陈述，让至尊定夺。"

茹发珍说："至尊，老奴的方法倒是简单易行。那萧衍为了自家兄弟报一己私仇，就敢冒天下之大不韪，起兵另立藩王为帝。兄弟尚且如此珍视，若是子嗣呢?"

萧宝卷一听，便觉有理，不住地点头。

茹发珍继续说道："只要我们能够劫持萧衍在襄阳的家眷，他还有什么心思进攻建康?! 至尊，您还记得丁令光吗?"

萧宝卷说："记得记得! 她是萧衍续弦的妻子，只是因为出身寒门，一直没有正室的名分。当初为了拉拢她，朝臣还建议我抬高她家的门第呢。"

"萧衍没有儿子，全是女儿。我听闻丁令光正有孕在身，若能取之，定能让萧衍方寸大乱，军心动荡。"茹发珍眨巴着小眼，生出几分得意。

"茹卿所言，甚是有理！"萧宝卷满眼放光，如同濒死之人看到当世神医一般。

"现在官军连江州都无法守住，如何分兵进攻襄阳？"梅虫儿这一发问，萧宝卷的脸上又仿佛扯过一片乌云。

"何必大动干戈？"茹发珍不怀好意地笑道，"只要派一个至尊信得过的人出宫去，找个刺客……大事可成。"

"好，就依茹卿所言。"萧宝卷伸了伸懒腰，站起来一跺脚，"出宫的人选，你们觉得谁比较合适？"

茹发珍看了看梅虫儿，又面向萧宝卷："此事……刺杀萧懿，梅君功不可没。此事他去，甚为妥当。"

闻听此言，梅虫儿满腔怒火，听萧宝卷连声称赞，也不敢面露难色，只好装出恭敬的样子："至尊圣明，老奴这就去办……"

二

江州的城门在关闭了五个月之后，终于缓缓地打开了，一股劲风如疾矢射了进来。萧衍骑在一匹枣红色大马上，他看了看天，又回望来路，眼前的这扇城门正是为他而开，他是胜者，他将要进驻并主宰这座城池。他的喉结在抖动，那不是饥渴。

经过长期的围困，城中开始出现饥荒，义军带来了许多粮食，足够接济这座坚守许久的城池。

陈伯之以降将的身份，一直跟在萧衍和其他将领的后面，并和他们一起进入了原本属于自己的宅邸。

现在，这里是萧衍的公堂。

"主公，陈某替全城百姓，道一声感谢。"在公堂门口，陈伯之向萧衍行礼道。

"我等兴兵讨逆，本就是为了吊民伐罪，何谈谢字？"萧衍答道，"陈将军不必拘谨。我言而有信，你依旧是江州刺史，大可随我等一并进来。"

陈伯之和诸多将领一同进入宅邸。在陈伯之的带领下，他们到了正堂。

几名训练有素的士兵将这里按照萧衍的习惯进行布置，墙上的地图和旗帜也被很快撤换。

虽然同样是象征天子的三辰旗，颜色、质地并无二致，但是原先那一面毕竟代表着建康城中的那个昏君萧宝卷；现在的这面，则象征着萧衍拥立的新君萧宝融。

不过，在座的心里都明白，现在端坐在堂中正座上的主公，才是未来真正的皇帝。

萧衍说："此番克复江州，兵不血刃。下一步，我等需攻取池县。"

里面的士兵还在忙活着，门口的警卫已经准备就绪。

"主公，陈某新降，诸事不明，还望赐教。如今接济城中百姓的，皆为军粮。"陈伯之一脸诚挚地说，"既然要立即进攻池县，此举是否有些草率……"

萧衍喝了口茶水："陈卿多虑，我并没打算一鼓作气攻取池县。你我在江州一带相持数月，两军都甚为疲顿。池县乃江东门户，长江锁钥，所以，我准备在江州稍作休整，正好也等休文从襄阳运送些给养过来。"

休文是沈约的字，他是萧衍的文友，此时正是萧统的军师，为萧统镇守后方。

大家听闻，皆点头称是。

"另外，萧宝融……"此话一出，萧衍立即改口，"皇上派遣的勤王军也快到了。"

尽管萧宝融是他的傀儡，但是在人前，还是要叫他一声"皇上"，以示恭敬。好在，在场的所有人都没有觉得刚才那句犯了皇帝名讳的话有何不妥。反倒是萧衍的改口，让大家会心一笑。

"韦睿将军已经深入豫章等地扫荡残军。之前张弘策和庾域劝我屯兵夏口，你们都怕军队疲顿，表示同意。然而，那时候局势未定，应该一鼓作气，不然久必生变。现在局势好转，我军胜券在握，可以暂时休整，安抚百姓。但是，防务不能松懈。"

说完这些，萧衍又安排了一些事项，便让众人散了，各部将领也都回到自己的衙署处理各自的事务。这是起兵以来难得的闲暇时光，他也有些时日未能安眠，但是他并没有困意。

"庆之，庆之。"

随着几声召唤，一名清瘦的青年匆匆走了过来，很难想象他这样的身板，怎么会成为萧衍的护卫。他姓陈，名庆之，乍一听似乎与降将"陈伯之"有兄弟之亲，其实毫不相干。

"好些日子没有和你对弈，手有些痒了。"萧衍转身对护卫说道，"把棋盘取来。"

说完，萧衍示意陈庆之在他对面的胡床落座。

陈庆之并没有立即照做，而是鞠躬欠身道："主公连日操劳，难得闲暇，还是休息休息吧？"

萧衍摆摆手："现在天尚未暗，休息只会让人徒生惰性，倒不如下下棋，还能练练心智。"

护卫已经将棋盘和棋子端来，摆在萧衍面前的案几上。陈庆之趋步坐下，摆好了起势的四枚棋子，让萧衍先行。

萧衍虽是个爱好琴棋书画、诗文曲赋的雅士，但是这段日子毕竟劳顿，杀到中盘，明显力不从心，甚至有些困意。

"主公近来殚精竭虑，操劳国事，对棋艺似乎有些生疏了。"陈庆之落下一子，又阻了萧衍一块残局的做活。

"是啊，与陈伯之、薛元嗣相持日久，有些日子没和你对弈了。"萧衍说完，才发现局中一眼被占，无论如何，那局中一角都是死棋。

"罢了，还是你技高一筹啊。"萧衍实在困顿，加上棋局难以回天，弃子认输。

陈庆之上去扶萧衍起来，几名护卫收去棋盘、棋子。

"这些小技算不得什么，比不上主公谋天下的大棋。"

"刚才一局，我只顾与你中盘搏杀，全然忘了后方……"

话说到此，萧衍突然心头一震，眉头紧蹙，不再言语。

"主公怎么了？"陈庆之退立，拱手俯身问道。

"没什么，只是有些想念妻室了。你也去休息吧，叫一名传令的斥候过来。"

说完，萧衍踱到书房之中。

陈庆之出去叫来一名斥候，萧衍已经封好了一封书信，交与斥候。

"传回襄阳萧府，交与夫人。"

"诺！"

三

襄阳城内，屯兵寥寥，军营之中的萧府显得有些冷清。附近只有少量的官兵驻扎，但是因为还有官军眷属往来，所以也不至于显得太过萧瑟。

15

萧衍虽然是武职出身，但也是当时数一数二的文人雅士，号称文坛大宗，乃"竟陵八友"之一。因此府苑门第威仪肃穆，不怒自威。府内安静素雅，尤其是后面的几处院落，虽然没有太多华饰，但别有洞天，颇有些巧夺天工的精妙之处。

"我听说前方目前战事好转，休文军师正要向江州一带输送粮草。现在已经是八月，今年天气冷得有些快，我打算带动军营女眷、婢女为前方做些寒衣，也让休文军师一并送往前线。"

内院之中，丁令光正在给府中的仆役们安排任务。

"我刚刚让账房先生查了下府中的库房，棉麻织物还有不少，如今事态非常，我们把这些棉麻都捐出来，让大家去做寒衣。府中还有些绸缎，可以拿去换些棉麻。我粗略算了下，做成几百件寒衣，还是够的。"

大家虽然在听话的时候频频点头，心中却有些不满。这些库存要是都给了前线，府中的日子便不好过了。正在商讨之时，门外传来一阵马蹄声。

丁令光猜到，这一定是萧衍的家书到了。她赶紧挺着已经鼓起的肚子，在侍女的搀扶下起身，脸上堆着春风般的笑容，慢慢踱到前院。

一名男仆已经领着一名军人装束的人在前院堂屋候着，那人手里拿着一封来自前方江州的书信。

"夫人，将军有书信寄来。"侍女从男仆手上接过信札，递到丁令光的手上。

16

"帮我准备笔墨纸砚，我要给将军回书。"闻言，两名侍女退下准备。

丁令光毕竟有孕在身，不便站着，在侍女的搀扶下，坐到蒲团上，倚在案几上，打开信札。

"咦，这书信怎么有股雌黄的气味？"丁令光将信暂时放下，仔细看了看送信的斥候。

"哦，"斥候躬身行礼道，"前方事务繁多，主公忙里偷闲写的书信，估计匆忙之中有了错字，遂用雌黄涂改了。"

丁令光一边拆出信纸，一边说道："夫君为文，向来倚马可待，文不加点，怎么……"

看到信上文字，她更生疑云："奇怪，看这字迹、落款、印章，确是夫君亲笔，可是这几处雌黄涂改的痕迹，却又……"

她自言自语，几乎忘了仔细看信上内容。

"夫人还是不要拘于细节，看看信上有何吩咐再说。"在仆役的提醒下，丁令光才放下疑窦，仔细阅读起来。

许久，丁令光拧着眉心将书信放下。此时，侍女已经将笔墨端到案几之上，正要磨墨，却被丁令光叫住。

"主公在信上说了些什么？"管家的老奴不禁问道。

"夫君说，怕我一人在襄阳孤苦，又有身孕，所以让我沿水路前往江州，好留在他身边，等将来生产，他也好快些看到子嗣。"丁令光一边说着，一边将书信收回囊中，越发仔细地端详眼前的斥候。

17

"你在军中任何职？"丁令光问道。

"在下是专职传令的斥候，这是在下的令牌。"说完，他摘下令牌，交与侍女，侍女呈给丁令光。

丁令光仔细端详令牌，随后交还给那名斥候。

"你是主公的亲兵，那么家眷可在此地？"

"我本是韦睿将军麾下斥候，韦睿将军去豫章郡追剿残军，我调配于主公帐下，所以家眷在夏口，不在此地。"

"你既是传令的斥候，想必常伴主公左右？"

"诚然如夫人所言。"

"主公在军中，平日闲暇干些什么？"

"与护卫陈庆之对弈。"

"主公上阵，穿的什么铠？"

"胸腹着的是铁扎两裆铠，臂甲是熟铁的锁子甲，甲裙是黑铁的鱼鳞甲。"

"主公戴的什么盔？"

"铁扎叶子盔，顶上本该插着雉尾，主公信佛，不好杀生，所以只饰着红缨。"

接连几个问题，斥候都对答如流，丁令光逐渐打消了怀疑。

听说丁令光要离开府邸，一些侍女有些伤感，而有些侍女却暗暗欣喜：夫人一走，一起做寒衣的事便会作废，少了辛劳。衣料省下，府中的日子将会好过许多。

"令牌、口令，老奴早已核对过，夫人大可放心。"管家的老奴说道，"既然是主公的意思，夫人还是尽早上路吧，老奴去安排车马。"

"慢着。"丁令光眉头微蹙，叹息一声说道，"我还是写一封回信，不去江州了吧。"

这话一出，立即在奴仆之间掀起波澜。

"夫人年纪还轻，府中事宜，交由老奴掌管，大可放心离去。"

"主公的意思，夫人还是不要悖逆了。"

"夫人虽然年方二八，但也是府邸的女主人，又有身孕，江州那么远……"

"用大船，沿水路，路上安稳着呢。"

……

丁令光一时拿不定主意，大家你一言我一语，更是让她头疼。但是转念一想，自己数月未能见到萧衍，也实在有些思念。何况这是萧衍亲笔，若是不答应，终归让他徒添心思。

"莫起争执。"丁令光说道，"你们几个与我一起。我走后，寒衣的事，交由董氏负责，切莫倦怠。"

丁令光领着侍女，去收拾行李。老奴董氏则通知驻守襄阳的沈约，准备车马船舶。

四

丁令光带着贴身侍女收拾行李的一个多时辰里，消息已经飞了出去。那些准备为丁令光送行的军中家眷，已经在萧府的门前排成了长队。

萧府的大门"吱呀"一声缓缓打开，丫鬟搀着丁令光走了出来。

"夫人!"

"夫人!"

……

门外聚集的人群，发出一声声呼喊。

丁令光伫立原地，面对深情的呼喊，她心如明镜，这仅仅是对她的不舍吗？

他们，都是阵亡将士的妻儿、父母。之前，丁令光对他们的生活一直都有周济，现在即将离开此地，她已对他们日后的生活做了安排。

"闾里乡亲，你们不必担心，就算我去了江州，府中每旬日廪稍之供，断不会少。"丁令光挺着大肚子走到人群中，"主公将成大业，素行仁义，诸位之夫、之子，其忠勇，我萧氏没齿不忘。"

一位老妇拄着拐杖，慢慢踱到丁令光的面前："夫人哪，您的身子这么重还要为我们操劳，对不住呀！您放心地走吧，我们只是来送您而已。萧府对我们的周济如此之久、如此之多，恩情永生不忘。"说完，老妇的手已经和丁令光那双纤细白皙的手紧握在了一起，老人看她如同看着自己的女儿、媳妇一般。

丁令光认识老妇，她的两个儿子分别于前年和去年战死在疆场。

跟在丁令光后面的那名斥候，看到这些家眷的依依不舍和动情容颜，似乎受到感染，脸上露出了复杂的神色，但是很快又恢复了平静。

"夫人！"斥候上前提醒，"想必船已经泊在江边，时辰不早了，我们还是早些上路吧！"

老妇轻轻地拍了拍丁令光的手，并将她牵到马车前。侍女们将行李放上了马车，马车的前面，是一乘竹制肩舆，还有两名轿夫。

没想到，丁令光看到轿夫，便找人叫来了董氏。

"夫人，您有孕在身，不便车马颠簸，乘坐肩舆要稳当许多。"董氏跑过来，对丁令光说道。

"从府邸到江边，路途并不算遥远，我们步行便可，一路还能看到景观。"丁令光说，"肩舆这种东西，不异于以人代畜，将军一向崇仁推义，让他们回去吧，工钱不能少付。"

董氏深知丁令光的脾气，不好再坚持，于是打发了那两名轿夫。

21

车马开动，丁令光和贴身侍女一起跟在运送行李的马车后面步行，那名传令的斥候则带着一行侍卫护行在四周，这样的排场，实在不像是堂堂封疆大吏、一方冢宰的夫人。

丁令光一路应答着乡亲和路人的祝福，本不长的路，却走了许久，汗水已经洇透了内衣。来到江边，一阵风过，她不免打了个喷嚏。侍女们慌忙将她搀扶到沈约准备好的船只上。

这是一艘体型不大，近观才知是精工细作的楼船，处处做得体贴入微，尤其是丁令光居住的头层船舱，前后通风，左右照光，简约的雕窗将一处处景致框定得美妙绝伦。更让丁令光满意的是，整条船不落一尘，她内心不禁夸赞沈约行事的能力。

船在送行乡亲的热泪中离岸，丁令光着实为担心身子，没有出舱与乡亲告别而内疚。十几名侍卫和那名传令斥候站立于船舷四周。待她擦完身子，换下汗衣，再眺窗外，船已沿着汉江顺流而下。清流翻卷着浪花，鱼儿在远处跳动，青山在身旁追随。她双手扶着重重的孕腹，对萧衍的思念日甚一日。

船进入荆门地界的时候，天色已暗。斥候禀报丁令光后，令船停泊在一处僻静的小码头上。

岸上没有人烟，离岸数十步便是浓密的灌木和树林，只有一条踩踏出的林中小道，不知通往何处。丁令光没有多心，反倒觉得这种安排不惊扰乡民，正合她意。

侍卫们在船上船下都布了哨位，不敢有丝毫放松。水手和侍女们在岸上就着简易的工具搭起锅灶，准备做些清粥。

斥候见护卫森严，便和大家说道："现在天色渐晚，我们点上灯火，便在明处，要是夜里遇上歹人，就算咱们武艺精进，怕也难防偷袭。"

听了这话，侍卫首领觉得有理："不愧为久经战阵之斥候，言之有理。"

斥候拿起一把环首横刀，别在自己腰间，又将自己腰间一尺长的障刀拔出："我去四周打探一番，去去就来。"

说完，他一边劈砍着林间小道上的荆棘，一边走向密林深处。

斥候步行了许久，天幕全黑，山路也越发不像路。就在他认为已迷路差点放弃再寻捷径时，"布谷——布谷——"的声音传来。

时值秋季，哪来的布谷鸟？斥候却听懂了，他将障刀收起，拔出了腰间的横刀，顺着声音走去，没想到才步行数十步，便豁然开朗，眼前空旷处，一座别致的木屋立在那里。木屋内，燃着灯火，那声音，便是由屋内传出。

木屋的门打开了，一个人影伫立在门口，看着他，问道："怎么只有你一个人？"

斥候收起横刀，低头不语。

"难不成书信被看穿了？"斥候还没有回答，那人便自己否定了这种可能，"不可能，若是这样，沈约不会轻易放你出来。就算你武功再好，也敌不过百十来个包围你的甲士。"

"之前萧衍的形容相貌等，我记得滚瓜烂熟。她问我诸多问题我都对答如流。她若不信，如何上船？"斥候干哑着喉咙说，"我没有动手。"

人影慢慢从屋内走出，目光盯在斥候的脸上，来人正是奉命出宫寻找刺客的梅虫儿！

五

"你不要有太多顾忌，这事成了，你可是我齐朝中兴之臣。"梅虫儿压着怒火，细着声音对斥候说道。

"为了我的妻儿，我绝不会有二心。"斥候低着头。

"你明白就好。那你现在是何想法？"

"我觉得此时不宜动手，她……现在怀有身孕，纵然我能迅速解决那十二个侍卫、八个水手，如果丁夫人受惊流产，对我们而言，岂不是没了利用价值？"

"哈哈哈……"梅虫儿不禁笑了，拍了拍斥候的肩膀，"你只管劫持她就是，只要她没有留下尸体，她是活是死，是流产还是顺产，还不都是凭我们一张嘴吗？"

斥候眉头不禁皱了起来："没想到庙堂之上的心狠手辣远甚于江湖。"

"所以你们在江湖，我们在庙堂。"

"我觉得，如果……如果……如果拖延航程，等夫人生了孩子，我们再动手是否更好？萧衍没有儿子，如果她生的是个长子……"

"拖延？"梅虫儿打断了他的话，"朝廷还有多少时间够我们拖延？萧衍在江州最多休整一个月，到时大军东进，你如何自处？"

说话间，梅虫儿觉得秋夜有些寒冷，于是踱回屋内："那……那……那你也先别动手了，我另有计策。有你作为内应，自然万无一失。快回去吧，别让他们起了疑心。"

木屋的门被关上，斥候借着之前劈砍荆棘灌木的痕迹，碎步走在林中小道上。

他想起了丁令光走时，那些相送百姓的泪光，想到了那名老妇慈祥的眼神，想到了丁令光因为不忍轿夫受苦，不愿意乘坐肩舆宁愿步行……

"朝廷征召我劫持丁氏，说是乱臣萧衍的妻室。这'乱臣'，怎么倒比这些朝堂上的'忠臣'更受人敬仰？"他一边自言自语，一边任思绪蔓延。

他想到了自己的妻儿，心中不免一惊，随后又是一阵心疼，连连叹息。

因为他们的到来，小码头这块静寂有了温暖。斥候报了平安，水手随即端上来一碗已经有些凉了的清粥。

"夫人吃过了吗？"斥候端着粥问道。

"丫鬟已经送去，应是享用过了。您快吃吧。"水手一边收拾着简易的锅灶，一边说道。

"夫人也和我们一样就吃这清粥？"斥候喝了一口粥，不禁问道。

"怎么会？"

水手的这句应答，让斥候少了几分心理负担。若是丁令光和他们同甘苦，他更是不忍心下手了。

"夫人有孕在身，她的粥里搁了个鸡蛋。"

听到这话，斥候心里又是"咯噔"一下。他草草吃完了粥，查看哨位。夜每深一层便冷一层，他没有睡意。

这一夜好长好长。

天蒙蒙亮，太阳还未升起，但是看得清两岸和河水的界线。隐约看得清北极星的时候，一船的人吃过早饭，继续前行。

阳光铺满江面，仿佛镀了一层金。丁令光让侍女挽她走出船舱晒晒太阳。小东西在肚子里闹得很起劲，加上对萧衍的思念渐甚，昨晚她睡得并不好。

斥候立于船头，双眼如箭般扫视着江面，他见到丁令光，便向她行礼："夫人万安。"

"不必拘礼。"侍女端来一张胡床，扶着丁令光坐下。江风中和着阳光，好比春至。斥候站立于东南方向，挡了丁令光的半边日光。侍女示意斥候挪挪位置，被丁令光叫住，随后她往左边挪了挪身子。

"萧将军最重军纪，要是知道你擅自挪动岗位，可得怪罪你。"

斥候憨厚地笑了，虽然丁令光的年纪比他小不少，但是他总觉得这个女人仿佛长辈一样。

她能母仪天下吗？

"将军前阵子一定很忙吧，在江州一带和陈伯之等人反复拉锯，我都替他揪心呢。"丁令光与斥候拉起家常，"你走的时候，将军身体可好？"

"将军俭朴，饭食不太讲究，近来有些清瘦，别的都还好。"斥候身不动，眼不走，心却在应付着丁令光。

"你之前说，你的家眷在夏口。"

"是的。"斥候眼光有些犹疑，始终盯着前方。

"你有子嗣了吗？"

斥候听到此问，眼光骤然放松，嘴角逐渐上扬，幸福洋溢在脸上："有个两岁的儿子，取名明奴。现在妻子又有了身孕，还不知是男孩还是女孩。"

"是个女孩好，一对儿女，双全。名字想了吗？"

斥候摇了摇头："我也希望是个女孩，不过我没读过什么书，名字没有想好。"

"若真的是个女孩，那就取名……"丁令光思索道，"慧娘吧，眼慧为明，心明为慧，明奴，慧娘，一听就是兄妹。"

"慧娘……"斥候念叨两声，行了个礼，"多谢夫人赐名。"

阳光虽好，但随着船速的加快，江风依然有些凉意。侍女不敢让丁令光在甲板上多待，扶着她回到船舱之中。

此时的襄阳，因为一个人的到来而惴惴不安。

萧府的老奴拿着一封江州来的家书，交给驻守襄阳的军师沈约。

沈约还没有拆开信瓤，便紧急将传信的士兵召唤过来。

沈约急忙问道："你把之前你和萧府老奴所言，再说一遍。"

"主公几日前在江州给夫人送了一封家书，可是没见回信，那斥候也没有复命。主公疑心是斥候出了意外，遂又写了一封让我带来。"

"你先不要回去复命，暂在我府邸住下，不要声张。"沈约吩咐道，"老奴，萧府那边你通知董氏，萧府也务必守口如瓶。"

"沈先生，现在夫人……生死不明，我们该……"老奴说着，已经急得满眼红丝，声音哽咽。

"放心，我有十足的把握夫人还是安全的。夫人的船宽而稳，速度慢。来人！"沈约叫来左右的亲信。

"我们不能打草惊蛇，你们去汉江边悄悄准备几艘快桨渔船和竹筏，越快越好。我们扮成渔夫，去追丁夫人。夫人船上的那个斥候，定是刺客。"

"诺。"声音洪亮，惊得房檐上的老猫掉了下来。

萧府的心跳，襄阳不知。整个城池的人依然在日落月出之间生活着。

六

江上起雾了。雾起得让人吃惊，侍女在拉左边船帘时，水上才一片雾，等过来拉右边时，几乎看不到江水了。

"快，点灯！"水手大声地叫喊，带着颤音。

斥候也厉声和了一句，此时他伫立在船头，眉头和心脏同时在发紧，手自然地抓牢了剑柄。

雾还在上升。

突然，侧前方的芦苇荡中漂来几盏灯笼。斥候看得真切，灯笼是六七艘快桨的竹筏和渔船上的。每艘上都有三四个渔民。

渔船越来越近，他们似乎都长了千里眼，直奔丁令光的乘船而来。

侍卫首领奔跑到船头，责问斥候道："前方有数艘快船前来，为何不发警报？全体侍卫注意了，准备好长槊和弓箭！"

一声令下，十来名侍卫沿着船舷站了一圈，手持两丈多长的长槊，对着水面进行防御。舱内的侍卫和水手，已经箭搭弦上。

"官家，我们只是卖鱼的。"那些快船一边快速靠近，一边大喊来意。

江面上的动静惊动了丁令光，侍卫首领示意丁令光不要出来，以免受到伤害。她只好在舱门处守着，观察着事态变化。

"一定要注意，如果真是百姓，不要伤到他们。"丁令光嘱咐道。

侍卫们点了点头。

"官爷，买鱼吗？看你们这么大船，一定是大官家的，买几条鲜鱼尝尝吧！"

船靠近了，斥候看到船上确实装着满满的鱼。

"这鱼可新鲜了……"

"我们不需要，你们还是离开吧。"

侍卫首领也从舱内发话："我等有军务在身，尔等若不知进退，休怪军法无情！"

渔船穿行在浓浓的雾里，隐约可见，它们并没有离开，而是绕着大船打转。

"不好！"当一艘渔船靠近时，借着灭灯时的余光，敏锐的斥候发现了端倪，那渔船的渔筐里，闪过一道寒光。

斥候身手矫捷地夺过一名侍卫的长桨，往那渔船上一挑，一把明晃晃的长剑从鱼堆之中跳了出来。

"刺客……"斥候倒吸一口冷气。

侍卫首领的命令还未来得及下达，这些刺客便从身后的乌篷之中取出手弩，将一半的侍卫射杀。

斥候丢下长桨，一个翻身躲过了弩箭。

那些刺客射完一轮便没有再装箭，而是纷纷从鱼堆之中取出长剑长刀，一人稳住倒下侍卫的长槊，两人就顺着长槊攀爬上了大船。

侍卫和水手射箭还击，但是对方毕竟人多，已经有十来个刺客跳上船来。侍卫和水手只好拔刀与他们对战。

斥候立在船头，迟迟不愿出手。局势越来越危急，丁令光和侍女退到船舱的内室，并将舱门紧闭。刺客已经尽数上船，侍卫、水手和那些刺客在甲板上拼杀，不断有人跌入江中。

斥候的手似要捏碎剑柄，他茫然地看着眼前发生的一切，看着船板上四处流淌的血水。

"鲍二！"一名刺客喊道，"鲍二呢？"

鲍二是谁？他就是船上的那个斥候。

"啊！"鲍二一声狂吼。他看到，那些正在流淌的血，除流入滔滔的江水，还有很多正在找船缝躲藏。正有一股猩红往丁令光的船舱奔去……

他看到，几名刺客已经在冲撞舱门。

他拔出了腰间的长刀，几道寒光闪过，两名正要撞舱的刺客应声倒地。

这时，最后一名侍卫，也就是那个侍卫首领，已经倒下，他看到斥候守在舱门口，竟然是含笑而终。

"不愧是斥候出身……"

鲍二也对他一笑，待他瞑目，他才对那些刺客说道："我，就是你们的内应，鲍二。"

31

丁令光的侍女们在舱内听了这话，开始哭泣。

"没事，那个鲍二看样子不像个歹人！"丁令光在安抚她们。

这话，透过舱门传到了外面。

"请丁夫人放心。"鲍二握紧了手中的刀，"我在船在！"

"反了！你个鲍二！"一名刺客大怒。

"我现在已经是反贼……不，江州义军的一分子！"

"哼。"一名刺客不屑地笑道，"你的刀术，我们确实比不过，可是你的刀再快，也快不过我手中的弩。"

丁令光在舱中，果然听到一阵箭矢的破空之声。随后，她们在舱内听得真切，几声哀号，似乎有人应声倒地。

那些侍女近乎绝望，有些已经拿起剪刀等器械，做好了自尽的准备。

这时，外面再度发生打斗。

"夫人，夫人受惊了！沈某来迟了，罪该万死！"紧张的呼喊声破窗而入。

"是休文军师！休文军师带人来了！"丁令光令侍女打开船舱的窗户，探头往后一看。

刚才那一箭是沈约所发，正中那名持弩的刺客。

很快，打斗声被江水奔涌的声音淹没。没过多久，外面一片安静。

一个胆大的侍女走出舱门，只见鲍二正拿衣物擦拭着地上的血迹，他不想让丁令光看到猩红。

听到舱门打开，鲍二跪倒在地，赔罪道："夫人，其实我是……"

丁令光扶着舱门："你的家眷，真的在夏口？"

鲍二点了点头。

丁令光问："刺客有活下来的吗？"

鲍二冷冷一笑："除了我，没了。"

"你没能完成使命，齐朝廷不会放过你的家眷。"丁令光坐到侍女拿过来的椅子上，"好在没有留下活口。你现在乘快船沿江而下，安排你家眷逃离还来得及。"

听到丁令光所言，鲍二一惊，之后长叹道："可是，往哪里逃……"

"带着你的妻儿往建康去。等你们到了江州地界，义军估计已直捣建康了。忘掉今天，跟着义军吧。"丁令光说，"快走吧，待休文军师上了船，你百口难辩。"

鲍二长跪，拱手谢恩。随后，跳上一艘刺客的渔船，将船上的东西全部倒入河中，划着快桨离开。

顺水而下的船只，什么时候钻出大雾，大家全然不知，若不是回望水面上几件残械，谁相信刚才这里的一场腥风血雨？丁令光望着远方的江水，出神了。

七

丁令光在船上，看了沈约带来的真正的家书，信上一字未提令她前往的事。

"回襄阳！"丁令光果断地说。

船一路溯汉江而上，不多日，一行人悄悄地回到襄阳府邸。

鲍二更是连夜赶到夏口，不敢歇息，不顾饥渴，三日后，终于在一个僻静的村落，找到了自己的妻儿。

他一进门，没有向妻子嘘寒问暖，只顾着帮妻子收拾行囊。

"怎么，要搬走？"妻子的肚子已经显怀了，她露出为难的神色，"我有身孕，明奴也还小。为何如此急切？"

"事态紧急，先走为上！我们去江州，然后去建康！"鲍二的妻子看清了丈夫的脸面，被那一脸的憔悴和疲惫惊呆。

鲍二紧张地收拾了妻儿必要的行李，刚将包袱背上身，就发现前院人影憧憧。

朝廷的杀手，已经来了。

"你们快走！"鲍二把妻儿带到后门，"我随后就到！"

说完，鲍二拔出腰间的长刀。

"阿爸！"明奴的呼唤让他暂时停下了脚步，这是明奴第一次叫他。他回头看了看妻子的肚子，想起了丁令光的话。

"若是女孩，就取名慧娘吧。"

　　他的妻子已经流下热泪，点了点头，随后牵着明奴的手，沿着小路进入林中。丈夫是江湖中人，个中规矩，她自然也明白些许。

　　前面的篱笆院内，几声金属铿锵声响过。

　　鲍二纵然是有名的剑客，也难敌这几日的疲惫和饥饿，更何况朝廷派来的几名杀手，也非等闲之辈。

　　夜，一如既往地安静，丁令光早早地睡下。连日奔波，她也需要好好休息了。

　　突然，一阵轻风吹在丁令光的脸上，温凉怡人。

　　她睁开了疲惫的眼睛，只见原本关上的窗户竟然洞开，皎洁的月光透过窗户，射入屋内。

　　顺着月光向外看去，一个小点正慢慢变大，慢慢清晰。原来，这是一位老人从天而降，最后从窗户里进来，悬浮在丁令光的屋内。

　　"你是谁?"丁令光从床上坐起，问道。

　　老人没有多说，只是从怀中掏出一支五色毫毛的玉笔："这支笔，是我当年托梦交给江淹的。适才我在他的梦里，将这支笔取出，从今往后，江郎才尽，天下文坛，全靠你腹内的胎儿了。"

　　说完，那支笔也飘在空中，贴在丁令光的肚子上，随后一股暖意渗透进她的肚子。那支笔，不见了。

老人带着笑意离开，那道光也不见了。

丁令光的肚子有了反应，她再一次睁开眼睛，原来，只是一个梦。

但是肚子的反应真真切切……

在江州浔阳，萧衍已经做好了全面进攻建康的准备。

萧宝融的一道圣旨，传到萧衍的中军府——

　　诏：萧衍若定京邑，得以便宜从事。

虽说这也只是萧衍自己的安排，但是府内的将士们听说这道圣旨，士气大涨。

萧衍谢恩领旨之后，看着堂中的地图，开始点兵遣将，做最后决战的部署。

"郑绍叔。"

"有！"

"你做我的萧何、寇恂，留守浔阳，负责东进大军的给养。如果前线失利，我难辞其咎，但是如果后方供给有问题，我拿你是问！"

"诺！"

"陈伯之！吕僧珍！"

"有！"

"你们与我率兵东进，直捣建康。"

"诺!"

"韦睿!"

"有!"

"你和张弘策一起，渡江北上，在江淮组建防御，防止北魏乘虚南下。"

"诺!"

……

"主公！主公！襄阳急报!"正在部署间，传令兵匆忙闯入，让萧衍心头一惊。

所有的将士也都紧张起来，在这个节骨眼儿上，襄阳为何还有急报？所有人的心都悬着。

萧衍摆摆手："怎么了？别急，细细说来!"

看到萧衍一脸严肃，传令兵竟然笑了。

大家莫名其妙，传令兵将沈约传来的木牍交与萧衍，萧衍抻开后也不禁大笑。

"如何了?"

萧衍得意扬扬，将手中的木牍高高举起："丁夫人为我生了一个儿子，为我生了长子!"

"祥瑞征兆啊!"

"此战必胜!"

将领们议论纷纷，全军斗志昂扬。

很快，萧衍大军接连攻克池县、芜湖。

宫中，弥漫着一股颓败的气息，久未处理政事的萧宝卷终于召见一班大臣，宦官忙不迭地宣读着各类任命的圣旨。

"诏，李居士为江州刺史。"

"诏，冠军将军王珍国为雍州刺史。"

"诏，建安王萧宝夤为荆州刺史。"

……

"等等。"茹发珍念完这一段，萧宝卷示意他停下。

萧宝夤接过印玺，没有像别的大臣一样匆忙离开，立即去那些临时招募的军队中任职。

萧宝卷慢慢走到他身边，轻声说道："你是朕的弟弟，不用像别人一样去军中，一旦有变，走为上。"

萧宝夤点头称是，拿了印玺下去。

"继续念吧。"

"诏，辅国将军申胄监郢州。"

……

这种频繁的任命，并没有带来什么变化。第二天，前线的消息不是当涂告急，便是申胄将军带着两万精锐不战而逃。

很快，萧衍进抵建康城下，他麾下的吕僧珍、陈伯之已经将这座城池团团围住。原本让这座城池安全的天堑长江，如今却成为一条困死它的枷锁。

城头上，人影晃动，看到萧衍的旌旗，这些人招手示意，放倒了自己的旌旗，随后将城门打开。

萧衍踌躇不前，总担心其中有诈。

直到一颗人头，被挂在城门之上。

萧衍带着亲兵策马上前，确认了这是萧宝卷的头颅。他没有多说什么，只是示意士兵冲进城去。他自己则带着亲兵策马登上了建康的城墙，高大而雄伟的城墙。

京邑已定，他与皇位的距离，只差一道随时可以让萧宝融下的退位诏书。

萧衍远眺江山，日月同辉，百废待兴，万土欲统，臣民在一拨又一拨地拥向城门，他突然长啸："传令襄阳，孤的长子，孤的世子，取名为'统'！"声震寰宇，远播千里。

远在襄阳的丁令光，正在哄儿入眠："哦，哦，德施，睡觉觉……"

第二章　初入学宫

一

进入建康城不久，萧衍便代齐自立，坐上了皇帝的宝座。浩大的登基仪式当日，一队队羽林郎背着羽书在全国各地传檄，从京城至边关，一面面崭新的大旗迎风招展，粗壮的"梁"字取代了精瘦的"齐"字。

自晋朝衣冠南渡以来，建康城的皇宫已经换了一茬又一茬的主人。宋取代了晋，齐取代了宋，而梁又取代了齐。这一切，不过匆匆数十载而已。

萧衍称帝，丁令光的称呼从"夫人"更为"贵嫔"，掌管后宫。虽然这是一个风云变幻的时代，可是后宫仿佛是一块停滞的表盘，光阴只在四季单调地转换，缺乏生动。只有日渐变化的容颜，转眼长大的孩童，提醒着她们时光的变迁。

梅花落尽，杏花开放，又到了清明时节。皇帝的祭祀之后，一道圣旨，命萧统别居东宫，这才让丁令光意识到，进入皇城已有五六年的时光了。

天监五年（公元506年），萧统六岁。其间，他添了五位弟弟：二弟萧综、三弟萧纲、四弟萧绩、五弟萧续、六弟萧纶。其中，萧纲和萧续与他一母同胞，其他都是同父异母。

"母嫔，你不和儿臣同去吗？"萧统站在宫门外，恳请丁令光和他一同前去。

"你记得我跟你说的，这次是去哪里，去干什么吗？"丁令光反问道。

"儿臣记得，是去永福省读书。"

"读书是自己的事，上完学，你回来请安之后，就要去自己的东宫了……"说到这里，丁令光生出些伤感来，但她很快平复了，她不想让萧统看到她不舍的样子。

丁令光走到萧统身边，喊着他的小名，再次叮嘱："德施啊，要读懂书本的礼，要听明夫子的话，并一一记得，回来我要问你的哟。"

"儿臣牢记母嫔教诲。"

萧统噙着泪花，在两位宦官和两位宫女的陪同下，走向永福省。

望着萧统一行渐行渐远的背影，丁令光久久不愿回宫。

行路上，遇到的宦官、宫女都会停下脚步，低头作揖，道一声"太子殿下金安"。萧统也熟练地回应一句"平身"，虽然才六岁，但是他的风度潇洒，远超同龄人。

行至皇宫的西侧，萧统着实有些疲惫，可是因为丁令光的嘱咐，他不能要求宦官、宫女抱他行走。沿着皇宫的红墙走了一段，出了一道宫门，便走进了一座宅院，院里的布置没有宫里辉煌，却淡雅怡人，院子里有一座单檐歇山顶的建筑，那是为皇子准备的学宫；两边还有众多厢房，是其他皇室子弟上学和讲学官休息的地方。

这里，便是永福省。

"太子到！"

宦官鸽哨般的喊声，打断了萧统对这里的好奇。一个清瘦的长者带着随从模样的人从学宫走出，随后作了个揖礼，态度恭敬，却风度潇洒。

长者施礼道："老臣沈约，见过太子殿下。"

萧统严格遵守丁令光的教诲，回礼道："夫子请起。"

沈约领着萧统进入学宫。皇家学堂布局与民间的庠序、私塾自然不同。屋子四周沿着内侧，比厅堂其他地方高上一层，并且备有一排座位，是给皇子们预留的，太子太傅沈约则站在厅堂的中间为皇子们讲学。

座位中间处最为尊贵，自然是留给萧统的。这个座位的后面，挂着一幅孔子像。萧统并未就座，等了片刻，他的二弟萧综才在一队太监的簇拥下进入永福省。

萧综是吴淑媛所生，地位自然不及太子，可是进来的排场，却比萧统大得多。

皇宫之中，年满六岁的皇子也就这两人。沈约带领着二位皇子对孔子像行了礼，就座之后，教二人提笔写了"人"字，算是行了开笔礼。

"今天是二位殿下初入学宫，老朽不才，今后便为二位殿下讲学。世间的学问，皆由人的'求知'而起，有求知，就有'问'，有'问'才有'学'。今是开学日，不讲经典，二位殿下畅所欲言，随便提问，老朽定尽力解答。"沈约神情自若，给人以和蔼的印象，却不失智者的威严。

萧综扭了扭身，又看了看坐得笔直的萧统，看样子想发问。

沈约看在眼里，却说："太子殿下，请先提问吧。"

"太傅。"萧统彬彬有礼，"我听母嫔说，夫子和父皇是多年好友，我想听听父皇当年的事。"

沈约微微一笑，说："回禀太子，圣上的事，不敢妄议。当年圣恩浩荡，我有幸与圣上一同游学，圣上文采斐然，臣等七人承蒙圣恩，与圣上并称'竟陵八友'，为一时文坛之盛事……"

萧统和萧综似懂非懂地听着，但是眼神里已经显露出崇拜的神色。对他们这个年龄来说，父亲便是神一般的存在，一言一行，都值得崇拜和敬仰。

"皇子殿下，你也提问吧。"

萧综却低下头，不敢去看沈约，嗫嚅着说了些什么，沈约听不清。

沈约鼓励萧综："皇子殿下，恕老臣年迈，未能听清，可否再说一遍。不必拘束，畅所欲言。"

萧综抬起头，看到沈约和蔼的面容，胆气壮了些："太傅，我听说父皇起兵时，英勇非常，夫子可否讲讲？"

"回禀皇子，当年齐主萧宝卷昏庸无道，残害忠良，民怨四起。圣上兴义军讨之，天下云行影从，战无不胜。当时圣上出征在外，老臣在后方襄阳主持粮饷、漕运，未能亲见圣上英武之姿。"沈约说，"请皇子殿下见谅。"

"萧宝卷"三个字从沈约的嘴里说出，让年幼的萧综打了个寒战。不久前，一个宫女因为在母亲面前提了这三个字，便被母亲施以私刑，打得口吐鲜血。这一幕，被躲在一旁游戏的萧综看到，他隐约懂得这三个字是不能在母亲面前提及的。

"太傅，"萧统继续问道，"先生和父皇如此交情，那么如今父皇正谋划着北伐，粮饷、漕运也是先生在主持吗？"

"当初殿下出生的时候，手指始终握拳，无论如何都无法张开。老臣参见殿下圣躯之后，轻轻抚摸，您的手掌便打开了。"沈约有意插这么一段往事，而后回答道，"在陛下心中，北伐固然重要，可是为二位皇子讲学，亦是头等大事。故而老臣没有参与北伐，而是专职在此，为二位殿下讲学。"

"可是，我听母嫔宫中人说，北伐之事，父皇只会让六叔参与，不会让外姓人插手，夫子，这是为何？"萧综接着沈约的话问道。

沈约难以回答，只好行礼道："二位皇子天资聪颖，年纪虽幼，却能听懂军国事务，实为难得幸事。不过，这宫中人的胡言乱语，还是希望二位皇子不要偏听。"

转眼，时间到了午时。宦官敲响了用膳的铃声。沈约行礼告退，进入一边的偏厢与其他人一起用膳。皇子们各自的宦官，带着食盒进入永福省的厅堂。

二

萧统有些意犹未尽，面对太监送来的食盒，依旧想着向沈约提问的事。萧综则长吁一口气，当看到宫女们大篮小盒地提来饭菜，眉开眼笑。

萧统的面前，只有一个食盒，打开之后，是丁令光送来的一碗面条状的水引汤饼，量虽不大，但是汤中有青菜、肉糜，细腻而精致。萧统拿起木箸，很守规矩地吃了起来。但是他毕竟还小，手法不熟练，木箸时而调皮地在手指间扭动，他不得不常常拿着丁令光用边角绸布为他做的餐巾擦拭流出的汤汁。有一次，一块汤饼掉在桌上，木箸夹不起来，小太监示意他丢弃算了，但他依然用手捡起来吃了。

萧综那边的桌案上，七七八八摆了一排食物。主食是一大笼小巧的带馅蒸饼，还有蒸鳜鱼、牛肉羹、菜羹，等等。萧综只挑了蒸饼中唯一裂了十字口的，里面是混合了蜂蜜的果脯馅，由宫女们小心翼翼地掰开，再小心翼翼地喂到他的嘴里。

萧统吃着汤饼，闻着萧综蒸饼的甜香，心里也有些痒痒。汤饼吃完，他又将碗里剩的些许汤底倒进了嘴里。萧综每道菜都只动了几口，余下的便由宫女们带走了。

永福省有花园和寝具，皇子们中午可游园或者休息。过了午时，沈约继续讲学。到了申时，沈约讲学完毕，皇子们便各自回自己宫中，给自己的母嫔请安，并在那里用晚膳。早晚各请安一次，是当朝的惯例，称为"晨昏定省"。

"母嫔，二弟中午的膳食，好香啊！"萧统请安之后，一边和萧纲一起逗着蹒跚学步的萧续，一边迫不及待地向母亲说自己的见闻。

萧纲听说有好吃的，扯着要听萧统细说。

"哦？"丁令光面露不悦，"你第一天入学读书，怎么夫子的话不见你说来，倒只记得二皇子的午膳？"

萧统听懂了母亲语中的责怪，抿嘴站立，不知所措。宫女见了此情景，便抱走了萧纲和萧续。丁令光看着萧统认错的样子，有些不忍，问道："今天夫子讲了些什么？你记不住，可要罚你。"

"夫子今天没有讲学，只是让我们提问，然后他来作答。"

"夫子的作答你可都记得？"

萧统将白天的问答复述一遍，丁令光满意地点了点头。

"既然夫子的话你都记得，为何今天一来就只说缘觉弟弟的午膳？你好学是好事，不过要以此为乐，才能真正做个有大学问的太子，为萧纲、萧续和其他弟弟们做榜样，也给全天下的孩童做榜样。"缘觉是萧综的乳名。

丁令光招来送萧统上学的宦官，问道："今天二皇子的午膳，怎么回事？"

宦官将所见一一禀报，当说到"牛肉羹"时，丁令光诧异地问道："你确定有牛肉？"

宦官岂敢马虎："小奴素好美食，不会有错。"

"可是朝廷明令……大战之际，禁食牛马。"丁令光自言自语，随后，她对萧统说，"缘觉弟弟这么多羹饭，他吃得完吗？"

"二弟吃不完……"萧统低声说道，"不过，我也觉得，二弟这样太浪费了。"

"你要吃蒸饼、肉羹，我也让后厨准备就是。食物只是为了养生，并非是为了满足口腹之欲，浪费天地不容。'一粒米九斤四两力'，你一辈子也不可忘却。"

请安之后，到了时间，萧统便要回自己的东宫。这是他别居的第一晚，心里纵有一万个不情愿，也要学会掩藏，这是规矩。自从迈腿行走第一步，开口叫喊第一声，丁令光教导他最多的就是"规矩"。

夜悄悄地来临。萧统毕竟还是个孩子，对母嫔和弟弟的思念，也阻挡不了瞌睡虫的袭击，他在宦官的照料下进入了梦乡。

一段时间以来，萧衍一门心思扑在北伐大计上。萧统有几次想拜见，都被丁令光挡住，他有些不解。

每月逢五日，后宫都要聚会。梁朝没有皇后、贵妃，丁令光为贵嫔，是六宫之首。自然，她的宫所成了嫔妃们聚会之地。

"虽说后宫不可干政，但是不闻政事岂能为至尊分忧？"丁令光见大家礼数皆毕后，早有准备地说，"姊妹们应该知道，近期朝中的大事吧？"

众嫔妃都是就汤下面的主，一阵交头接耳。

与丁令光面和心不和的吴淑媛答道："贵嫔说的是北伐？"

丁令光看着她："没错，北伐在即，朝廷又要有大的开支。我们不能为朝廷分忧解难，但是厉行节俭，减轻朝廷负担，还是力所能及的。"

吴淑媛是前朝的妃子，被萧衍俘虏后，一来因为美貌，二来因为家世，又成了梁朝的淑媛。她不怕风摧秀木，历来喜欢挑头，她接口道："梁立国以来，后宫的支出自有定数，这也是前宫留下的规矩。这后宫的衣食供给，都是圣上的天恩，天恩垂露，哪有不承恩的道理？节俭从何谈起？"

丁令光虽说是六宫之主，可是论恩宠，吴淑媛和她平分秋色。她不怕吴淑媛，但对其搅局还是提防在心。

"你知道天恩浩荡，更应该知恩图报。前齐的规矩，我自然是没有你吴淑媛懂得多，本朝虽然后宫供给有了定数，但我们也可以将多余的粮食布匹捐给朝廷，运到军中，或者救济寒门。"丁令光扫视一下大家，"你们说呢?"

吴淑媛最怕别人提"前齐"，针尖有意去对麦芒，话里就有了尖刺。"贵嫔娘娘还真是体察民间疾苦。我们在闺中时宅居门第，出嫁后也是久居深宫，还真不知寒门之苦呢。这一点，我们着实不如娘娘。"

丁令光出身寒门，在重视门第的南北朝时期，她这一点确实远不如萧衍登基后娶的其他妻室。她并不自卑，反倒时有苦中自有黄金屋的感受。"前齐萧宝卷就是因为不知民间疾苦而亡国的。不去体察，如何能行? 论到这些，你可比我有体会，亡国之时，做阶下囚的日子，好受吗?"

吴淑媛没有想到一向声轻气弱的丁令光在这种场合说出这般撕开脸面的话，一时语塞。

丁令光一口气将心思讲完："我听说后宫现在有人不仅饮食奢华，还在大战之际，仍食牛肉。战争之中，国家需要牲口，朝廷对食用牛马之肉明令禁止。我念及后宫情谊，既往不咎，可是再有听说此类事情发生，必究不恕。"

三

秋日的阳光伴着金桂的清香，填满永福省的角角落落。沈约传授完上午的课程，午膳时间就开始了。

49

萧统的饭食依旧简单，两个小小的蒸饼，一碗菜肉混杂的羹汤。萧综的饭食虽没有往日奢华，但鸡汤蒸制的米饭，黄白夹杂，色香诱人，加之一碟鸭肉，一碟香菇，一碟生瓜，一碗海鲜汤，也着实让萧统垂涎欲滴。

萧综看着在上座用膳的萧统时不时地向这边瞟视，呼唤道："皇兄，皇兄。"

萧统咽下嘴里的食物，才回答说："二弟何事？"

萧综敲敲桌子："你和我一起吃吧，这些饭食，我也吃不完。"

"我和你同食，这饭菜就得剩下了……"萧统面露难色，可是看着萧综的饭菜，却又心生渴望。

"反正吃不完，总得有剩下的。剩你的剩我的，又有何差别？"

萧统看着自己饭食，心想："母嫔也说，要我多和二弟来往，可是……"他正在犹豫之时，萧综的侍女已在食盒中拿出空的碗碟，分了些饭菜，敬献到萧统的桌案上。

"太子殿下莫要客气，请尝尝我们淑媛娘娘宫中的膳食。"

萧统不好拒绝，看着眼前的珍馐，实在禁不住诱惑，便将蒸饼、菜羹放到一边，大快朵颐起来。

到了午后散学，萧统向丁令光问安，心中忐忑不已。问安之后，丁令光觉得食盒不对，便打开一看，两个蒸饼只吃了几口，羹汤更是几乎没动。

"德施，你今天肠胃可有不适？"丁令光问道。

"回禀母嫔，未有。"

看到萧统忸怩的样子，她已经猜出了几分。

"那为何剩了这么多饭食？"

萧统嗫嚅着不知说什么好。

"你看萧综的饭菜好，就吃他的饭菜，是不是？"

"是他的侍女把饭菜递给我的，我……"

丁令光思忖着，吴淑媛有意为之？

沉默了一会儿，萧统看母亲并没有叱骂，抬头瞄了一眼母亲，看到母亲锁眉深思，长吁一口气，他凑上去牵着母亲的上襦，说道："母嫔，儿臣知错了。"

这一拉，把丁令光从沉思中唤回，她看着儿子，抚摸着他的头，说："母嫔不怪你，人都想吃好的。你小，偶有贪食也是人之常情。你要多与缘觉弟弟说说节俭的道理，治家靠俭，治国也应如此呀！"

萧统点了点头。

萧统刚刚离开，一个穿着华贵的宦官来到丁令光的宫门前，大喝一声："恭迎圣驾。"

丁令光一听，双手下意识地扶着自己的云鬟整理了一番，宫女们也迅速迎上去，帮她整理衣着。她们随后一路碎步，来到宫门前，做着行礼的准备。

不久，一队灯火慢慢临近，灯火的中央，正是皇帝萧衍。

"至尊圣安。"一群人行礼之后，萧衍进到宫中，在床上的正座坐下，并示意大家平身。

"至尊不是忙着筹划北伐吗，怎么今夜得闲来宫了？若是早来便好，还能见到德施，他也十分想念至尊。"

萧衍没有马上作答，而是从怀中掏出一封书信交给丁令光。随后，他将萧续抱在怀里，萧纲也乘势坐上他的腿。

萧衍说："这是襄阳奏报，丈母大人病重，近日贵嫔得备车省亲了。"

丁令光读罢信，跪地不起。"妾身谢至尊隆恩。书信派宦官来送便是，安能让至尊在百忙之中……"说这话时，丁令光已经有些哽咽。

宫女见此情景，要抱走萧纲和萧续，却被萧衍阻止。

"丈母大人当年于我有恩，今日病重，兹事体大。"萧衍摸了摸萧续的脸蛋，"另外，朕也希望你能体谅大局，正好借此机会，出宫一趟。"

丁令光听说事关大局，赶忙拭去眼泪，静心问道："至尊要我出宫，莫非有何公务？"

"倒也不是公务。"萧衍一边安慰，一边说道，"如今朝廷正在对北方用兵，兵马调动频繁，难免人心惶惶。可是，如果百姓看到堂堂贵嫔敢于在这个时节出宫回乡，民心自然安定。同时，也彰显朕必胜之信心，官军见了，军心也会振奋。正好你也可以回去看看令堂。"

丁令光听了这番话，又陷入思索之中。

萧衍继续说道："当然，我会让足够的宦官、宫女、羽林郎陪同，送行队伍由休文掌控，他行事稳重，跟朕多年，对襄阳更是熟悉。不过他去，皇子们的讲学得换个人主持。至于三个孩子，我会把他们带在身边，你不用担心。"

"妾希望太子能与我同行。"

"你放心，吾儿留居宫内，自有照料。维摩有自己的东宫属官照料，且有学业功课。再者，他随我几日，感受一下军务环境，倒也是学以致用。"萧衍坚持呼喊萧统小名"维摩"，而丁令光却一直称他的字。

"至尊说得极是。只是德施与婆婆情深，恐怕这也是他们祖孙的最后一见了。"丁令光说得泪水涟涟，"至于他的学业，有休文先生教诲，不会荒废。再者，他自襁褓入宫以来，还从未出宫过，岂知民间疾苦？日后也恐少有机会，还请至尊恩准。"

萧衍觉得丁令光言之有理，萧统必承大任，得心系天下，于是点头称是："那我令东宫属官都跟去，再让陈庆之暗中护行，此人棋好，点子多，也能照应。"

萧衍这晚留宿丁令光处，二人掏心掏肺地说了许多话。

四

两天后，贵嫔和太子出宫。消息在建康城大街小巷流传，但在北伐到来之际，皇帝身边最亲的两个人选择此时省亲，无论是民间，还是军队，有猜疑的，也有判断的，这都是萧衍想要的，只是他心中那隐隐的不安用眼神递给了沈约。

如今的丁令光不是当年的将军夫人，而是贵嫔，其排场尽管一减再减，但也小不到哪里去。前面是两排甲骑开道，手持马槊，腰挎埋鞘腰刀；后面是一队弓马娴熟的轻骑，每人携带弓箭，腰别班剑；再后面是形形色色的步兵，有刀牌手，有弓弩手，有长矛手，这样的安保队伍，俨然一支小型的军队。这些侍卫，由陈庆之带领。车队的中央，便是丁令光的车辆，萧统则坐在前面的车里，和沈约在一起。前后左右，还有陈庆之和他精心挑选的十余个羽林侍卫。

建康城并没有因为贵嫔和太子的出行而清路去障。车外的人声鼎沸，令太子感到好奇。从一出宫开始，他就一直趴在车窗上向外看，宫外的一切对他来说都是新鲜的。

"夫子，那个房子是什么？"

"那是酒肆，供人饮酒的地方。"

"那个呢？"

"那是旗亭，是整个西市的中央，那上面的旗幡，都是各家商铺的招牌，告诉大家西市有哪些买卖。"

"那个是什么？"

"那是鸡，殿下吃过的。"

"那个是什么？"

"那是狗，宫里也有的。"

"宫外的狗好大啊！"

一路行，一路好奇，一路问答，好生有趣。队伍临近城门，繁华如水而逝，破败之景，一页页地贴到年幼的萧统心膜上。

萧统指着一位中年男子，说："太傅，他的衣服脏脏的，还有洞，他就是书上说的穷苦之人吗？"

沈约也看了看，说："他虽然穿着破旧，但是脸上还有光泽，不算苦人。真正的穷苦……"

说话间，一阵钟声从不远处传来，沈约循着声音望去，只见一家寺庙，升起了袅袅炊烟。一些面黄肌瘦的人，听闻钟声，纷纷应声赶去。

沈约探出脑袋，和车外的一位东宫属官耳语了几句。队伍向寺庙进发，属官将沈约的话，转告给了丁令光。

队伍到达。属官报告此寺庙正在施粥。

"他们才是穷人，因为没饭吃，只能来吃寺庙施舍的稀粥。"沈约主动对萧统说。

"稀粥？我也爱喝，粥太稠，就不好喝了。"

"太子，咱们可以下车去看看。"

萧统在侍卫的看护下，下车巡视。

车外，米粥的香气弥漫，萧统闻着香气，腹中咕咕作响。

"夫子，我可以尝尝这个粥吗？"

沈约笑笑。机敏的侍卫很快请示过丁令光。沈约遂派了一员东宫属官去粥铺的长队后方排队，这也是丁令光的安排。太子的千金之躯在难民之中自然有些不妥，不去排队也是不妥。

萧统立在队尾，他踮起脚尖，扫视人群，属官身着绿色的宫袍，手拿青瓷的碗钵，他在衣衫褴褛的难民中颇为显眼，萧统心里有些不是滋味。这时，他看到属官的身后，有两位少年，一男一女，亲热状应为兄妹，年纪应该与他相仿。他们面黄肌瘦，个头矮小，衣裳单薄。

属官领回粥，宦官们取来案几、胡床和餐具，摆放在场地外的一棵香樟树下。一位属官专门将眼珠子盯在树梢。萧统不解，问后才得知他是在驱赶可能到树上来歇息的鸟儿，其实是怕鸟儿拉屎，影响太子饮食。萧统立即令属官挪开床几，他说："不能因为我来吃一口粥，而让鸟儿无家可归。要是母嫔知道了，必定责之。"

萧统坐定后，迟迟不动木箸。"你们过来吧！"他朝着远方挥手。

丁令光在众人簇拥中下了马车，正好看到萧统的手势和喊声，顺势看清了那对小兄妹。

在丁令光示意下，属官们叫来那对孩子，他们怯怯地坐到萧统对面。属官们将稀粥分成三份，萧统才张口，两个孩子已风卷残云般将清粥喝得底朝天，并用嘴舔着碗底。

萧统对属官说："将我的点心取些来给他们。"这是萧统第一次和宫外的小孩打交道，他显得热心而又好奇。丁令光和沈约都一一看在眼里。

男孩说："不用了，我们还可以去排队，谢谢官人。"

"我能问问你们的号和年岁吗？"

"我叫明奴，八岁了。"男孩说道。

"我叫慧娘，他是我哥。我……"女孩嗫嚅，一时想不起自己的岁数。

"明奴……慧娘……"这两个名字，让丁令光心中一惊，"难道……"

"你六岁！"明奴提醒道。

萧统有些不信："明奴，你八岁？我才六岁，我却比你高。"

明奴刚要辩解，丁令光上去问道："孩子，你知道你姓什么？家又住在何处？父母呢？你们出来吃施粥，大人知道吗？"

明奴见了丁令光，虽然不知她的身份，但是看她衣着华贵，便也欠身行了礼："我姓鲍，不记事时，父亲就不在了，母亲有病在家，只得领着妹妹出来领粥。"

丁令光一听，还真是当年齐皇派来刺杀她的鲍二的子女。她叫来身边的宫女，拿了些粮食给这对兄妹。萧统感谢丁令光的解囊，与明奴、慧娘告别时，还拉了拉他们的手。丁贵嫔一声叹息，上车前与一位侍卫交代了几句，才上车安坐。

队伍再度行进，那名侍卫找了个理由溜出了队伍，悄悄跟在明奴和慧娘的身后……

队伍行了半个时辰，来到了江边渡口，准备乘船而上。萧统的肚子这时却真的饿了。沈约看出了他的心思，问道："殿下是不是饿了？"

萧统点了点头。

"和你一起食粥的人，就是穷人。他们当中很多人，今天一天，就靠那一大碗粥活着。"

"那他们岂不是很饿？"

"是啊，这就是民生疾苦。朝廷的每一粒米、每一缕丝，都是百姓们供给的，殿下今后为人之君，更要体察物力维艰，要苦民之苦、富民之富。"

正说间，外面的嘈杂打断了沈约的话语。沈约挑开马车的垂帘，看到外面满是士兵，而陈庆之正在和一名军官模样的人说些什么。

沈约向车外唤道："子云，何事耽搁？"

子云是陈庆之的字，他听到呼唤，马上赶来："回禀太傅，我听说前方战事胶着，我军和北魏陈伯之部在江淮之间对峙，这些部队都是北上的援军。"

"兹事体大，让他们先过。"

"卑职已经和他们说过,他们已经在准备过江了。"

"说过就好。"沈约说完,却又疑惑,"既然说过,如何交谈许久,莫非又有差池?"

"卑职只是关心前线战事,多问了几句。"

"哦!局势待定,一路不平,还请多加小心。"

"诺。"

交谈间,萧统也将头伸出车外。

"陈伯之?"他在心中打了个结,"我前些日子听夫子讲过此人,他当年不是和父皇一起起兵的吗?"他只是忆起,并没有发问。在丁令光身后,他懂得说与不说的规矩。

大江宽广,洪流不息。一架大罾在江对岸孤独地起落,有鱼虾吗?可能只有那只箩筐知道。

五

萧统毕竟是个孩子,他终没有将"陈伯之"同饮食一般吞咽下去,还是问了沈约。沈约原不想告诉他这些,但作为师者,他只得回答。原来陈伯之在萧衍立位定国之后,听信谗言,投奔北魏,成为魏国先锋。

谁承想小小的萧统却钉着"陈伯之"不放,他老成地说:"他是父皇的亲旧,为什么不能写一封书信给他,好言相劝,让他归降大梁、护国卫民呢?"

沈约听了这话，说：“殿下，这世上有很多人，只知利，不知义，不是什么人都可以动之以情的。”

“他是南人，难道就不念家园之情吗？”

“太子明察。”陈庆之行礼道，“臣倒是觉得可以一试，派遣一位他的故友，修书一封。听圣上说他也是个有情有义之人，兴许能成。”

“如今两军对峙，此人岂不待价而沽？就算招降，也非一封书信的事。”沈约没有顺应陈庆之的话。

陈庆之向沈约行礼：“太傅，卑职听到消息，陈伯之所部不过八千人马，却在江淮以南坚守壁垒，可见他在魏人那里也不受重用。太子有如此圣见，不如由太傅秉笔，上表圣上，也算太子为北伐出了谋略。”

沈约对陈庆之并无太多好感，可是听说是为“太子”，倒也没有推辞：“嗯，子云所言，倒也有理。”

沈约陪同萧统来到丁令光身边，将饭后议事重新一叙。丁令光也为萧统胸有见地生出欢喜。见时辰不早，沈约铺纸研墨，将萧统的意思草拟成尺牍，遣人送到皇宫之中。

那名跟着明奴和慧娘的侍卫，走了好远，方才到达一片残垣断壁处。很多穷苦人家就地而居，在废墟上用稻草、泥巴、焦木搭棚垒灶，艰难度日。

明奴和慧娘的家好歹有三面泥墙，墙上当年战火灼燎的痕迹清晰而深刻，同着另一面竹片编制的墙体，多少护住了*丝丝*

温暖。

室内根本谈不上厅卧之分，除了木桩做的案几，就只有一张矮小的竹榻。榻上铺着破布补缀成的布衾，下面垫着稻草。房间里虽然简陋破败，却不显得脏乱。床上躺着一个妇人，便是明奴和慧娘的母亲。

"阿娘，今天我们遇到大人物了！"明奴刚一进门，便迫不及待地把背着的粮食给母亲看。

"你们……"妇人的神色变得严肃，拖着沉重的身体，坐了起来，"你们不是去偷了人家东西，然后回来骗我的吧？"

明奴正要把事情说明，那个跟在明奴和慧娘后面的侍卫一言不发地走了进来，从怀里拿出几吊五铢钱，放在妇人的床边。

妇人不明就里，有气无力地问道："你是何人，为何要留下钱财？"

"这是我家夫人吩咐的，你不要多问了。粮食也是我家夫人给的，你们就收下吧。这钱，拿着去看好病，好生培育儿女吧。"

说完，没有等妇人道谢，侍卫便转身急匆匆地离开。

明奴和慧娘你一句我一句地将事由给母亲说了个八九不离十。一家三口看着从天而降的赏赐，仍在喜悦的惊慌中，一位裹着头巾的中年人推门而入。

中年人衣着得体，五官露着一股阴柔之气，脸上堆着的笑，却让他们一家三口感到与刚才的喜悦格格不入。来不及收纳的钱物，暴露在来人眼光下。

"你可是鲍二家的？他可是我们前齐的游侠！当年你们家住在夏口，对吗？"

妇人一听，慌忙揽过一对儿女："你认得我夫君？你是谁？"

中年人变戏法般地僵住了笑脸，眼泪夺眶而出，他瘫坐在地上，号哭起来："鲍二贤弟真是在天有灵啊，终于让我找到你们了。你们受苦了啊！"

妇人慢慢放松了戒备，让明奴扶他起来。屋内没有床，只好让慧娘在地上铺些稻草，众人席地而坐。

"先生既是故人，你可知道，鲍二他……究竟是被谁……"妇人也有些悲怆，因为说话太急，不禁一阵咳嗽。明奴上去捶着母亲的后背，慧娘用小手在母亲胸前轻抚帮助顺气。

中年人回头朝着门外看了看，随后低声说道："实不相瞒，在下正是前齐宫中的宦官梅虫儿。我与鲍二乃是至交。你们可知，今日送你们钱粮的是谁吗？"

妇人端详着他的模样，他没有胡须，面相和声音着实不像个正常男身，加上之前鲍二的确跟她提过梅虫儿这个名字，便深信不疑。

听了梅虫儿的问话，妇人摇了摇头。

梅虫儿看了看两个孩子，说："大人之事，孩子还是少知道的好……"

明奴不等母亲示意，便牵着妹妹去了门外。

"你可知晓，他们正是当朝的贵嫔和太子，如今要去襄阳省亲。"

"这和鲍二之死又有何干？"

"你家丈夫就是因为他们而死啊！"梅虫儿睁大眼睛，"当年，鲍二身负使命刺杀丁氏不成，遭到追杀……"

妇人在突来的噩讯下，气喘不已，泪水涟涟。

梅虫儿盯着丁令光派人送来的钱粮，不顾妇人身体，接着说："贵嫔应该得知了明奴和慧娘的身份，就不知这钱、这粮是福是祸？要是她心生怜悯，倒也罢了，要是她……"

妇人慌忙起身，手足无措地朝梅虫儿跪下："我身为寡妇，流落此地，帮人漂洗衣物，勉强养活两个孩子。如今旧劫未过，新难再起，实在不知如何是好。还请梅大人念及旧情，救救我们母子……"

"唉！"梅虫儿故作高深，"鲍二兄弟的事我怎能不管？记住：如今我已经更名'李崇霓'，在不远的镇上有一处宅院，你们母子仨不如到我处居留。虽然不能保你们锦衣玉食，但是每天的饭蔬，还是不会误了孩子长个子的。"

妇人慌张之下，早已失去了判断力，虽然没有开口答应，但是已经默许。

梅虫儿见她合了自己的心辙，接着说道："既是鲍二的遗孀，我也不与你说虚话。如今鄱阳王萧宝夤流亡北魏，不忘复国之志，我在建康城中，实为内应。明奴若是能在我左右，一来光复有成，可以成为人中龙凤；二来，也可以报杀父之仇！”

一听复仇，妇人便来了精神，眼神变得坚毅而决绝："既然如此，有劳先生！"

明奴和慧娘全然不知家中的变故，他们捉了一只秋后的蚂蚱，正在调教着玩耍呢！

第三章　再别襄阳

一

　　因为战争的缘故，丁令光默许了江行的阵势。三艘较大的
艨艟巨舰护卫着楼船，沈约又将陈庆之的暗卫队伍调入楼船，
近身护卫丁令光和萧统。

　　船队溯江而上，萧统对着一路滚滚东水、一路远近不同的
山峦，时而沉思，时而发问，沈约总是在他身边为他解答。船
行第二日黄昏，丁令光母亲去世的噩耗传来，丁令光悲痛欲绝，
但她很快控制住自己，因为她看到萧统始终没有哭出声来，而
是将牙咬得吱吱响。她没有让船队披上缟素，只是自己和萧统
戴了孝。

　　船队明显在加速，比预定的时间要早半日抵近襄阳。这夜，
丁令光早已休息，萧统在听完沈约的讲学后由宦官送入舱内

就寝。

沈约没有去睡觉，也没在书屋内读书，而是走上甲板。船靠在岸边，陈庆之正在码头安排着护卫的值班。沈约看着月色和船上的灯光在水中交融，有一种静美，他却没有安宁的心境。

陈庆之安排检查完护卫哨位，转身看到了船上的沈约。他上了船，向沈约行了揖礼复命："卑职已经安排好宿卫。"

"子云啊，"沈约意味深长地说，"你可得知，陈伯之当真因为军中故友丘迟的一封书信，率八千部众投诚。皇帝下诏，嘉奖太子。"

"太子圣质非常，功得勋归。"

"这事没你坚持，不会有人当真，我也不会书牍言事。宫中和军中多人以为你是个只会陪圣上下棋的陪侍，皇帝却对你的聪慧睿智早有论定。老夫仅从这些天你安排宿卫、仪仗，便能知道你非同一般。"

"太傅言重，都是些分内之事。我也只是觉得太子所言有理罢了。陈伯之此人反复无常，当年就曾经叛齐入梁，随后又叛梁入魏，虽然素无节义可言，但是明利知害。朝廷一面增兵，一面安抚，招降成功自然是情理之中。"

"这次北伐，着实大快人心。前些日子韦睿将军在汝阴大获全胜，歼灭魏军二十万人，自宋皇刘裕以来，此谓大胜矣。"

"卑职也听说了。"

"太子天资聪颖，为我梁朝希望之所在。不过我已经年过六

66

旬，想是看不到太子继承大统、风云际会之日。后宫之中，风云变幻，现在宫内皇子都还年幼，未来争斗，史有镜鉴。"

陈庆之清晰地从沈约的面容和言辞中体会到一种远忧，于是说："陛下对太子尤为恩宠，太傅或许多虑了。"

"子云啊，你还年轻。等我百年之后，请你辅佐太子，义不容辞啊！"

"太傅是国之大幸、我辈榜样，望您日后多加指教。"陈庆之迅速转移了话题，"太傅可知最近前线的消息？"

沈约双手背过身后，笑着对陈庆之说："你天资聪颖，口才也不错，何不托中正官给你评个品级，让陛下给个门第，将来谋个封疆大吏，或是尚书、丞相。为将者要谋要用，你虽身为侍卫，却乏勇武之名。"

陈庆之倒想与沈约论论战："在下只是有些好奇罢了，太傅多虑。何况，将在谋，不在勇，前朝诸葛亮亦是文生，可是却六出祁山，名动天下。"

"自比诸葛，心性不小。汝阴大捷，临川王和昌义之已率领主力进抵淝水一带，焦土已安。"

陈庆之听后，却微微摇头："南军勇而寡，北军怯而众，北伐应当效仿刘裕，精兵两万，趁其锐气，直捣洛都，横扫中原。像这样久而不决……唉……"

"这次北伐，原先的计划就是将边境线推进至淮河，减轻长江以南的防御压力。你有何虑？"沈约安慰道。

"若真是如此，也便好了。刘裕代晋，有北伐之功；萧道成代宋自立，也是借北伐树立的威信。陛下伐无道之齐，是清君侧，如此难以服众。所以这次北伐，陛下执意任用临川王，就是想借此机会壮大皇族的声势与威望……"

沈约钦佩陈庆之的分析，却又不得不打断他的话："宫闱之事，宗室之务，你我还是莫问为好。"

陈庆之低头不语。

沈约不好追问，只是行了个礼，踱步到船舱中，随手翻开萧统的摹书，一个字一个字地圈批起来。

次日，天刚蒙蒙亮，纤夫们便拉着船继续向襄阳进发。船又行了一些时辰，到了中午，众人终于在襄阳登陆。

卫士们从艨艟军舰上下来，迅速组成卫队。丁令光和萧统则在万人瞩目之下，搭乘当地预备的车马，直奔萧统外婆的坟地。萧统见到外婆的墓碑，挣脱丁令光紧拉的手，呼喊着："婆婆，维摩想你啊！婆婆！"

丁令光虽也泪流满面，却遵照沈约的交代，不失国母之仪地拜谒亲母，与家人一一互慰。因怕伤及萧统年幼之身，加之襄阳民众越拥越多，祭礼十分简单。祭礼后萧统连同丁令光驱车前往萧衍当年的军营，那里，有许多军人的家属。

丁令光与萧统依然回住到当年的军营——南北朝时期，军中推行世兵制，军户世代从军，一家老小都在军营之中生活。每逢战事，营中男子出战，营中便只剩下老弱妇孺。丁令光和萧统要去看望他们，他们也需要贵嫔和太子的看望。

进入军营，丁令光便带着萧统步行，一路上和各老友打着招呼，短短的路行了许久，行至萧衍当年的将军幕府时，已经是傍晚。

这座宅院被简单修整，成为丁令光和萧统暂住的离宫。

“母嫔，这座将军府是我们以前的家吗？”

“是啊。”

“那我怎么一点也记不起来？”

“你离开襄阳的时候，才两个月大，当然记不住。”

……

第二天，萧统一起身，没有像往常一样去沈约处听讲学，而是和丁令光一起去探望军人的遗孤遗孀。

二

将军府的侧边，有一处僻静的小院。府中高大的泡桐犹如天伞，护住了半个院落。丁令光带着萧统，在外敲门。

一位老妪慢慢踱步出来，打开柴门，端详了好一阵，才恍然大悟：“唉，是令光啊……是令光啊……呸呸，老妇无礼了，是贵嫔娘娘。”

老妪昨日也听说丁令光回襄阳祭拜家母，却不想她能以贵嫔之尊来敲她家的柴门。她盛情邀请丁令光和萧统进屋，不多时，小小的院子里已经聚拢了一群人。

"德施，这是陈婆婆，快行礼。"丁令光时刻不忘教导萧统礼数。

萧统上前，向着陈婆婆行礼，引得老人一阵惶恐："煞身，煞身！太子殿下是千金圣躯……叫我一声婆婆，如何受得起……"陈婆婆说着，慌忙扶住萧统并顺势而跪。

"婆婆请起！"萧统做得有礼有节。

"当年魏军南下，我和圣上从雍州逃离，多亏了陈氏父子的护卫，才得以脱身到襄阳。"丁令光拉起陈婆婆说，"这救命之恩，我和圣上都深深记着呢。"

丁令光还是将军府中的丁令光，每句话都是从心窝子暖热了才出口。

陈婆婆激动得不停地擦拭着眼泪，将萧统揽入怀中："太子如今都这么大了。"

"当年我在襄阳坐月子，也多劳陈婆婆的照料。"

"将军……"陈婆婆刚刚说出口，立即改口道，"陛下怎么没有回？"

"圣上日理万机，国未定家难行。这次家母病危，圣上特旨太子代他行孝，也替他慰问将士亲属。"丁令光问，"婆婆吃穿上有困难吗？"

"将军是真龙天子，我们一百辈才修得这个福啊！"陈婆婆感激地说，"我们过得好着呢，不劳贵嫔和太子操心了。"

"婆婆，家里只有你一人吗?"萧统突然问道。

丁贵嫔投来责怪的眼神，陈婆婆却不以为意，反而面露自豪："回禀太子，老身还有一个小儿子，现在正随军北伐呢!"

离了小院，与陈婆婆告别之后，丁令光对萧统说："当年，你父皇还在雍州，陈婆婆的丈夫是你父皇的卫士。北魏南下，雍州失守，是陈婆婆的丈夫和儿子留下来牵制魏军，才让这些军队和眷属能够平安撤到襄阳。"

"难怪陈婆婆的家，离将军府这么近。"萧统思索着，随后又问道，"母嫔，陈婆婆的儿子是将军吗?"

"不是。"

"那是校尉咯?"

"就是一个甲士。"

"我感觉她提到自己小儿子的时候，好自豪啊。"

"这是父母的常情。何况她的儿子随军北伐，为国建功啊!"

"皆是战争杀伐，免不了死伤，为何北伐意义非凡?"

丁令光不知如何解释，只好说道："你可以今晚听学的时候，问问夫子。"

"嗯……"萧统点了点头。

一群人已经簇拥在丁令光和萧统的四周。丁令光走得有些累了，随行的宫女拿出胡床，让丁令光就一宽处而坐。

很多故旧闻讯而来，将他们围了个水泄不通。萧统自出生起第一次见到如此多的亲故，看着大家的笑脸，他也很开心，很快便和这些乡亲打成一片。

萧统有些调皮地问道："你们见过当年我父皇起兵的时候吗？我问夫子，夫子说他也不清楚。"

"见过，见过！"一个拄着拐杖的中年男子在人群中回应道。

丁令光闻声望去，喜悦地喊道："钱校尉！别来无恙！"

钱校尉向这边行了礼，然后跟萧统说："当年，陛下驻守襄阳，暴君萧宝卷残害忠良，杀了陛下的伯父，还想杀害陛下。圣上明君天道，早得讯息，随后兴兵讨逆，对抗暴君萧宝卷，造福天下。"

萧统抓抓脑袋："那时候父皇还不是皇帝吗？"

这话一问，让钱校尉犯了难。

丁令光接口道："你父皇推翻荒淫无度、残暴乡民的齐朝，立下梁朝，方为圣君。萧宝卷是个暴君，民不爱，国不容。"

"是啊！"钱校尉拄着拐杖上前一步，继续说道，"萧宝卷花天酒地，纸醉金迷。想当年，我和圣上打进齐朝皇宫时，那宫室的地面上，铺的全是黄金啊！"

萧统瞪大眼睛问："父皇打进齐朝皇宫的时候，战斗一定很激烈吧？"

"与南下之战相比，进城并非大战。"钱校尉见萧统听到这话一脸的疑惑，赶紧解释，"当时我们带兵打到建康城下，陛下的帅旗挂起，很快城门上的齐军战旗便被人放倒，之后城头上挂起了一颗头颅，我们仔细一看，便是萧宝卷之首。根本没有发生战斗，我们就大摇大摆地进了建康城。"

萧统对问题有追根溯源的韧劲，他说："这么说，萧宝卷是被自己人杀掉的？"

"这个……"钱校尉毕竟跟当朝皇帝同战疆场，对贵嫔和太子也不怯场，他说，"萧宝卷是个暴君。回禀太子，暴君是没有自己人的。"

提到萧衍年轻时候的英姿神武，很多老兵赞不绝口——

"圣上当年，每逢出征，身穿铁扎两当铠，头戴红缨叶子盔，可威武了。"

"圣上所到之处势如破竹，齐兵不堪一击。"

萧统似懂非懂，但他认真地听，不懂的先记着，将来会一一询问沈约。令他兴奋的是他能感觉得到那场战争中，这些残疾军人所爆发的那种热忱。

"打仗真好玩。"萧统心里念叨着，刚想说出这话，却被一声叹息打断。

"可惜啊。"

人群中，不知是谁，只说了这三个字，引来一阵唏嘘——

"唉，可惜我的二弟，永远回不来了。"

"我的夫君，也只带回了一缕头发……"

"还有，我的三个儿子、一个女婿都葬身他乡。"

……

丁令光立起身，向众人行了一个万福礼。以她贵嫔之尊，向庶民行如此大礼，令人惊诧。这一礼，有泪光，有问候，正在蔓延的忧郁在她的温情中渐渐化解。萧统隐约看到了战争的残酷和血腥，也清楚地看到母亲的伟大和乡亲的宽厚。他眼中的襄阳多了一层色彩，尽管他还无法说清。

三

民情是一本大书，毫无世道经验的萧统读起来自然感到吃力，这一切都被沈约看在眼里，可他不去说，他只能等萧统来问，他也不能仅仅将之作为一个求知蒙学的孩童来看待。

午休后，萧统照例听沈约讲学。孩子毕竟是孩子，沈约看出他没有午睡，满眼里写着疑惑。果不其然，未等沈约开口，萧统抢先问道："夫子，我能不能提问一些与所学经书无关之事？"

沈约猜出了太子的八九分心思，于是应允道："今日上午太子去慰问圣上的故旧，想必有些疑问？"

萧统点头称是。

"那，可以破例一回。"

"请问什么是暴君？"

"你可曾记得我跟你说过的，至圣孔子，亚圣是谁?"

"孟夫子。"

"在孟子眼里，世界上根本没有'暴君'这回事。"

"啊?"萧统更加迷茫，"孟夫子这么乱说，难怪比不上孔夫子。"

"孟子曰：'民为贵，社稷次之，君为轻。'君王如果暴虐，不守礼法，那么对臣民来说这个君王就是不再是君王，而是民贼独夫，人人得而诛之。"

萧统一听，心里似乎有些明白："那夫子，如何才叫暴虐?"

"不问国政，荒淫无度；发难百姓，横征暴敛；践踏法度，蹂躏民意。"

萧统若有所思。

沈约很欣赏萧统小小年纪就养成三思而行的习惯，这是成大器之象。他开始举例说明："历史上，夏桀无道，成汤革命，将夏桀流放，代夏成商。商纣暴虐，周文王、武王兴义军讨伐之，代商成周。之后，汉伐暴秦，魏代东汉，皆是如此。"

"夫子，君王的暴虐，对于百姓而言，有多么可怕?"

"当年孔子出游，路过边境，听到一个妇人号啕大哭。"

"妇人因为君王无道而哭?"

"孔子也好奇，便上前询问，原来是妇人的丈夫被山上的猛虎吃了。而且，妇人的儿子，也被猛虎吃了。"

"那他们为何还不搬家？"

"孔子也这样问他们，他们说因为这里是边境，地方也偏，可以远离暴君的'苛政'。正是'苛政猛于虎'。可见，对于百姓来说，暴君比老虎还要可恨。"

"反抗暴君，对他们来说，既是为自己谋出路，也是为自己复仇。仇恨一旦被煽动，非常可怕。所以太子今后要做一个仁君，勤勤恳恳对待政务，爱惜民力，不随意发动战争，不以自己的意愿随意修改政令法度。"

"夫子，为什么父皇他们都那么重视北伐？就连陈婆婆都觉得自己的小儿子在北伐军中是件自豪的事。"

"陈婆婆一家满门英烈，为国尽忠是他们的家风。"

"可是夫子，北伐明明是我们去侵占北人的领土，父皇为什么要这样做？"

沈约听了这话，不禁长叹一声。

萧统听到叹息，觉得自己说错了什么，低头不语。

"当初陛下曾经是雍州刺史，随后魏军南下，雍州失守，陛下不得不退到襄阳。"

"可是，雍州在西，北伐却是在江淮，由建康而北。"

沈约惊叹于萧统如此年幼，却对时局已经有了如此多的了解，于是问道："太子可记得自己家族郡望吗？"

"姓萧，兰陵萧氏。"

"那太子知道兰陵在何处吗？"

"江东晋陵武进，在……在……建康城东。"

"那是南兰陵，是另设的侨郡。真正的兰陵，在淮河以北、东海之滨、泰山之南。"

"泰山？那是北魏的境内啊！"

"没错。"

"那，我是北人？"萧统越发疑惑。

面对萧统的追问，沈约竟然不知如何回答是好："不，太子自然是南人。只是……"

就在沈约为难之际，一位宦官小跑进来，向萧统和沈约行礼，随后说："启禀太子，主书令吏陈庆之求见。"

萧统看了看沈约，沈约点了点头，他便下令让陈庆之进来。

陈庆之行礼之后，对萧统说："太子刚刚的问题，臣可以回答吗？"

"子云但说无妨。"沈约代萧统答道。

"无论南人、北人，都是汉人，都是华夏之人。百年前，晋朝失德，致使诸多胡虏入侵中华，以至于晋室只能南渡到建康城再续国统，北方则沦为赤地。胡人暴虐，所以很多人只得陆续南迁，其中，就包括了殿下的先祖。"

萧统不太懂，又问道："也就是说，南北虽然现在是异姓的两国，实际上曾经是一家一姓之天下？北伐就是要让两国继续成为一国？"

陈庆之行礼道："太子英明。不过意义不仅在此，北魏的国君、将、官，以及大多权贵都是胡人，与我们是异种异族。我们是汉人，是华夏。天下汉人多，夷人少，而胡虏却占了我们半壁江山。"

"我明白了，北伐不是侵略他国，而是拿回原本就该属于我们的东西。"萧统自以为明白了，所以说得有几分得意。

可是，沈约有些不乐："子云贤弟，讲学未完，你暂且退下，有事容我们日后商议。"他客气地称陈庆之为贤弟。

陈庆之听闻，行礼告退。没多久，萧统在舍人的带领下回房休息，沈约召唤陈庆之入内。

"子云，我讲学的时候，你一直在听吗？"

"卑职斗胆，今日宿卫已经安排妥当，闲来无事，故而在窗外听夫子讲学。卑职出身寒门，年幼时没有机会入学，只能勉强学些文书。有机会听闻先生讲学，所以……"陈庆之说着，有些不好意思，"所以看太傅有些不愿回答，晚辈斗胆出来说说见解。"

沈约请陈庆之就座，随后说道："你说的那些，我原本也打算与太子讲讲，但是你想过没有，太子年幼，正是成型之时，这些东西讲多了，以后万一好战，岂不成了万民之祸？到那时，我们便是罪人。"

陈庆之听了这话，心中不悦："卑职不这样认为，如果太子今后热衷北伐，非但不是万民之祸，反而是万民之福。"

"砰！"沈约一拍案几，斥责道："岂有此理！"

四

一向谦逊的陈庆之，面对沈约的斥责，反倒冷静："夫子博学多闻，晚辈虽然见识浅陋，但坚信北伐无过。如果太子能锐意进取，问鼎中原，光复旧土，一扫华夏百年之耻，岂不是成就了千古伟业？"

"子云啊！"沈约喟然长叹，"自晋室衣冠南渡，到如今，已经两百年了。"

陈庆之话积胸中，不吐不快："越是如此，越是要有雄才之主，一统中国。晚辈虽然才疏学浅，也知道周因犬戎入侵，东迁洛城，天下崩析，也是数百年，之后秦始皇扫六合，成不世之伟业。"

"可是秦朝二世而亡……"沈约低声说道。

"那请问，先生贵为帝师，准备将太子教育成什么样的君主？"

"当年三分天下，蜀国有诸葛孔明之忠、姜维之勇，更占据天府之国，却先为所灭；吴虽江东偏僻之地，却得以后亡，为何？蜀国六出祁山，北伐多次，以诸葛亮之才，三分天下，姑且不能，何况如今南北而分？"

"先生的意思……可是为何我梁朝要做蜀、吴，而不做一统天下的晋？"

79

"中原富庶，人口稠密，北魏兵马有百万之众。我们江南地区，虽然经营两百余年，兵卒精锐，不过三四万人，如何与北朝抗衡？前晋谢安，淝水之战，不世之功，不过保守江南领土；前宋刘裕时，北方分裂，倾国之力，江东两万精锐尽出，也只是饮马黄河，未能一扫膻腥……"

陈庆之的语气，却越发坚定："先生，我判断：二十年后，北魏必乱。"

"你如何得知？"沈约打量着陈庆之，"前者，北魏孝文国主也是一代明君，现在魏主元恪年幼，其叔父元禧、尚书令王肃为顾命大臣，进取不足，守成有余。"

"先生，你可知前北魏太子因何而死？"

"他反对汉化，图谋篡逆。"

"反对汉化的，又岂止他一个？孝文国主元宏，祖母、母亲都是汉人，他也自幼学汉家典籍，与汉人天子无异。《左传》有云：非我族类，其心必异。北魏虽然汉化，但是没有让权于汉，到最后，必然汉人不忠于他，鲜卑、诸胡藩镇也不服管束，必然为乱。"

"你的确是个有想法的人。"沈约说道，"难怪你一个棋童能让陛下器重，十八岁就当了主书令吏，为陛下草拟文书。"

"先生过奖了。"陈庆之施个了大礼，意在抱歉之前的冒失之语。

"不过，未来之事，谁也预料不到。眼下的事，却麻烦着呢。"

"北伐失利了?"

沈约用手肘撑住桌案,手掌扶额,说道:"白天收到宫中传信,令我等小心,一定要保证太子和贵嫔的安全。回去如果有风吹草动,就改陆路,往南取道新安郡,绕道会稽郡内,再入建康。"

"那些地方山高林密,多有山越人居住,取道那里,岂不危险?"

"如今前线之事,已经出乎意料,事态急矣。"

"难不成,魏军还能像宋文帝那时一样南下,饮马长江?我等得到的消息,都是前线的捷报,怎么……"

"收复汝阴之后,我军军威大振。但是北魏援军到了,现在几番较量之后,双方都未有大的斩获,两军在钟离、汝阴、寿春一线僵持。"

"以多对少,反而僵持,最伤士气。当年袁绍败于官渡,苻坚败于淝水,皆是如此。只要派遣一勇将,携精锐敢死之士,强渡淮河,破其粮道、漕运,再以精锐进攻要道,断其首尾,收复淮南,指日可待!"

"前线要有你这样的想法,倒也好了。"

"韦睿将军人称老虎,以擅险胜闻名,不可能想不到。"

"韦睿、昌义之、马仙埤三位将领的想法,和你大同小异,可是他们毕竟都不是主帅。主帅临川王三番五次催促陛下下令撤军。韦睿的确有胆识，竟然冒着被军法处置的危险，绕过主帅，直接上书陛下，请求速战速决。如今陛下也是头痛，担心将帅不和影响局面，又怕撤军错过这次难得的时机。"

"时机确实是好啊，韦睿将军汝阴一胜，堪比淝水之战。可惜将帅不和，这一仗要想大胜，太难。再拖下去，伤士气的，就是我军了。"

"此战精锐尽出，如今骑虎难下，进退两难。我军多步卒，到时候万一顶不住北魏的铁骑，魏军就要饮马长江了。我朝立国未稳，要是遭遇大败，民生鼎沸之间，只怕有世家大族要取而代之。"

"那卑职请先生速速给陛下回信，就说太子和贵嫔要立即启程回京。"陈庆之恳求道。

"按礼，贵嫔丁母忧，应该至少在襄阳守孝三月才对。"沈约倒有几分不解，"为何急着回去？"

"如今已近六月，阴雨绵绵，江水潮涌，正好沿江而下。前线有韦睿等将，粮草充足，支撑三个月绰绰有余。要是等三个月后，秋水时至，风高浪急，万一江水暴涨，被困在九江到建康一带，随时可能遭遇敌军。"

"可是万一近日风雨更甚，我们行船也会受到影响。"

"如果走陆路，我们就像一个孺子怀抱金子走在街上。"

"此话怎讲？"

"若真有豪强欲代梁自立，那么一定是打着'清君侧'的旗号。"

"我明白了，你是说会有人假传陛下被奸人把持，随后扶持太子监国以令诸侯。"

"是的，而且前线如今僵持。万一我们走陆路，激发了一些人的野心，只怕一些人从中使坏，故意破坏北伐，甚至勾结魏军，致使败绩。"

"那我们启禀贵嫔改丁忧三月为三日，后日就启程回京如何？"

"三日？那圣上的旨意还难以下达，是不是有些不妥？"

"非常时期，顾不了太多。若是来日陛下问罪，我辈承担。"

一席话，仿佛家常，却在书写历史。

五

萧统的襄阳之行，就这样进入了尾声。

第二天，丁令光带着萧统参拜了外祖母的墓地，便回到住处。丁令光交给萧统一个任务，令他带着礼物，去与军营中的那些老邻居告别。

萧统只带了两个舍人，还有两个人力车夫，车上装着各种礼物。

"陈婆婆，陈婆婆。"萧统敲着柴门，踮起脚想看看门内的情况。柴门虽然不高，但是对年幼的他来说，已经阻挡了全部的视线。

"殿下，来了。"舍人眼高嘴快地低头对萧统说道。萧统没有再敲门。

"二位上官前来，找老身何事？"陈婆婆一边走来，一边问道。

两位舍人一言不发，陈婆打开柴门，才发现是萧统在敲门："原来是太子殿下啊。"

陈婆婆笑了，正要行礼，被萧统扶住："陈婆婆不用拘礼了，我是奉母嫔之命前来的。"说完，萧统从车上奋力拿起一吊铜钱，交到陈婆婆手上。

"我与母嫔明天就要回京了，这是母嫔要我给你的。"随后，萧统又在车上翻找，拿起一个皮球，"陈婆婆，我听母嫔说，您的小儿子回来就要娶亲，这个就送给您以后的孙儿吧。"

陈婆婆接过礼物，问道："怎么明日就走？不是说要在这里住三个月吗？你母嫔呢？"

萧统很有礼数地说："母嫔身乏，正在宅屋休息。"

陈婆婆叹息一声，鞠躬行礼，伸手要摸萧统的头。一位舍人想要阻止，却被另一位舍人拦下。"替我谢谢你母嫔，到了京城，替我向将军问好。"陈婆婆摸着萧统的头说道。

萧统不解："将军？"

陈婆婆将礼物捧在胸前，如同祈祷一般，闭眼说道："该死该死……又说错了。是陛下，陛下。"

"没事，我朝以孝治国，长者失言无罪。"舍人替萧统答道，"另外恭喜老人家，贵嫔要为你们翻修宅院，不日即可动工。这期间，您可去将军府中居住。"

"这可如何是好，夫人……贵嫔在府中？你们领我去见她。"

"贵嫔有些心事，不便见客，另外她要我嘱咐你们，明日她登船之前，不要去送行了，希望烦为转告。"

"诺。"陈婆婆允诺。

"陈婆婆，那我得去拜访其他人家了，再见。"说完，萧统便带着随从，前往钱校尉家。

看着萧统的身影，又看了看手中的礼物，陈婆婆的眼角有些湿润，她用衣袖擦去眼泪，自言自语道："令光啊，你这个嫁出去的襄阳女儿下次回乡，不知是哪一年咯……"

钱校尉家的宅子比陈婆婆的宅子要大。院子门也是木板门而非柴门。一阵敲门过后，开门的是钱校尉七岁的小孙儿丑奴。院内长有一株粗壮的银杏树，这种树建康城也有，上边的白果蒸食可香了。

"给。"萧统将一把小巧的佩剑送给丑奴。孩童间天生自来熟，他们打成一片，传来一阵阵笑声。

"丑奴，是谁在外面啊？"钱校尉腿脚不便，坐在里屋问道。

"是太子。"丑奴回答道。

"啊？"钱校尉一听，急忙起身，拿起拐杖，"哎呀，有失远迎，有失远迎。"

两个舍人很知礼地上前搀扶住钱校尉。

萧统立即停止与丑奴的玩耍，一本正经地上前行礼说话："钱校尉，我母嫔让我来把这个送给你。"说完，一名舍人将一把班剑端来递上。

钱校尉热泪盈眶，长跪在地，双手接过。

"我听母嫔说，你当年本来要入选羽林郎校尉的，可惜因为腿伤，只得回乡养老。母嫔说，这把仪仗班剑，是你应得的。"

钱校尉仔细端详着宝剑："只恨不能佩此宝剑，护卫圣上和太子。"

说着，丑奴也拿着小宝剑对钱校尉说："大父，这是太子给我的，我也有宝剑。"

钱校尉看了，擦了擦眼泪，说："臣谢过太子殿下了。"

"赐你宝剑，也是陛下的意思。"舍人答道，随后就将和陈婆婆说的话复述了一遍。钱校尉家中有婢女，他唤来招待舍人们就座。萧统正好趁着这个间隙，跑去后院和丑奴玩耍。

"你叫太子吗?"丑奴问道。

"我字德施，小名叫维摩。你叫丑奴吗?"

"嗯。你叫维摩，为什么他们却都叫你太子?"

"我母嫔喜叫我德施，父皇又叫我维摩，别人都叫我太子。"

"父皇? 母嫔?"丑奴挠头问道。

"就是我的大大和姆姆。"萧统说道，"你的大大和姆姆呢?"

"我大大在军队里，我姆姆去外祖父家了。"丑奴又问，"那你身边没有朋友吗？他们也叫你太子？"

"朋友？"萧统突然很茫然，"我有父皇，有很多母嫔，还有太傅、舍人、从侍、洗马……没有朋友，你有吗？"

"当然啦，你送了我礼物，现在你也是我朋友了。"

"我是你朋友？那你是我什么？"

"我当然也是你朋友啦。"

"哦……"萧统似乎明白了。

"德施，"丑奴低声说，"我听大父说，你以后要当皇帝？"

"应该是吧。"萧统点了点头。

"你好厉害啊。"丑奴说道。

两人说得无遮无拦，之后，玩起"抓鸡窝"，这是一种在五个小土坑里抓石子丢石子的游戏。萧统玩得很开心。

"殿下，该去下一家了。"舍人催促道。

"丑奴，我要走了。"萧统恋恋不舍。

"你等我一下！"丑奴说完，跑到自己的房里，翻箱倒柜一番，然后又飞速跑到厅堂之中。

"大父，我可以把这个石马送给德施吗？"

"德施？"钱校尉不知是谁。

"咳咳……"舍人听到后，咳嗽几声提醒钱校尉，"那是太子的字号。"

"要叫太子！"钱校尉低声责备道，"送去吧。"

"给。"丑奴将礼物交给萧统，"大大说，朋友之间，要有往来，你送礼物给我，我就要还你一个礼物。"

萧统将石马拿在手上，开心地笑了。

第二天，队伍一早就出发了，因为丁令光提前打过招呼，没有人出来送行。萧统没有和沈约坐在一辆车里，而是坐在丁令光的车上。从上车起，丁令光的眼泪就扑簌簌地往下掉，萧统一直在旁边帮母亲擦泪。

"母嫔，既然舍不得大家，为什么又不让大家来送送呢？"

"孩儿啊。"丁令光将萧统抱在怀中，"我怕看到他们，就走不动了。等上了船，起了锚，解了缆绳，就算我再舍不得，也不得不走了。这也许是我最后一次住在故乡了。"

"母嫔，"萧统的手里一直拿着丑奴送他的石马，"他们是你的朋友吗？"

"当然是啊。"

"丑奴是我的朋友！"萧统向母亲展示自己的礼物，"这是丑奴送我的。"

"有朋友好啊。"丁令光突然显得有些感伤，她抚摸着萧统的头，将他再一次搂在怀中，近乎自言自语地低声说，"生在帝王家，贵为王储，是没几个真朋友的……"

"还有假朋友吗？"

"以后你会明白的。"

"那丑奴是我的真朋友吗？"

"是吧。"丁令光透过马车的珠帘，贪婪地望着车外，仿佛要把家乡的景色刻在脑中一样。

到了江边，丁令光匆匆下了车，站到江边一块不大的石头上，对着襄阳久久眺望……

"娘娘，上船吧。"宫女和宦官，搀扶着丁令光，领着萧统登上了回京的楼船。坐在船舱中，随行的卫士在陈庆之和沈约的调度下，一批批登船，行李辎重也早已放置妥当。

"娘娘！太子！"

远处，依稀传来嘈杂声。

丁令光的脸上，再次泪流不止。远处，一队送行的人，渐渐临近。

船已经起锚，顺着江流，慢慢远离。

丁令光已经说不出话来，她将身子探出舷窗，冲着大家挥手致意。

宫女们赶紧上前搀扶："危险啊，娘娘，危险啊……"

丁令光伏在舷窗上。萧统透过舷窗，也看到了送行的队伍，他看到了陈婆婆、钱校尉、丑奴，还有很多这三天里见到的人。他也在船舱里挥手，虽然送行的人未必看得见。

一堆云朵带来了一片雨，"哗"地下到了江面上，像莲子开口，又像万鱼吐珠——有什么样的心思，就会看到什么样的景。

第四章　池县罹难

一

"这雨，下得令人绝望。"

沈约望着长江，雨水淅淅沥沥地落下，但是波纹很快便消失在江涛之下。

"是啊，按照以往的经验，上个月就应该回京了。"他身后的陈庆之回答说。

"我听池县县令说，这个亭子，原本离江有百丈之遥，如今江岸已经近在咫尺。我们在池县，滞留有两个月了吧？"

"嗯，离开襄阳已经三个月。"

"这雨，下到什么时候是个头啊。在这里多待一天，我这悬着的心哪，就多悬高一丈啊。"沈约紧皱眉头，叹息不已。

"那先生的心，岂不是已经在泰山之巅了？"陈庆之笑道。

"难得你还有心思说笑。"沈约微笑着摇头，接着又望着被如烟风雨笼罩的长江，"陛下倒是没有催促，可是前方战事胶着，胜负未分，就怕万一有变，魏军饮马长江……唉，不堪设想。怎么就偏偏滞留此地呢？哪怕滞留武昌、彭泽也好些，此地，正在战场之南，长江锁钥……"

"先生，如今我倒觉得，此地并不危险。"

"此话怎讲？"

"先生，战地距此不过数百里，此地阴雨连月，江水暴涨，淝水、淮水自然也是一样。雨水一多，我军久经洪涝，魏军性怕阴湿，不敢轻举妄动。"

"如今我听说，韦睿将军已经自领偏军在钟离一带野战截营，多有斩获。昌义之坚守钟离，东线战事，基本都能稳住。可是这西线才是主力，临川王却在汝阴坚壁清野，寸土未进，甚至听说，他下令任何人不得冒进一步，就连东线的攻势都被他制约了。"

"卑职也听说了。恕卑职斗胆，临川王殿下素未领兵，经验不足。此次北伐，魏人惊呼为百十年未遇之盛军，兵力规模远超前代，大梁精锐尽在临川王之手，殿下有些患得患失，自然在情理之中。"

"这个萧宏！"沈约气愤至极，竟然直呼临川王萧宏的名讳，急得陈庆之连忙咳嗽提醒。

"此人和陛下……"沈约没有在意，继续说道，"当年太子未出生之时，萧……临川王的世子萧正德曾经过继给陛下，诸多兄弟之中，除了长兄萧懿，陛下最信任的便是他了。"

"这些事，我做棋童的时候也曾耳闻过。"陈庆之说这话，也是在提醒沈约，身后还有侍从，言多必失。

"对，你也是陛下的近臣，不可能不知。"

"时候不早了，先生还是回去准备为太子讲学吧。近日风雨想必是停不了，就算没有风雨，江潮汹涌，贵嫔和太子不堪颠簸，难以乘船，何况楼船吃水浅，只怕万一。"

沈约因为接连的焦虑，身体已经有些疲惫，他在侍从的搀扶下起身，拿起地上的雨伞，示意随行人员回去。

众人离了江，前往池县城西的府邸，那里现在暂时是萧统的离宫。回到府邸，已经是傍晚，沈约用餐之后，便前去为太子讲学。

讲学的地点设在正厅，这是丁令光的安排，以示讲学之庄重。

萧统和沈约相互行礼，随后萧统就座，沈约侍立，拿起一卷书，展在案几上。

正要讲学，萧统却行礼道："夫子，我有一问，想请教。"

沈约把视线从书卷上移开，看着萧统回礼说道："殿下素来听讲，有问也是讲学后再问。今日不等老朽开言，先有一问，想必是有些要紧事，但问无妨。"

"昨日偶然得晴，我听说此地山水甚好，便出宫畅玩了一番，甚得其乐。我还听说，此地东边，有陵阳县，县内有群山，其中有九座山峰连在一起，蔚为壮观，名为九子山，山中有仙人，名为陵阳子明。夫子，世上真有仙人吗？"

沈约一听，着实难以回答，一时有些沉默："世上神仙之学，有这么两家，一为老家，道教；二为释家，佛教。我们平日里讲的是儒家。"

"儒家不讲鬼神吗？"

"孔子曰：不语怪力乱神。"

"哦，对，《论语》说过这话。"萧统又问，"既然圣人不说这些，为何百姓们却对神仙菩萨崇敬有加？世上又到底有没有神呢？"

这一问，着实难倒了沈约："殿下此问，当今也是争论不休。南乡县有学者，名为范缜，此人正在写一部《神灭论》，驳斥世间的鬼神之说。"

"那此人着实有些胆识，世上崇佛拜神的人那么多。他的书，讲的是什么呢？"

"他说，人有形，有神。形就是说人的形体，神说的是人的思想。只要人死了，神也就灭了，消散了，可见，是没有神的。"

萧统思索了一阵，说："这话，听着倒也有些道理。那我的父皇知道此人吗？"

"等他的《神灭论》一问世，陛下肯定会召见他的。"

"是要重用他？"

"不，陛下准备召集京师学者，驳斥他的观点。"

"也对，父皇素来崇佛。夫子，你以为如何？"

"届时与他驳斥的京师学者之首，便是为师。"

这话，着实让萧统吃了一惊："夫子也崇佛？"

沈约并没有回答，默然不应。

"夫子信道？"

沈约依旧不语。

"夫子既是儒生，孔子既然不语怪力乱神，为何夫子要去明鬼神之说？"

沈约又沉默一阵，令萧统有些怯意，他正襟危坐，担心自己言语有失，惹沈约不高兴。

"夫子，我若是言语有不妥之处，还望见谅。"萧统行礼道。

"殿下，请问世上是读书的人多，还是不读书的人多？"

萧统在思索："当初看那些难民，衣不蔽体，食不果腹，必然是没有书读的。世上，一定是不读书的人多。"

"没读过书，不知道礼仪，一旦穷困，必然思变。只有明鬼神，才能使民畏之。"沈约说道。

"夫子，我记得《孟子》说过，民为国本，为何要让国本心生畏惧？"

"用人制度，自魏晋以来，称九品中正制，世家大族世代为官，是为门阀。朝廷是与世家共治天下，不是与百姓共治天下。"

"这……"萧统听了，似懂非懂。

二

在沈约眼里，萧统不再是孩童，他所言的每一句话、每一件事，都有臣对君的情怀，当然也少不了作为"太傅"的使命。

"正如陛下生而为太子，世家生而为士大夫，而寒门生而为百姓。"

"为何不能鼓励寒门也去读书呢？"

"殿下，皇家要做皇帝，世家要做官，所以才要学以致用。百姓学了也无用武之地，自然无心于学，何况很多人衣食尚不能解决，哪有闲心为学？"

"可是，世家必然也有浑浑噩噩之人，寒门也有读书成才之人。夫子之前曾说过，前朝的鲍照是一代文豪，可是他因为出身寒门，不得重用。"

"没错，鲍照着实可惜，可是这样的人太多了，他们会感慨自己的出身，想改变这一切，那么必然会为乱，会破坏朝廷的制度。所以，我们需要崇佛，因为佛说因果，他们会认为一切都是因果注定，都是前世未修福，他们便会兢兢业业地过这一生，而无怨言。"

"夫子……"萧统听了沈约的话，觉得不无道理，却又觉得哪里有露骨的寒意，"九品中正制出于魏晋，那么魏晋之前是何时代？"

"汉，这是史学，日后我与你细细说道。"

"汉代用人，又是什么制度？"

"西汉举贤良，后汉举孝廉。都是朝廷征辟，各地推举贤人。后来，推举多有舞弊，故而更为九品中正。"

"推举有舞弊，那么想个没有舞弊的法子，选天下之贤才，不以门第为准，岂不是天下崇学？比如说……可以提问，让他们作文回答，谁答得好，就选谁为官。"

沈约听了，心里有些不悦："那没了世家门阀，皇帝又和谁共治天下？"

"和全天下的贤人呀！"萧统一脸天真，又一脸坚定。

沈约听了这话，竟然笑了："殿下着实有一颗圣人心。好了，我们来讲学吧，这些事，等殿下以后再去细想。"

课在规定的时间里讲完，萧统在舍人和属官的陪同下回房休息。

沈约收拾纸笔，出了正厅，准备回居处，遇到了正在此处偷听讲学的陈庆之，便叫道："子云。"

"先生。"陈庆之吃了一惊。

"讲学都完了，你怎么还在这里立着？"沈约笑着说道，

"你倒是好学，走吧，一起去歇息。"

陈庆之一边走去，一边说道："今日太子的话，着实令我震惊。"

"什么话？"沈约马上反应过来，"不以门第选贤举能？不过是童言无忌罢了。九品中正，如今已经有两百年了，积重难改，何况世家选贤，我觉得无妨。"

"无妨？我倒是看到很多世家子弟不学无术，整天吃喝荒度，却能因为出身混个差事，甚是误国误民。"

"总有好的，不是吗？"

"可是，这对寒门子弟来说太不公平。"

"世上哪有那么多公平可言？"沈约听了这话，竟然有些闷气，"我就是世家出身，陛下也是世家出身，天下就是世家与天子共治。我知道你也是寒门出身，可是你陪在陛下身边做棋童就能在御林军有一官半职，这就公平了？"

"说到底，不过是你们这些世家不愿放弃那些利益和权力罢了。"陈庆之说着说着，似乎有些激动，"九品中正制产生了你们这些门阀，结果呢？天下富强了吗？没有！只有八王之乱、五胡乱华、南北分治！"

沈约毕竟是个长者，见陈庆之语气生硬，便缓和了语气："那……希望太子继位之后，能实现他的所言所愿吧。要是真的能不以门阀高低，一视同仁选贤，也是好事。"

"我记得先生曾说，要我今后好好辅佐太子，当时我并未有所回应。"陈庆之脸上露出了欣慰的笑容，"就冲太子今晚的话，就冲太子的愿望，我想我应该答应你。"

"为了太子?"

"为了天下。"

"我今天彻底明白了，为何你一个棋童能如此受陛下器重。如今看来，倒是让你屈才了。"说着，绕过一簇紫竹，已经到了沈约的住处。沈约正欲行告别之礼，陈庆之却想起了一件事：

"对了，卑职还有正事要说。"

"这么晚了，有急事吗?"

侍从出来，接走了沈约的拐杖。

"那卑职明早来报。"

"你就长话短说吧。"

"卑职今天傍晚查问了上游的情况，近来上游无雨。傍晚这里又出现了晚霞，今夜也无雨，我想，后日如果也没有雨的话，江洪虽然未退，但是应该能行船了。"

"好，那明日你带人去江上查看，如果浪涛不大，我们便启程，到时候你再安排人跟池县县令打个招呼。"

"诺。"

说完，陈庆之行礼告辞，而沈约也入房休息。

次日，果然天气晴朗，陈庆之早早带人到江边码头，江流虽急，但是浪涛并不汹涌，而且水位比起昨日着实有所下降。

消息传来，沈约让队伍准备行囊，明日出发。

　　为了赶路，天还没完全亮，队伍就已经出发，行不多时，已经到了江岸。一切有条不紊地进行着，行李一件件地搬往船上。萧统有些不舍，因而没有上船，而是坐在车上，打算等一切准备妥当再上船。

　　萧统透过马车的珠帘，看着外面，外面有些昏暗，什么也看不见，只是寂静之中，传来稀疏的鸟鸣和孤独的鸡叫。

　　"风雨如晦，鸡鸣不已。"萧统随口念了两句诗。

　　"你说什么？"丁令光问道。

　　"母嫔，我只是听到鸡鸣，想到了这句诗。"

　　"如今跟着太傅，学有长进呢。"

　　"母嫔，你出身寒门还是世家？"

　　"寒门。"丁令光摸着萧统的头说道，"你问这个干什么？"

　　"陈庆之也出身寒门。"萧统伏在车窗上，说，"母嫔，我有个梦想说给你听听！"

　　"嗯！"

　　"如果没有世家和寒门的区别，让所有人都有机会做官，那么无论什么人，只要力所能及，都会去读书。"

　　"嗯，我们德施以后是要干大事的。"

　　"我要让萧纲他们帮我一起成就大业！母嫔，我有点想他们呢。"

　　"你们都是母嫔的孩子，母嫔也想啊。这次出来只带了你一个，他们都还在宫里呢。"

"要是……"

一阵风来，裹起车帘扑打到萧统的脸上，他紧了紧丁令光亲手为他缝制的红襟黑面大氅。

"你们是什么人！"外面的一阵惊呼，打断了萧统的话。

三

丁令光有所预料，她将萧统一把拉进怀里，静听车外的响动。

"此间有军国要务，不得无礼。"

外面的呼喊声很大，萧统在车内都听得有些刺耳。

"怎么回事？"外面，传来一阵阵脚步声，还有陈庆之冷峻的询问声。

萧统挣出丁令光的怀抱，将头探出窗外，又被丁令光摁住，她自己探头去看，只见陈庆之正在询问那名呼喊的士兵，那士兵的手往江上一指，只见昏暗的江面上，一队船舶的暗影正在慢慢逼近。

陈庆之和沈约也看到了那些暗影。

"先生，你看……"

沈约的眼睛有些昏花，远处的东西，只能看清个大概。

"看不清，不知道是什么人。何不派人查看？"

"查看不了，他们顺流过江，等我们过去，早就离得近了。"

沈约立即下令，让侍卫们尽可能快地将行李从船上往下搬运，宦官和舍人们也掉转了贵嫔和太子车驾的马头，准备返回。

"先生莫急！"陈庆之示意大家停下，"那边船连着船，人数不少，如果是冲着太子来的，我们一路也跑不了多远。"

"那怎么办？"

"他们人多，却都是小船，让贵嫔和太子等人上艨艟暂避，如果是冲着太子来的，大不了楼船留在这里，两艘艨艟冲开一条路，顺江而下。以艨艟的速度，他们追不上。如果不是冲着太子来的，再做打算。"

"贵嫔岂能以千金之躯屈居士卒之中！"

"顾不得了！"

沈约思索须臾，当机立断："可！"

一声令下，舍人、属官、宫女和宦官拥着丁令光和萧统坐上了艨艟。这是一种狭长的快船，船体有一层厚牛皮的装甲，上面还有弓弩的射击孔，两边有两排船桨，像个蜈蚣一样。两艘艨艟全副武装，严阵以待。

艨艟没有楼船安稳，有些晃动。丁令光和萧统待在艨艟上层的指挥舱中，晃得更加厉害。

"我们是江北的百姓，梁军已经溃散了，到处逃命，魏军就要打来了！"

对方终于有了回应。此时，小船已经近了，天色也亮了许多。陈庆之远远望去，对面确实是一艘艘小渔船，有大有小；船上的人，有男有女，有老有少。

但是，人数却多得让他始料未及，那些船，不是一排，而是一片。

"先生，看来的确是百姓。"陈庆之异常冷静，沈约却有些慌张。

"梁军溃败……这……怕是途中有变。这……如何是好……"

"不如等他们上岸，问问清楚，再做定夺。也许只是民间传言，不足为虑。"

"也好，也好。"

"先生，你先上艨艟，你在这里，怕他们起疑心，岸上都是军人，放心一些。"

"那你千万小心！"

"嗯！"

沈约也上了艨艟，少数渔船开始靠岸，侍卫严禁渔船靠近那两艘艨艟。

陈庆之亲自上去，向他们问话："前线溃败，你们是从何处得来的消息？"

上岸的人越来越多，很多渔船挤在江边，后面的人不顾江水汹涌，跳下船去，再蹚水走上岸，江边的人越来越多，有数千人。

侍卫们组成了一道人墙，拱卫着那两艘艨艟和未来得及上船的车马行李。

"前线溃败，你们从哪得来的消息?"陈庆之拼尽了全身力气，用力吼了一嗓子，随后咳嗽不止。

"我们还用得到什么消息!"一个青年男子回答道，"我们……"

江岸上的人熙熙攘攘，看到这里有侍卫，都聚拢了过来。

"大家不要吵!"陈庆之双目圆睁，一声怒吼，江岸瞬间安静了下来。

"你刚刚说了什么?"陈庆之询问刚刚答话的青年。

"这些老百姓，是我们告诉他们的。"青年答道。

"那你们是什么人?"陈庆之这才注意到，青年身着黑色短袍，是个军人打扮，队伍中有小半人都是如此装束。

"你们是梁军士兵?!"陈庆之恍然大悟，问道。

"是的，前线已经支撑不住了，我们各地的败军已经丢盔弃甲了，这些北岸的百姓担心被北魏的胡军屠戮，和我们一起南逃。"这名青年看了看陈庆之，见他也穿着戎装，便问道，

"敢问长官是?"

"我是谁，暂不要紧，你们把知道的前线消息一五一十与我说一遍。"

"我是临川王部的军侯，前些天，河水暴涨，我们扎营在高地，倒也无事。可是魏军没有经验，他们夜里多个营寨开拔，准备换地驻扎。"

"这……这你们怎么还败了？"

"结果夜里响动太大，魏军弄得挺唬人，一边换防一边佯攻，仿佛发动夜袭总攻。然后，临川王带着中军帐的一群武官，全跑了。当晚虽然抵住了魏军的佯攻，可是到了第二天，中军帐空了，没人管了，很多士兵都开始逃跑。魏军得到消息，大举进攻，我军阻挡不力……最后，就逃出我们这十几个。"

"是全线溃败，还是只败了你们中军一路？"

"这我就不清楚了，总之听说，军队成了烂瓜。长官，我们不算逃兵，是真的溃败了。再说，是临川王他先逃走的……"

陈庆之低头沉思一阵，对着人群问道："你们当中，有谁是韦睿将军部下？"

一声问去，无人回应。

"有谁是昌义之将军部下？"

还是无人回应。

"有谁是中军临川王亲军的部下？"

一大半的人举起了手臂。

"有谁是马仙埤将军部下？"

几个人举起了手。

陈庆之心里有了数，上了艨艟，向沈约汇报道："先生，我已经问清楚了，前方应该没有大碍，只有临川王一路溃败。"

"你在外说的，我已听到了，你敢肯定吗？"

"外面的溃兵，都是临川王和马仙埤的部下，已经把武器、铠甲、头盔都丢了，狼狈不堪。但是，韦睿将军和昌义之将军的部下一个都没有，我看，他们还在坚守，魏军不可能过江。"

"既然如此……"萧统在此时，竟然发话，引起了大家的注意。他对陈庆之说，"你快去让他们不要南逃了。路上劳苦，就在池县安顿吧。"

"殿下，他们不会信的。"陈庆之答道，"他们一路逃过江，已经是惊弓之鸟。"

"如果他们知道太子在这里，总能相信了吧？"萧统站了起来。

陈庆之看了看萧统，又看了看丁令光和沈约。

看众人沉默不语，丁令光说道："子云，你去亮出太子的符节，让他们在城西府邸安置，等战事平定，再让他们回军效命。"

"那……"

"我们也暂且不离开，在池县多留几日，稳住民心。"

"只怕……"

"无须多言，我此行原本就有安抚之目的，如今正是时候，去吧！"

四

池县静依在南湖之畔，杏林茂密，竹海幽清，是城乡之人的休闲去处，如今却成了一座难民营。不到两天，难民和溃兵已经聚集了数千人。难民的帐篷，已经将整个府邸围了一圈。

院内住的是难民，外围住的是溃兵。因为人手不够，溃兵们也被组织起来，负责站岗、维持秩序等任务。

溃兵营相对杂乱，因为有些溃兵身上带着钱，所以这里也有一些小商贩，提着篮子，兜售一些衣食。

此时，池县的县令端坐在府邸的厅堂之下，面露难色："贵嫔娘娘，太子殿下，小县虽有存粮，可是今年洪涝偏多，已经是自身难保，这么多难民，小县实在财力不济，供应为难。"

"为难你们了，可是我们随行带的粮食也不多，如今已经让侍卫和属官们节衣缩食，本宫和太子也是能省则省，还希望你们能支持一下。"丁令光保持着风范。

"小县……实在心有余而力不足……"

"县令，你们城中可有人家有粮食吗？"

"城中富户，自然是有的。"

萧统转而和丁令光说道："母嫔，不如我们把车马卖了，应该可以换些粮食吧？"

"卖了车马之后，去江边码头，你就只能走去了。"

"儿臣不怕，走就走。"

"太子心系万民，真是梁朝之福。"县令顺势行礼。

丁令光看萧统主意坚定，只好允诺。

当天中午，县令便派人来取车马。

城外帐篷里居住的溃兵见两辆马车被取走，众说纷纭——

"难不成，太子和贵嫔要悄悄跑了？"

"听说是要卖车马为咱们筹粮食呢。"

"谁信啊，分明是收买人心。要我说，我们归根结底还是逃兵，到最后，闹不好还得坐牢流放哦……"

"你少说两句吧，如今寄人篱下，有口饭吃，还不是得谢谢太子。"

"太子还是小孩子，懂什么？"

"没太子，你能有地方住吗？"

"我当时在军中可是军司马，住得不比这好？"

"你这人怎么这样？"

……

种种议论，都被一个人听得清清楚楚。这人悄悄潜入人群之中，眼看两名溃兵就要打起来，他上去拉住其中一位左鼻孔处长有一颗"鼻屎痣"的壮汉："唉，壮士莫要和俗人一般见识！"

听了这话，"鼻屎痣"心里一阵美，秀了秀拳头，便退开了，转而和那人说："敢问先生是……"

"在下梅崇，是建康城来的客商，如今无事，我看壮士神采非凡，定是豪杰，不如与我去城郊杏花村中酒肆饮上几杯黄公酒如何？"

原来，此人正是一路跟踪太子队伍的梅虫儿！

107

"鼻屎痣"听了这些奉承，哈哈大笑，跟着梅虫儿去了附近的酒肆。相谈之中，"鼻屎痣"不停地吹嘘，梅虫儿不断夸他，引得他心花怒放，酒过三巡，梅虫儿突然叹息道："只可惜……"

"只可惜什么？"

"只可惜壮士一表人才，却只在军中混了一个军司马，实在为先生鸣不平。"

"如今虽然连军司马都不是，可是早晚有机会再来个风生水起！"

"我如今有个大买卖，壮士敢不敢与我一起干一番？"

"我力能搏虎，智谋过人，有何不敢？"

梅虫儿看了看四周，低声说道："我如实告诉你，我不是什么建康城的商人。"

"鼻屎痣"愣了一下，很快又面露不屑："哼，我早就看出，你不是一般人。"

"壮士果然智勇过人！"梅虫儿再度举杯，又将杯中之酒一饮而尽。

"鼻屎痣"脸上越发生光。

"壮士，恕我直言，你如今不过是个逃兵，可是你如果与我同谋，只要事成，包你至少做个中郎将！"梅虫儿低声说道。

"哦？""鼻屎痣"瞪大了眼睛，用同样的低声问道，"先生请明示。"

"实不相瞒，我是北魏的细作。"

"鼻屎痣"两眼充血，随即微微一笑，说："你是让我劫持太子？"

"我就爱和聪明人打交道。"

"难民营中，不少是我的部下，我信得过的弟兄有十几二十个，但是劫持太子，虽然说我力能搏虎，也斗不过那上百御林军啊。"

"不需力斗。"梅虫儿的眼神中充斥着狡黠的神色，"你只要……"

他凑到"鼻屎痣"的耳边，吩咐着。

一狼一狈便在这酒肆中勾搭成奸。

夕阳温和地铺在秋浦河上，不远处的长江口鱼儿跳起来观看这金色的水面，胆小的鸟儿开始归林。几天来，每到这个时候，萧统都在几名随从的陪同下，前往难民营探视。人们都热情地向太子问好，年幼的太子一一回应。

随后，萧统来到外面的溃兵营，因为是外围，所以他身边的侍卫多了几位。

萧统虽然年幼，但是他的出现便足以稳定绝大多数人的心绪，让大家放心定神地在此地居住。

萧统在溃兵营里四处走动，时不时能看到一些在这里游走的商贩。走着走着，萧统忽然看到前方有两位同他一样大的孩子，他俩正提着篮子在叫卖："黄精、黄精，上好的黄精，有要的吗？"待他俩转脸，萧统突然忆起："这不是明奴、慧娘？"

他俩的叫卖无人应答，他们便朝营外走去，前方有一片密林。

"明奴！慧娘！"萧统高声叫道。兴许嘈杂，兴许距离太远，他俩并没有回头，依然不紧不慢地向前行走。

萧统快步上前，侍卫们紧跟在后。他的步伐越来越快，侍卫们紧随其后。

突然，前面两个士兵冲了过去，将明奴和慧娘扛起就跑，几步进入了密林之中。

"怎么啦？……他俩……明奴……"萧统慌了神，撒开步子跑起来，"快，快追，有人劫走了慧娘他们。"侍卫们得令上去追赶，此时一队溃兵疾奔而来，冲散了众人，侍卫们不仅没有追到明奴和慧娘，反而不见了萧统。

侍卫们慌了，四处呼喊寻找。

很快，更多的侍卫加入搜寻队伍。

"封锁难民营，不能走漏任何风声！"沈约和陈庆之听说此事后，异口同声地下达了命令。

所有的溃兵都被控制起来，一一盘查。

夜呼地一下拉下了幕，萧统在何方？

五

萧统再度见到光亮的时候，已经是晚上。他从袋子里被放出来，睁开双眼，微弱的月光清冷地画着天井的大小，不用想，这是一个完全陌生的地方。他的手脚都被捆绑，嘴里也塞了好多东西。一只蟋蟀，也可能是两只，在某个角落里不识时务地叫着。

一群人围着他，嬉皮笑脸。

"梅兄，如今车马都已经有了，我们为何不连夜将他运到江北？""鼻屎痣"说。

"不，现在还不是时候。"梅虫儿一脸坏笑。

"你是不是担心码头的楼船那里有人把守？嗨，你不用担心，前头定陵县还有码头，那是我故乡，熟悉着呢。咱们连夜赶马车，半日就到。""鼻屎痣"喋喋不休。

"我会不清楚吗？"梅虫儿的脸色突然变得难看。

"你这是什么意思？""鼻屎痣"翻脸也跟翻书一样快，他一只手抓住梅虫儿的衣襟。

"啪！"梅虫儿身边一位仿佛永远一张冰山脸的冷峻人已经飞速地拔出佩剑，用剑面猛拍"鼻屎痣"的手背。

"鼻屎痣"猛地将手一缩，不停地揉搓着。

"你小子听明白了，我用你，只是因为你是溃兵营里的一个小官，而且，素来自大，牢骚满腹。"梅虫儿低头摆弄着自己佩戴的佛珠，都没正眼瞧"鼻屎痣"一眼，"说白了，你这种人，几句好话一说，什么事都敢干。你能在溃兵营里拉起一帮狐朋狗友，这是你仅有的价值。"

"你！我们弟兄几个，可没少出力……"

"你们的好处少不了，可是，要是再指手画脚……"梅虫儿说完指了指那个"冰山脸"，"他叫许明达。"

"许明达?！"叛变的溃兵有一人惊呼，"当年前齐御林军的第一剑士，许明达?"

"老实点，别狂了。你们已经没了退路，只能跟我干。"梅虫儿环视一下室内，这是典型的西吴民居，廊柱和窗棂的木雕生动而有内蕴，他十分喜欢。若不是为了所谓的江山，真想置办下，闲居终老。"明日一早动身。你们，给我看好他。若有闪失，你们一百个脑瓜子也顶不了，听明白了没有?"

"鼻屎痣"只得点头称是。

梅虫儿和许明达走出屋子，好似抽走了灶膛的柴火，大大的厅堂顿时冷了下来。

"鼻屎痣"走到萧统跟前，用手指插到捆绑的绳索里试试松紧。之后，将溃兵分成四人一组，轮值看管萧统。

萧统见他们休息的休息，看守的看守，开始想丁令光、沈约、陈庆之和他身边的宦官以及舍人了。他想：梅虫儿他们意欲何为？泪水悄悄地爬满了他稚嫩的脸。

这边，陈庆之和沈约带着一队侍卫，沿着脚印等蛛丝马迹，慢慢查询，一路追到了前往定陵县的大道上。

沈约年老，虽然乘马车而行，却也累得够呛。

"如今，想必是前往定陵县，去那里的码头渡江了？"沈约喘息着说道。

"先生，我们上当了。"陈庆之看着地上的车辙说道。

"此话怎讲？"

"他们盗取咱们变卖的车马，压根就是个迷魂阵。他们并没有离开池县！"

"你如何得知？"

"那些溃兵只是从犯，背后一定有人指使。他们摸清了我们的底细，那就是太子走丢，不可能大肆宣扬。他们应该在池县的江边，有人接应。抢走车马，一路的车辙印，都是在迷惑我们。先生你看……"陈庆之将灯笼照在地上，继续说道，"这个转弯处，他们的马车行得很急，车轮在地上横着滑行了一段。"

沈约一看，的确如此，分析道："我们沿着车马的印记追踪到此，不会晚他们太久，因为他们也是走夜路，不可能在转弯时，还跑得如此之快。哎呀，那么太子此时已经在江北了？"

"不会。"陈庆之沉思片刻，坚定地说，"码头有我们的人把守，已经第一时间快马过去打了招呼……"

"他们的船不会太多，抢劫车马的那几个必定也是他们的核心人物，一定会等他们到齐，再乘船渡江。至于那十几个溃兵，只是他们的棋子而已。"沈约冷静下来。

陈庆之坐在马背上，低头思索。

"既然他们迟早要聚集，那我们沿着这个车辙一路追，也就知道他们到底在哪里了。"一名骑马的侍卫说道。

"他们既然都能算到县衙何时向我们汇报车马的事，这件事更不会有差错，等我们追上，估计他们已经在江心了……"陈庆之说。

"这……"侍卫哑了口。

"我知道了。"陈庆之突然灵光一闪，"先生，后面的路乘车不便，您先回去，这里交给我吧。"

沈约似乎懂了陈庆之的心思，又不便说破，毕竟这是关乎太子生命的大事，稍有不慎后患无穷。"好，我先回去看看贵嫔。"说完，沈约带着两名侍卫驾车而去。

陈庆之立在马上，继续思索。

"上官，您想到了？"

"是的，他们不可能有那么多车马，劫持太子之后，他们应该是步行。我们百十号人一路追查，唯独忘了一个地方……"

"县城！"身边的八名侍卫异口同声地说道。

"不过现在城中有宵禁，我们只能偷偷地摸进去，所以，我让沈先生先行回去。"

"驾！"陈庆之扬鞭策马，那匹黑骏马懂得主人心思，箭矢似的射向前方。紧跟的侍卫不敢落下半步。片刻，他们来到池县东门墙下。清溪河应该没有入眠，它在守着护城的职责，兴济桥这座浮桥倒是承担了一天的工作，累得睡了。对于这些御林军来说，爬上城墙再简单不过，只要一根绳子就能解决。他们的行动，做得无声无息，丝毫没有惊动城内的守军和百姓。

城内的城墙根下，九个人凑到了一块。"上官，县城这么大，您怎么知道太子在哪？"

陈庆之辨别了一下方位。"滞留池县两个月，这里我早就熟了。城东荒芜，值夜的小吏都不去那里察访，定是在那里。走吧！"

"嗯！"

此时，萧统依然被绑，尽管很疲乏，但他强忍着打架的眼皮，他要清醒。而那群溃兵已东倒西歪地鼾声连天。萧统想，国家有这样的兵，如何不亡？

灯，依旧一闪一闪地亮着。那灯很守时守律，依然跳跃着火舌，萧统在心里几次和它对话，它不应，"难道我五行盛水？"他想不通，打算见到沈约时问问。

谁能想到，这时两个娇小的身影无声地来到萧统身边，是明奴和慧娘。

明奴来到萧统面前，蹲下身子来低声说："我叔父说，你大大是我的杀父仇人。"

萧统听了不知其故，只能瞪大眼睛看着他们。

"不过我和妹妹觉得你不坏，而且你母亲给过我们家东西，所以我们决定放了你。"

慧娘拉开了塞在萧统嘴上的布："你别出声，吵醒了他们。"

萧统泪如雨下，有些抽泣。他十分伤心地说："我以为你们是我的朋友，你们却……"

明奴帮他解开绳索："我们也当你是朋友，所以才准备放了你啊。虽然叔父一直想把你带走，可是，杀我们大大的，是你大大，不是你。"

"你们放了我，那个叔父会放过你们吗？"萧统冷静下来，低声说道，"你们不要管我，回到你们自己的住处，我自有办法逃离！"

六

"你们回去吧，我有办法的！"萧统坚定的语气，着实令明奴和慧娘不解，无措中他们还是照办了。

"那你好好的，实在不行，我们会向叔父求情的！"说完，明奴拉着慧娘轻手轻脚地离开。

萧统静听着他们的脚步声，确定走远了，便故意叹了一声："唉——"见没反应，他加大了音量，又叹了一声。

如此几次，惊醒了负责看守他的"鼻屎痣"。"哎，你嘴里的布条怎么……"

"大胆，要叫殿下！"萧统凛然面对，"我乃未来天子，布片自行脱落，绳索不解自开，实乃天命！"

"鼻屎痣"和几个醒来的士兵将信将疑。

"你……你……你少来！""鼻屎痣"竟然有些紧张，走上去捡起绳子。

萧统内心有些慌张，他在心里警告自己一定要镇定，这是沈约传授过的方法。他回想起刚刚的对话，跟"鼻屎痣"说："这位壮士，我虽然年幼，但天命所归。再说说你，受贼人蛊惑，大道不走走小路，可惜，可惜！"

一听这话，"鼻屎痣"便收起了绳子，问道："此话怎讲？"

"你为他效劳，连一丝尊严都捞不着，难道还有什么前程？"萧统说，"我问你，你们有几辆车？"

此时，溃兵们大多醒来，几个人面面相觑。"我们没车，但是我们杀了那几个小吏，抢了你准备卖掉的车马。"

"那才八匹马，两辆车，除了抢马车的人，还有两个孩子，那个首领，那个剑士，你们这十几个人，都能上车？"

"你的车那么大，带不走我们吗？"

"到时候我的侍卫到处找我，他们哪顾得上你们？肯定早就快马轻车跑咯！那个剑客，你们也斗不过他，他不让你们上车，你们能怎么办？"

十几个人低声议论，竟然觉得眼前这个六岁的孩子说得有理。

"不对！""鼻屎痣"说道，"梅大人告诉我说，明天的船都准备好了，难道会不备车马？你不过是为了让我们放了你，别糊弄我们了，放了你，不可能。"

"你嘴里那个梅大人，知道你的名字吗？"

这一问，竟然把那个"鼻屎痣"问倒了。

"我听到，他根本没问你叫什么，对不对？你觉得，他允诺你的那些条件，能兑现多少？"

"这……""鼻屎痣"一脸茫然。

"就是……就是……"其他溃兵也附和。

萧统心中有了几分胜算："只要听令行事，我定会保你们平安，并对今日之事既往不咎。日后，若愿留军中便留军中；不愿的，可以解除军籍，务农为业。"他走到"鼻屎痣"跟前，"你罪行最重，通敌叛乱，挟持太子，但你若立地改正，可以与他们同等待遇。"

"鼻屎痣"见过狠人，还没有见过这么小的孩子有如此气度，再想到"真命天子"一说，立即笃信无疑，扑通跪下，"小的有眼无珠，罪该万死，请殿下恕罪。黄灯明照，从即刻起，小的听命殿下，死而无憾。"

"是，是……"溃兵们全都跪下，"请殿下饶命。"

"你们现在假装打斗，闹出声响，闹得越大越好。此时，官府的人一定正在附近，他们一来，你们束手就擒，余下我自有安排。"萧统用力一挥手，被绳索绑过的胳膊依然又麻又痛。

几位溃兵猛地跳起来互相扭打，并且大声对骂起来。"鼻屎痣"扶着萧统到正厅中的太师椅上坐下。

"不，你还将我绑上，"萧统说，"若是梅贼来了，也好应付。"

"小的不敢。""鼻屎痣"双手垂立。

"太子之命，无罪可言。"萧统反起手来。

"鼻屎痣"象征性地在萧统的手和胳膊上划拉两下，便加入"制止"打斗之中。他的动作之大、声音之高，都超过众人。

在梅虫儿房里休息的许明达听到声响，刚要出门，却被梅虫儿叫住："他们估计是分赃不均，别管了。"

许明达一听，回到榻上。

池县城防内紧外松，果然不出萧统所料，陈庆之正搜寻到城东，立刻听到了响动。

"快上！"陈庆之果断发令。

九个人应声飞奔而去。走近细看，一处偏僻的荒废宅院，一大一小两间厢房，还有一间柴房，都还亮着灯，吵闹不绝。

陈庆之即行部署，一队随他盯查大厢房，一队冲入小厢房。

两队同时破门而入："都别动！"

一看是御林军，所有溃兵都跪地求饶。

"陈将军，我在这儿！"萧统走出灯影，抖搂绳索。

"啊！"门外传来几声惨叫，几名御林军冲出去，却发现其他的御林军已经成了许明达的剑下之鬼。

陈庆之抱起萧统正要往外冲，却发现许明达已经挡在庭院的门口。他来时已察看仔细，这处宅子只有这一个出入口。

剩下的御林军将萧统和陈庆之围在中间。溃兵们没有武器，全站在一边拭目以待。

"难得，你们竟然能找上门来！"梅虫儿细细的声音如丝藤在缠绕，"许明达！"

"在！"

"既然无法劫持这个叛贼之子，那就将他就地正法！为齐皇帝报仇！"

"诺！"

许明达得令，说时迟，那时快，他箭步上前，右手持剑，左手却突然从怀中掏出一把手戟，径直向萧统抛去。

陈庆之眼疾身快，一个翻身，硬生生地接住了手戟，但是那戟支却直插入他的肩背，顿时血流如注。

陈庆之踉跄倒地，萧统也随之摔倒。

御林军齐齐上前，与许明达打斗起来，血光四溅。

"太子……"陈庆之拼尽力气扶起萧统，"快走……快走……"

"陈将军……"

"太子，做一个好皇帝……"陈庆之说话间，溃兵们伺机逃散。

梅虫儿提剑，阴森森地冲着萧统而来。

陈庆之奋力站起，将萧统护在身后。"太子，以后做一个好皇帝，做一个不以门第选拔贤良的皇帝！"

陈庆之话落剑起，直刺梅虫儿，他毕竟有伤，又没有武艺。梅虫儿一挡一反，那剑便中了陈庆之的心腹，陈庆之轰然倒地。

"陈将军，陈将军……"

"快跑，快跑呀，太子！"

萧统含泪跑向东边的柴房……

梅虫儿正要追，却被陈庆之紧紧地抱住了双腿。

"放开！"梅虫儿又刺下一剑，"陈庆之，你个浑蛋！"

萧统进入柴房，找来一根粗棍顶上门。待转身，面前站着一个黑影，吓得他一身冷汗。

"太子，是我。"说话的是明奴，他的上牙打着下牙。原来，他们兄妹俩出门时，看到了城防的士兵，便折回来躲到了这里，看到了外面的打斗，两人吓得发抖。

慧娘过来拉住萧统："那边有个洞，你快进去！"

两人不由分说地将萧统塞了进去，几根刺柴拉得他们衣裳"吱嚓"响。原来柴房的一角有个口子，正好可以让一个孩童钻入。

是谁一声喊："衙役来了，快走！"中止了血雨腥风。

明奴看清了庭院里的一切，才又将萧统拉了出来："不打了，不打了。"

萧统依然在流泪，他再次从门缝中扫视庭院，只见十几具尸体倒在血泊之中，几位来不及逃跑的溃兵被御林军擒住。

梅虫儿已经不见了踪影，陈庆之的血还在流淌。

萧统冲出柴房，扑到陈庆之身边，御林军立即围护起萧统。

明奴和慧娘也跟了出来，萧统擦擦眼泪，对他俩说："你们快走吧。"

"我们?"明奴的声音如蚊蝇。

"你们那个叔父已经跑了，等会衙役来了，你们也是劫持太子的从犯。"

"这……"

"你们刚才救我，现在到我救你们了！朋友要有来有往！"

"谢谢你。"说完，明奴和慧娘还从柴房的洞口逃跑。

"等等。"萧统在身上摸索着，掏出了丑奴送他的石马，"今后不知道什么时候才能再见，这个是我朋友送我的，我现在送给你们吧！"

门外，已经有了衙役闯入的声音。

"快走吧！"萧统挥手示意。

慧娘接过石马，还没来得及说话，就被明奴拉着遁入了柴房。

衙役陆续进了院子，见萧统安然无恙，全松了口气。

"速速救治陈将军，收敛所有死亡的御林军遗体，厚葬。"

萧统一脸泪水。

此时，东方破晓，一群水鸟在清溪河上嬉闹，水汽如雾。

第五章 萧墙浮影

一

时局如江水，缓急不稳。

昌义之将军坚守着钟离，韦睿将军收拢残军在长江北岸布防，卡住了战线。

将士们用生命和鲜血锚住了一片青天，萧统和丁令光得以平安启程回京。在萧统的建议下，溃兵都重新入伍，没有按照逃兵处置；难民也都被遣送至江北。

萧统回宫，按照朝纲，第一件事便是去太极殿向皇帝述职。

萧统在宦官的带领下，走进皇宫。

"维摩。"萧衍神情憔悴，却面色紫红，似乎刚大发雷霆过。

"父皇。"萧统行礼。

"维摩，这次出去，车旅劳顿，还经历了危险，我都听说了。"萧衍摸了摸自己的额头，努力让自己不显得太过疲惫，"沿途你也历经了不少郡县，你也不小了，选一个做你的采邑吧。"

"采邑？"萧统不假思索地回答道，"儿臣请封池县。"

"池县？你在那里遇劫，对你而言不太吉利，换个地方吧？"

"儿臣虽然遇劫于此，却全身而退，闻名于此，分明是吉，不是凶。况且此地鱼肥米丰，世风纯正，乃儿臣梦想之地，请父皇恩准。"

萧衍的脸上浮现出欣慰的笑容："陈庆之说你天资聪颖，果然不假。"

"陈将军……他……"萧统急红了脸。

陈庆之伤势过重，简单处理之后，连夜被送往京城，萧统并未得到他的最新消息。

萧衍看出了萧统的急切与担心："他已经醒了。"

听了这话，萧统长吁一口气。寒暄了几句之后，前线新的战报送到，萧统只得告退。

接下来的日子，日复一日，年复一年，东宫、永福省，萧统两边走动。永福省庭院中的花，岁岁枯荣，庭院中的枫树，红了又绿，几番轮回，看不出岁月流转，而沈约的老去，刀刻般地证明着时光的流逝。

沈约去世后，萧统也已经是个翩翩少年，别居东宫的玄圃读书。玄圃在东宫北面，也在朝廷核心公务之所的台城之内，但和宫城隔了一个苑市，而且在台城的东北角，住在此处与宫外并无差别。萧统不在意，丁令光不在意，反倒朝廷中一些势利小人各怀鬼胎。

天监十七年（公元518年），萧统已经十八岁了。他身高七尺，体态精壮，仪表堂堂，是位让人看着放心的储君。

大雪时节，萧统身穿缎面大袄立在玄圃外，似乎在看雪，似乎在赏梅，其实他是在等一位高僧。等待很快结束，高僧入室与萧统相对而坐，一盆炭火在中间时隐时现，温暖人心。

高僧很快进入角色，他说："色，是梵语有形、不变的意思。空，是梵语无形、变换的意思。世上所有的色，本质都是空，而所有的空，都是色。"

"这个我国也有。"萧统说道，"《道德经》中说，大音希声，大道无形，也有这个意思。"

高僧行礼道："世上的学问，本就是相通的。我佛修炼，不过是戒、定、慧三者而已。戒断俗尘，打坐入定，修得智慧。道家说精、气、神，修内丹，其大要义，皆为一也。"

"但是道教以为人生有乐，所以求长生不老；佛教以为人生皆苦，故而求往生极乐。"萧统一边说着，一边亲自为高僧续茶。

"太子博学。"

"不过，长生不老，着实是镜里观花。你看秦始皇、汉武帝，好神仙、求方术，终不敌躯壳老去。"

"道教所谓长生不老，并非这个意思。延年益寿，是为长生；童心不老，是为不老。再说，秦始皇、汉武帝雄才大略，虽亡国后，祭祀不绝，又与成仙何异？为人君者，勤政爱民，有所作为；为人臣者，事国以忠，有才著世，虽未修仙，又与仙人何异？"

萧统一听，恍然大悟："大师身在释家，却亦通道家之学，我辈佩服。"

"不敢不敢，这些都是老僧听一位高人所言。"高僧起身示礼。

"哦？"萧统听之，双目生光，"是哪位高人？法师何不请到我玄圃来，讲学一番。"

"此人便是山中宰相，陶弘景，字通明。"

"他？"萧统一听是陶弘景，有些泄气，"此人高贵，不下山，不待客，我先有三请，后又亲临，均未谋面，哎……再高之人，也得面世诲人啊！"

正说间，一位年迈的宦官进入玄圃，属官前来通报："王内官奉上意而来。"

高僧见状，起身行礼道："太子想必有事，贫僧要继续云游了，在此别过。"

"已近年关，大师不如等开年再走吧。"萧统也起身。

"年不年的，对我出家人而言，又有何区别？"高僧笑道，

"贫僧告辞。"

萧统回礼，仍想挽留，却不得，只好送行。宦官王常侍急急进入厅堂，行礼道："皇上谕知太子，时近年末，太子回宫，筹备除夕。"

"诺。"萧统见宦官掐着时点进来，有急事要办的样子。

"殿下，小臣还有件私事要告知。"宦官王常侍面带笑容，却只把话说了一半。

"王内官，有话快说，为何如此忸怩？"萧统向来不愿意听一半的话，但朝中之人，能把话说全乎的并不多。沈约在世时说，此乃技巧。历史上因话起祸的事也实在不在少数。

"还用问吗？"陈庆之踱步而入。这是萧统给他的恩荣，可以不报而来，他进来急忙奔向火炉，仿佛是来找暖的。"年底了，定是好事。"

"哦！"萧统喜出望外，"难不成是晋王萧纲、庐陵王萧续他俩回宫了？"

宦官王常侍笑着点头："他们已经在贵嫔宫中，太子快去准备，好与兄弟团聚吧。老奴回去复命了，告辞。"

萧统大声招呼属官："黄舍人，帮孤整理下书卷，孤要带进宫中。"

"诺，可是新得的《陶渊明集》？"

"我前些日子抄了一份，这次入宫要献给父皇，你把两份都备着。"

"诺。"

"殿下。"陈庆之起身行礼。

萧统见状，也知此时因兄弟之情潮涌，冷落了陈庆之，便忙上去扶了他入座："子云先生怕冷，不必拘礼。"

当初，陈庆之救萧统虽然捡回一条命，但是失血过多，身体一直羸弱。从寒露一直到谷雨，几乎离不开火盆。

"殿下，我刚才听到宫里的消息，说晋王这次回宫，非同小可。"原来陈庆之也是为此而来。

"萧纲虽然十一岁就藩，但是三年内一直在丹阳郡内，更时常回宫探视母亲。这次回宫，如何不同寻常？"萧统不晓其意。

陈庆之说："这次回宫，陛下亲自去宫门迎接，如此待遇，在诸王之中绝无仅有。"

萧统思索须臾，道："我之前听说萧纲府中吸纳了很多幕僚，都是父皇喜爱的人才。这次外出句容县历练半载，时间久了，父皇有些思念实属常情。再说不久后恰逢萧纲年满十五，正值加冠之岁，恩荣也是应有的，先生怕是过虑了。"

陈庆之又说："太子前往丹阳郡句容县探视陶弘景时，晋王可曾陪同？"

萧统默然片刻说："萧纲就藩在外，事务繁忙，并未前去，也是常情。我与萧纲一母所生，断然不会有嫌隙。"

"殿下还是小心为上。"陈庆之提醒道，"入宫见了晋王，务必谨慎。"

"我自有分寸，先生宽心。"萧统锁起了眉心。

外边的雪停了，却没有阳光。一群麻翅鸟在雪地里玩耍，它们可能还没有预料到觅食的困难即将到来。

二

宫中常年冷清，此时却其乐融融。梁朝的藩王，十岁出头便出宫就藩，难得入宫团聚。如今到了年底，每个嫔妃的宫里，都是一阵阵团聚的笑声。

"母嫔！"萧统进宫，远远地向丁令光行礼。

"就等你了。"丁令光话音刚落。

萧纲、萧续都上前行礼："王兄太子殿下。"

"萧纲，过了年你就年满十五，年后正好是你的成人礼，你便可在宫中多住几天，陪陪母嫔。"萧统一边就座，一边说。

"王兄，今后你我可常相见了。"萧纲稚嫩的脸上浮现出笑容，可是他的眼神却带着一丝陌生的气息。

萧统虽然有所察觉，但是未放在心上。

"你父皇已经下令，今后一段时间萧纲将长居京城，与你共事。"丁令光替萧纲答道。

"难怪，刚才父皇叫我安排新年的庆典、傩仪，还有来年的祭祀，要你和我一起操办，原来是要长居京城。"

"臣弟今后，还要多多为王兄分忧。"

　　萧纲的话越发让萧统觉得奇怪，但是他不好明说，笑脸应道："如此甚好，我那有不少经卷、典籍、文章，听说你最近爱诗成癖，回头我抄几本前代的诗集，送到你府上。"

　　"谢过王兄殿下。"萧纲如此拘礼，倒让萧统有些不自在。

　　"这有何谢？都是自家兄弟。"

　　"接下来的日子，父皇要我暂居王兄东宫，当然要谢。"

　　"那好，你与我同住正寝，抵足而眠。"

　　"正寝是东宫正位，臣弟万万不敢。"

　　"如今快要成年，说话果然老成了许多，与我何必多礼？"

　　萧纲默然不应，场面一时尴尬起来。

　　萧统转过头，询问萧续道："萧续，听说你最近田猎，颇有斩获？"

　　"那是！"萧续一边吃着点心，一边说道，"会稽郡山高林密，到处都是珍禽异兽，我如今已经能开八十斤弓，一百二十斤弩，射飞禽走兽，莫有不中。"

　　"习武是好事，可是杀生多了，有损福报，你以后还是少去田猎为好。"丁令光说道，"你父皇笃信佛教，若听言你喜好田猎，定要斥责。"

　　"常听闻你府上有些珍禽异兽，可是也没见你带些回来。"萧纲说道，"你外出就藩，难得回京，带些皮毛腌肉给诸王们分分也好。"

　　"我……"萧续红了脸，悻悻说道，"我猎了禽兽，不过当晚就吃了，带不回来……”

此言一出，丁令光和萧统、萧纲都不禁失笑。整个皇宫，都沉浸在这份祥和之中。丁令光很享受，萧统却感到哪里有些不对劲，好似门窗紧闭，却总有股子贼风在跑动。

萧统坐不多时，便起身和萧纲一起进太极殿，面见萧衍。

岁末时节，人总是容易怀旧，尤其是如今已经步入中年的萧衍。萧统和萧纲刚刚进入大殿，便已经察觉出皇帝的愁容。

“父皇。”二人的呼唤，让萧衍放下手中的书卷。

“吾儿。”皇帝也没打算在两个儿子面前遮掩思绪，“近来搜罗旧稿，发现许多休文的诗作。不禁感慨斯人已逝，风骨犹存。”

见父亲提到了自己的老师沈约，萧统也不免有些惆怅，他正要说些什么，却被萧纲抢了话头：

“夫子生前谆谆教诲，儿臣至今铭记，永世不忘。”

萧衍起了兴致，问道：“朕素来认为这个四声之说是休文生前创立的第一大学问，吾儿，可还记得？”

萧统行礼答道：“四声者，平、上、去、入。”

萧衍点了点头，萧纲却上前答道：“父皇，儿臣以为，平上去入四字，虽能概括，却难以记忆。儿臣另编四字，可令天下皆知四声之妙。”

“哦？”萧衍示意萧纲继续说下去。

“天、子、圣、哲。”萧纲一字一顿地说出这四个字，让萧衍脸上的愁云一扫而光，对萧纲投以赞许的目光。

接下来几天，萧统和往年一样，安排宫中的除夕庆典和辞旧迎新的傩仪，因为有萧纲的帮助，他着实轻松了许多。

腊月二十八，萧统和萧纲已经将三十晚上的国宴菜肴安排妥当。按理，萧统要和萧纲一起回东宫休息，可是萧统却以安排属官年庆为由，回了一趟玄圃。

玄圃中，只有几名舍人打理，由陈庆之负责掌管。

“子云先生。”萧统回到玄圃，急急地找到陈庆之，低声说道，“萧纲果然有些不对。”

萧统说这话时，堂堂男儿，竟然有些哽咽。

“殿下不要激动，你生在帝王之家，小情小礼不可少，但大德大善更要果敢而为之。”

“萧综长居京城，与我多有过节，我倒也认了。萧纲与我一母同胞，竟然……”萧统叹息道，“我年幼时，便常叹身边没有朋友，如今，连兄弟都没了。”

陈庆之一阵寒战，咳嗽不止。

萧统上去，扶着陈庆之，帮他拍背。“起风了。”萧统在说天。

“殿下，这风不是现在起的，皇宫之内，风何时停过？”陈庆之平复着呼吸，借风说风，“有臣在，殿下不必担心。”

“我担心的不是你能不能辅佐我保住王储之位。就在大半年前，萧纲还与我亲密无间，若是你保住我的太子位，却伤他性命前途，我倒是宁愿让他当这个王储。"

"殿下，你身在帝王之家，很多事情，不得不做伤筋断骨的取舍。"

"我也直言了，我听刘孝绰先生言，你已经有所动作。我怕你伤害到萧纲，才回玄圃的。"

"殿下，切不可养虎为患。"

"那不是虎，是孤王之胞弟。"萧统咬起牙关。

陈庆之站了起来："殿下，晋王就藩之后，幕僚日盛，云集影从。如果晋王只是晋王，这些文士不过是一辈子的侍臣、家臣、属官，可是如果晋王取代殿下，以后他们可就风虎云龙了。"

"扳倒这些挑拨手足之人，倒也无妨，只是你不能害了萧纲。"

"好，臣立誓，只保储位，不害晋王。其实太子只要不与陛下起太多争执，晋王无机可乘，自然无事。可是如今萧纲留京，与你共同观政，只怕他从中作梗。"

"我只是观政，与父皇平日里素无相左，萧纲如何能挑拨？"

"如今晋王尚无动作，我也不知他那边的底细。殿下可曾记得，之前因为临川王萧宏一事，你与陛下已经争执过多次。我猜萧纲必然从此入手，殿下留意。"

陈庆之的分析和提醒，令萧统既温暖心窝，又汗生项背。

第二天一早，萧统便早早地入宫，继续为年尾的庆典操劳。到了除夕之夜，宫里举行国宴。正殿前的广场上，一群群戴着面具的侍卫扮演着祖先、神灵、鬼怪，进行着驱魔祈福的傩仪。

宫中的欢乐气氛持续了两三日，一切便恢复正常，皇帝开始理政。萧统白天在宫中观政，晚上便回玄圃读书休息，并不在东宫居住。萧纲的王宫远在建康城外，距离太远，依旧暂住在东宫，时间久了，真不知萧纲和萧统，哪个才是真太子。

年后开春，建康城的湖河还是厚厚地封着，柳树没有半点儿生机，人们裹在厚薄不一的寒衣里感叹着这些年来，建康城的冬天一年比一年长。

三

到了元宵，宫里又是一番难得的狂欢。

次日，亲王们纷纷准备行囊，离京回自己的采邑。萧统身为长子，代表皇帝向弟弟们一一告别，所以这天就只有晋王萧纲在宫中观政。

到了中午，萧统才进宫，向皇帝汇报。

例行的寒暄之后，萧衍问道："维摩，你可知下个月的初三，是何日子？"

"不敢忘，乃是弟弟晋王萧纲十五岁生辰，按照惯例，要举办加冠礼了。"萧统早已料到。

"有劳王兄挂念。"一旁的萧纲行礼道。

"这冠礼，历代不同。维摩，依你看，萧纲冠礼，应该如何操办？"

"我华夏礼仪之邦，自有成法，因循旧制可矣。"萧统答道。

"嗯，萧纲，你以为如何？"萧衍问道。

"儿臣觉得，一切从简就好，礼之要素，在人不在仪。有贤者参之、观之，已是儿臣之幸，不敢求奢。"萧纲倒有大人之象。

"难得你有此心，不过既然是皇子冠礼，太过简约，有失我大国气度。"萧衍再次直视萧统，"维摩，你以为呢？"

"冠者，礼之始也。周制，二十而冠。但君王早成，周文王十二而冠，周成王十五而冠。我朝立制度，十五而冠。加冠之后，方为成年，如此人生大事，简略不得。"

"敢问王兄，这历代冠礼，都有何不同？"萧纲行礼问道。

"历代冠礼，大体皆同，自周至汉，太子四加，先着帻巾，一加玄端，二加皮弁，三加爵弁，四加冕服；皇子三加，无冕服。魏代汉立，废玄端、冕服制度，故而太子再加，一加进贤冠，二加远游冠。刘宋去繁留简，太子一加，只远游冠；皇子一加，只进贤冠。"萧统的学识可见一斑。

"嗯。"萧衍点了点头，"你对历代典章故事，十分熟悉，着实难得。朕意以为，萧纲为嫡次子，与你等同。所以冠礼以太子之礼为待，如何？"

"唯父皇之命。"萧统及时行礼。

"父皇，儿臣身为藩王，如此岂不僭越？不敢不敢。"萧纲起身行礼道。

"当年太子加冠时，正是多事之秋，无暇操办。"萧衍说道，"如今天下安定，北魏届时更会有使臣前来。我朝华夏衣冠正统，操办此礼，正好扬我大国之风。维摩，你若是没有意见，那便如此操办。年关过于操劳，冠礼之事你们都不用操心，朕自有安排。"

"谢父皇隆恩。"萧纲行礼道，"不过儿臣还有一事相求……"

"你是加冠之人，但说无妨。"萧衍示意。

"届时，冠礼之正宾，儿臣想提供一个人选，望陛下同意。"

"此人是你府中的幕僚？"

"正是，儿臣已经允诺，望父皇恩准。"

"如此小事，准了！过几日，你告知他一声，让他进宫演礼。对了，此人之前可曾进宫？"

"此人陛下认得。"

"陶弘景？"萧统眼神闪过一丝惊诧，失口说道。

"正是字通明的陶弘景，王兄听说了？"

"没有，只是乱猜。"萧统感到自己失态了，匆忙改口。

"如此贤才，朕都未曾请动。皇儿当真不简单啊。既是如此贤人，演礼倒也不必，你让他提前一天进宫便是。"萧衍喜形于色，"对了，冠礼的时候，我与尔等之皇叔临川王亲自任主人，如此，正宾就是陶通明先生，让他为你加冠。赞者就由维摩来担任吧。"

"诺。"萧统应下。

"维摩，近日你就在东宫住下，先别回玄圃读书了。"萧衍再做安排。

"诺。"萧统又应下。

时间很快，转眼的工夫，已经到了冠礼的日子。

这天清晨，文武官员都聚集在太极殿，中间临时搭建了礼台，上面摆放了冠礼所需的衣冠、盥洗用具、酒盏等，庄重而简约。在宦官和宫女的引导下，身着彩衣的萧纲上到礼台，正襟跪坐。

"皇帝驾到！"

萧衍在宦官的搀扶下，进入太极殿，坐上了皇位。他的身边，设了一个临时座位，坐的是皇弟临川王萧宏。

萧统慢慢踱步，走向礼台，与萧衍对视一眼。萧衍点了点头，示意他冠礼可以开始。

"冠者，礼之始也。"萧统高声念着礼词，"令月吉日，始加元服，弃尔幼字，顺尔成德。寿考惟祺，介尔景福。"

说完，陶弘景慢慢踱步上台，在萧纲的面前端正跪坐。

"吉月令辰，乃申尔服，敬尔威仪，淑慎尔德。眉寿万年，永受胡福。"萧统念完，有司将盆巾端到陶弘景的面前，他洗手后，另一有司将一件深衣披在萧纲的身上，帮助萧纲穿着。

待深衣穿着完毕，又一有司将放着远游冠的托盘端来，摆放在陶弘景的面前。

萧统诵咏："以岁之正，以月之令。咸加尔服。兄弟俱在，以成厥德，黄老无疆，受天之庆。"

陶弘景双手捧起远游冠，萧纲向陶弘景低头。

萧统高声说："加——冠——"

远游冠戴在了萧纲头上，早已准备好的乐队响起了庄重的音乐。群臣跪地朝贺，山呼万岁。

当年萧统加冠时，正值朝廷多事，正宾只有学士王锡，主人只有宗室萧秀，萧衍并未出席，观礼者也没有今天这么多，规格远远不及这次。

萧统的心里隐隐有些不快，但想到这毕竟是自己一母同胞的弟弟，便释然了。

音乐声中，远游冠的系带已经系好，陶弘景站立起来，回身向皇帝行礼。萧衍和临川王萧宏也起身回礼。

"请陛下为皇子晋王表字。"陶弘景声音清洪。

"啊，通明先生世间大学，请代为表字。"萧衍笑道。

"臣惶恐。"陶弘景再拜之，纳头说，"皇子讳纲，纲者，提网之绳，引为要领之意。君为臣纲，先王之道，世为所传。传乎承乎，世之缵也。表字，可为世缵。"

"善。"萧衍说完，宦官铺纸研墨，他便写下端庄的"世缵"二字。

陶弘景起语，众人齐贺："恭喜晋王殿下，贺喜吾皇万岁！"

在一派祥和声中，冠礼顺利结束。随后，萧衍拉着萧纲和陶弘景在一旁相聊甚欢，萧统有些失落。

"王兄，你如今这个太子之位，怕是有难啊。"一个声音如幽蛇般地游入萧统的耳郭。

萧统循声回头，发现是吴淑媛之子、豫章王萧综。此人久居京城，虽然一直有官职在身，却因为皇帝偏爱，一直没有出藩。

"缘觉，此话可不能乱说。"萧统提醒道。

"王兄，陶弘景为他取字'世缵'，你还看不出深意？缵者，传承也，世缵，分明有继承大统之意。"萧综快人快语。

"平日逢年过节，也不见你和孤有来往，如今怎么关心起我的位子来？"萧统有意想撇开这个话题，"我们兄弟之间的船如何航行，自有父皇掌舵。"

"王兄，你这话可就不对了，你我也是兄弟，何故厚此薄彼。"

萧统也觉得言中有失："是我失言了，缘觉，兄弟之间还是不要有这些无端猜忌，你也不要过虑。"

"哼，我倒是没有什么想法，反正这王储之位，都是你们嫡子的事，我一个庶出的皇子，嗨，不掺和你们这事了。"萧综说完，挥手扭头便走。

萧统回到玄圃，几次读书都是过眼不进心。

四

作为一国之君，也作为众子之父，萧衍的言行越来越让萧统看不懂。丁令光不允许儿子们对父皇有半点猜疑，萧统也不想这样，但事实让他困惑。

冠礼之后，萧衍给萧纲在京城光宅寺附近准备了一处宅院，并且亲自带着他去查看和布置。宅院安顿好后，萧衍又与萧纲一同去光宅寺游玩，朝中政务，由萧统暂为代理。

萧衍与萧纲、陶弘景在光宅寺相谈至子夜，方才准备起驾。萧纲想挽留萧衍在自己的王府中暂住，萧衍没有同意，萧纲便没有再多言，和陶弘景一起送行。萧衍乘着帷幕围着的辂车，萧纲骑马，陪在车边。

因为皇帝外出，京城的宵禁做得尤其好，偌大的京城，晚上的街道却异常安静。为了不扰民，队伍也尽量不发出声音，马蹄都裹上了棉布。萧衍享受着京城夜之寂静，乐在其中。

安静的夜，除了给人以安详之感，还会给人带来一丝恐惧。

侍卫们都竖起耳朵，听着周围的动静。

"前方是何去处？"萧衍突然发问，打破了寂静。

"禀至尊，是秦淮河上浮桥，名曰骠骑航。"

"白天来过这里，熙熙攘攘，夜里空无一人，着实别有情趣。"

"父皇好雅兴。"萧纲说道，"夜里水波不明，看不清路，浮桥颠簸，父皇还是下车步行为好。"

"难得你有心，就听你的。"在宦官的搀扶下，萧衍下了车马。萧衍甩开宦官的搀扶："朕今日不用你扶了，多年未走夜路，寡人自己走便好。"

说时，队伍的先行者已经上了桥，萧衍走在队伍之中，萧纲和陶弘景在其后左右，辒车空着，随行其后。

队伍走在桥上，水波荡漾着浮桥，一浪一浪，让萧衍感到颇为有趣。

"大家走慢一些，走慢一些。"萧衍说道，"世缵，过了桥，你便回府休息吧。"

"不打紧，送父皇入宫我再回去便是。"

"过了桥便没多远……"

话音未落，早春冰冷的河水中，竟然钻出一个人影，引得所有人一阵惊慌。

"护驾！"众人将萧衍护在中间，萧纲也以身蔽之。

人影手拿一把精致的环首长刀，径直冲向辒车。辒车中没有皇帝，自然没有太多护卫。人影在辒车前停了须臾，随后纵身一跃，遁入水中。

"抓刺客!"

在皇帝的命令下,侍卫迅速做出反应。可是那个人影却消失在无边的黑暗之中,只能依稀听到水声。

"是谁?如此大胆?!"萧衍怒不可遏。

"父皇息怒,息怒。"萧纲搀扶着皇帝,明显感觉到他浑身在颤抖。

"陛下。"一员侍卫上前,跪地答道,"臣或许知道这人是谁。"

"何人?"

"吴法寿。"

"此人什么来头?你如何得知?"

"他手中那把环首刀,是臣的友人前些日子打造,被吴法寿买了去。京城之中,金环蕨首之刀,并不常见,而此刀身间錾刻了一行金字,绝无仅有,臣适才看得真真切切。另外吴法寿素爱戏水,虽冬日亦能畅游,故而疑是此人。"

"此人是何身份?你速速说来!"

侍卫低头,支支吾吾地说道:"此人……此……此人是临川王宠妾之弟。"

萧纲一听,向右一斜,差点跌倒。

"宋景休!"皇帝一声呼喊,一名侍卫飞速前来,"你速潜入临川王府中,探听消息!"

"诺!"叫宋景休的侍卫带上几个人,飞奔而去。

萧衍回到皇宫，夜已深透，萧纲已经回到东宫之中休息。萧衍虽没有受多少惊吓，但风寒还是入了体。

第二天一早，宋景休便来报告："臣与羽林郎悄入吴法寿宅院，将其擒获，得家丁供述，他昨夜子时左右有过外出，但何时入府，不得而知。"

"大善、甚善！"萧衍两手按着自己鼓胀的太阳穴，"萧宏如今何在？"

"臣等已经将他禁足王府，任何人都不能出入。"

"吴法寿何言？"

"他矢口否认，臣等正在设法让其道出真言。"

"兹事体大，你们看好萧宏便可，查案让都官部和大理寺去，你们提供协助便好。"

"诺。"

"维摩和世缵呢？"

"晋王殿下自感有罪，正在闭门思过，已经差人过来打过招呼了。"内侍说道，"太子还在东宫，百官们都聚集在尚书省中，询问陛下的情况。"

"你扶朕去尚书省走一趟……"

东宫之中，萧统和属官们得到皇帝遇刺的消息，大惊失色。直到得到皇帝有惊无险，正在捕捉贼人的消息，方才镇定一些，但那颗心还悬着，属官们也纷纷聚集，商讨对策。

宫中学士张率、王锡、刘孝绰，太子詹事徐勉举等人各抒己见，始终没有讨论出结果。

"陈庆之不知去了哪里，他要是在，一定有高见。"看到一直沉默不语的萧统，太子洗马刘孝绰宽慰道。

正说间，内侍传话，陈庆之求见，并且带来了一个陌生人。

"速请子云先生！"萧统起身欲迎。

紧随陈庆之身后之人，衣冠普通却洁无一尘，面有倦容但目光炯炯，进入东宫，他的气势也未减三分，倒衬得那些学士、舍人等黯然失色。

"殿下，此人是萧宏当年在军中的幕僚。"陈庆之说，"他姓刘名勰，现在京畿戍卫的军中任步兵校尉。"

"参见殿下。"刘勰落落大方。

萧统伸手示礼让座。

"不知大家可商讨出什么结果。"陈庆之自行坐下，内侍们端来火盆，置于他脚前，他深知众人在等他的判断，"我以为，这次行刺，针对的不是皇帝，而是太子。"

"可是当时太子并不在场。"太子詹事徐勉说。

"太子不在场，可是目前所有证据都对临川王不利。"张率说。

"我认为，皇叔万万不可能谋逆。"萧统急忙阻止这种猜疑。

"太子高见，我曾在临川王手下谋职，此人胸无大志，唯有享乐，毫无进取之心，不可能作乱谋反。"刘勰施礼说，"行

145

前，臣向昨夜的侍卫打听了一些情况，事情不合理，刺客冲向陛下的辂车，可是上桥之前，晋王殿下已劝陛下下车步行，刺客在辂车前也未动手，而是径直钻进了水中。"

"如此，我非得面见父皇，救皇叔一命！"

"殿下，你如此，便是中计。之前临川王贪赃枉法，殿下力主严惩，陛下不听。"陈庆之劝道，"如今临川王面临如此嫁祸，您再与陛下意见相左，结果不堪设想。"

"子云先生，你明白孤的为人。"萧统急了，"六叔平日虽有劣迹，但是此事与他无关，何况事关性命，更不能冤枉于他。"

"殿下今日面圣，只管嘘寒问暖，其他的，臣自有办法。"陈庆之行礼道，"只请太子，帮一个小忙……"

陈庆之将话只吐出半句，在座的人便一一告辞。

五

萧衍举棋迟迟未定，终于落下一子。

陈庆之紧紧衣口，轻轻地摇摇头，见萧衍盯着他，便开口道："陛下近日棋艺，大不如前啊。"

"唉，国是为上，久未谋棋了。"萧衍没有受陈庆之话语的影响，心情依然很好，"要不是昨日太子提及你，朕都差点把下棋这个爱好给忘了。"

"那岂不是连臣也一起给忘了？"

"那倒没有。"萧衍再次起子，"手松了，心也松了，棋瘾也淡了。"

陈庆之没有急着应棋，而是转身拨弄火盆。

"如今已经是二月初了，日渐温暖，你还离不开火盆吗？"萧衍一边问，一边迅速落了一棋。

"当年池县救太子，失血过多，一直畏寒。"陈庆之很少提及这件事，此为故意。陈庆之落子。

"可惜啊。这些年你倒是忠心未变。"萧衍却将棋子拿起又放回棋篓，用手捏了一根胡须轻轻地捋着，好久又说道，"那个萧宏！平日里贪些，我认了；受贿行贿，我认了；收买我身边的内侍宦官，我也认了。如今，却直接派人杀我。哼，我这个六弟，还真对得起我这个哥哥。"

陈庆之行礼道："陛下息怒，依臣之见，必有误会。"

"何来误会？剑都进了我的辂车了啊！"萧衍越发生气，"太子一遇到萧宏的事，意见便和我相左，昨日我问之，他竟然说此事尚有蹊跷。哼！平时遇到萧宏的案子，太子巴不得削了他六叔的爵！这孩子，真是。萧纲倒是一口咬定他六叔有问题，毕竟他跟我一起经历此事，知道其中原委。说起来，要不是萧纲当时劝我下车，此时……唉，不堪设想。"

萧衍话音刚落，陈庆之立即离席而跪："陛下！可否听臣一言？"

"爱卿快快起身，但说无妨。"

"臣过耳此事，便有问及，以为此事疑点至少有三。"陈庆之起身回座。

"哦？"萧衍拉长声调，"我倒想听听疑在何处。"

"陛下！"陈庆之按自己的思路一一叙述，"其一疑，宝刀世人皆认，刺客选它行刺，无疑自投罗网。"

"嗯……"

"御林军虽然搜出了吴法寿，却未搜出那把宝刀，是丢弃，还是藏匿？不得其果。此乃二疑。"

"倒也有理。"

"临川王常任职于军中，必有一二高手相佐。这个吴法寿虽然擅长游水，好配宝刀，却不精武艺，选他为刺客，愚蠢至极。其为三疑。"

"全为猜疑，也有大臣提及，但无法证实。"

"臣有一法，可以一查究竟。请问陛下，如果幕后确为临川王殿下，那么他的目的何为？"

"当然是取而代之，谋逆篡位！"

"那么陛下想一想，他的具体计划，应是如何？"

"那还用说，先刺杀朕，随后趁乱杀入宫里，登基称帝。"

"所以，行刺只是第一步，如果真的是他，必然还有接下来的行动，不是吗？临川王在京城，除了王府外，有其他据点吗？"

"未曾查得，不过他的王府已经那么大，足可自行活动。他门下食客众多，足以为乱。"

"且不说那些门客都是飞鹰走狗的帮闲，就算他们能参与政变，也需兵刃。临川王生性怯懦，如今已经是战战兢兢，陛下不如今夜亲自去探望一下临川王，临川王一见陛下，就算为了宽大处置，必然也是言无保留。然后陛下可搜查他的王府，如果搜到了兵刃，那么便是他真有此心；如果没有，临川王的嫌疑至少能得到减少。"

"那……那朕今晚就走一遭。不过，你得作陪，算是我俩打的一个赌。"

"好啊，既是赌，赌注为何？"

"要是朕输了，朕便让你重新入羽林郎。"

"若是臣输了呢？"

萧衍微微一笑："若是你输了，你以后就留在朕身边出出主意。"

陈庆之一听，受宠若惊："臣谢我皇隆恩。"

"你足智多谋，应该的。"萧衍得意自己对陈庆之的收拢，"来，陪朕下完这盘棋。"

是夜，萧衍的銮舆来到临川王府。戒备森严的王府，失去了往日的生机，一片颓靡之态，此时的临川王萧宏被控制在一所厢房之中，不得出户。

"皇兄！我冤枉啊！"

149

太监通报之后，萧衍还没进门，便听到了萧宏的哭喊。

萧衍没有应声，重重地走进临川王的厢房："如今大理寺和都官部还未查出结果，你喊冤是不是早了些？"

临川王听出质问，赶紧行礼不敢再多一言。

"六弟，今天你我不谈其他，我带了些御膳，一起享用。"萧衍放松了语调。

宦官们提着簋盒，一一摆放于案几。

"饭蔬肉食都有些凉了，你与朕一起用膳吧！"萧衍扶起萧宏说道，"你被禁足，两天来吃的想必也是粗糙不堪。"

临川王依然胆寒，但皇帝所赐御膳岂敢拒绝，即便是最后的晚餐，他也得食完。让他没有想到的是，萧衍不仅给他夹菜，而且多次起箸而尝。

萧衍见临川王半碗饭半碗泪，于是开门见山："刺杀朕之事，先搁下不说，谈谈兄弟情谊如何？我们兄弟几个，除了长兄，便数我还算成才。可是在这个位子上，殚精竭虑，唯恐国邦受难、百姓得苦。为兄心硬为天下，但也有软和之处呀。我一直来有意提拔你，你有此职，若不是朕的弟弟，你何德何能拥之啊？我这个位子让给你坐，你能坐得稳不？"说至此，萧衍竟生出泪花，掏出龙巾擦拭。

"皇兄！"临川王早已泣不成声，"臣弟虽然贪赃枉法，罪该万死。但，臣弟万万不敢觊觎皇位！"

"难得来你王府做客，"萧衍提议道，"何不引朕到府里走走？"

临川王感激涕零，稽首再拜："诺，诺。"

起身后，临川王抚了抚身上的灰尘，整理衣冠后引领萧衍出门。

"六弟，今日你我兄弟，不如就开诚布公一次，你这后院如此宽广，到底都有些什么，能否一见？"

"可、可……以……"临川王直接走向后院，在一处大屋子前停下，小心地说道，"此乃臣弟收藏的历代古玩字画。"

萧衍进室，琳琅满目："只有古玩吗？"

"不，还有珊瑚、玛瑙……"

临川王说完，一队侍卫已经上前，在金银珠宝之中翻箱倒柜。

"轻点，不可有损珍宝。"萧衍看出临川王的担心，敦促道。

没多久，侍卫前来复命，的确全是珠宝。

又走过了几个回廊，搜查了各种库房，仅发现了一些古玩珠宝和数量难以计量的铜钱，没有任何武器。

"六弟，如果你有什么暗室的话，趁早告诉我！如果被朕硬搜出来，可就不好了。"萧衍依然紧逼。

"皇兄，真的没有暗室。暗室采光差，容易生潮气，铜钱会生铜绿的。"临川王萧宏半句话不离钱字。

"初三、初四毛毛月……"陈庆之在一株桂花树下吟唱。

"月到十五自团圆。"萧衍接了下句。

临川王府这夜，点亮了所有灯光，美轮美奂。

第六章 文心化人

一

萧衍回宫之后，似乎想明白了一些事，叹息良久，几乎彻夜未眠。第二天，他早早地唤萧纲入宫。

"父皇。"萧纲面圣行礼。

"对行刺一案，你一直力主严惩你的六叔萧宏。"萧衍尽量平复自己的情绪，"那么你说说他行刺的目的何在？"

萧纲思索片刻，答道："儿臣不敢妄下定论。"

"古来，宗室行刺，无非是为了篡位。行刺之后，欲行篡逆，还须武备才行。"萧衍说，"可是昨夜我去你六叔府上查看，并无任何兵械。"

"这……"萧纲一听，神色紧张起来。

萧衍看在眼里，他不愿意将萧纲那晚的劝说、陪伴与阴谋

153

等同起来。眼前的萧纲虽然已经成年，却依然是个年幼的孩子。

"孩子，人总会犯错，就算临川王真有谋逆之心，当下证据不足，是否可以网开一面呢？"萧衍追问。

萧纲立在下面，听出了萧衍的话中之话，神色越发慌张："唯……父皇之……命……命是从……"

"至尊，主书陈庆之求见。"宦官进来传话，让尴尬的萧纲松了一口气。

"这么早？让他进来吧。"

"臣陈庆之拜见陛下。"

萧衍看着陈庆之一脸疲态，便问起："子云啊，昨夜我可是一夜没睡好。这么早求见，事必有了结果？"

"然。"

"哦？讲讲看。"

"臣昨夜与陛下辞别后，便去了一趟城东安乐坊，那里赌场林立，经过查问，当晚前半夜吴法寿一直在玩'双陆'，并且早在数日前，他的宝刀就已经输给一名北地来的客商……"

"北地来的？"

"嗯，不过我们没查清那人的底细。另外，当晚吴法寿在赌场赚了些小钱，此人好服石，故而花钱弄了些五石散，喝了些热酒，估计服石之后，回去的路上觉得燥热，便去了河中游泳。回去后我们拿这些查访再去审了一次吴法寿，他承认了那些人的说法。"

"也就是说，这个吴法寿并无嫌疑？"

"是的，我看吴法寿的口供，他声称回去路上遇到了查夜的衙役。不过我们询问了京城的差役，没有人说到此事，可能是有人故意冒充衙役，好让吴法寿恰巧在那个时间点躲进临川王府。"

"世缵，你先下去，去太极殿等我。"萧衍这才想起来萧纲。

萧纲离开之后，萧衍问陈庆之："你的意思……是萧纲故意栽赃临川王，让太子和朕再度因临川王的事发生矛盾？"

"陛下家事，臣不敢妄言。"陈庆之慎言。

"你说说你的看法，畅所欲言。"

"臣以为，晋王近日得陛下偏爱，有夺嫡之心，也属正常。但是，行刺之事，有两种可能：一则是如同陛下所说，是晋王策划。如此的话，疑点颇多。"

萧衍直点头："我也觉得奇怪，真要挑拨朕和太子，何必用如此手段？万一太子也力主严惩萧宏，岂不瞎子点灯白费蜡？"

"陛下圣明。还有一种可能，就是真有人要杀陛下，并且嫁祸临川王。"

萧衍突然惊慌起来："难不成，是太……"

"陛下，绝无此种可能！"陈庆之听出了下半句，急忙抢住了萧衍的话头——金口玉言，出来是收不回去的，"臣长伴太子，与太子之关系，陛下也是明白的。臣以为，如果当真是要谋害陛下性命，行刺者，当是前齐的余孽。"

"前齐宗室萧宝夤流亡北朝，吴法寿的宝刀也输给了北人，着实蹊跷。"萧衍想着想着，又是一阵烦躁，"但是你没见到萧纲那个状态，目前来看，他的嫌疑不小啊……就算萧纲未存预谋，也是顺水推舟，兄弟阋墙。"

"陛下宽心。"

"唉，其实朕也看出来了，对行刺一案，萧纲面对太子时候的那种咄咄逼人，你是没看到。"说完，萧衍看了看宫里的刻漏，"一会儿朕要去景仁宫议事，太子也该来了。你身体羸弱，彻夜查案，回去好生休息吧。"

"诺。"说完，陈庆之告退。

看着陈庆之远去，萧衍没有急着去太极殿，而是叫来太监，说自己暂不见客，又叫人取来纸笔，亲笔写下三道诏书。

萧衍亲自监督太监们将诏书封好，嘱咐道："等今日夜里，这三道诏书，再一并交由羽林郎，分别传到临川王府、晋王府、玄圃。"

说完，萧衍方才起驾前往太极殿。

白天，萧衍若无其事，读书批折。萧纲因为早晨被训斥，观政时变得少言寡语，闷闷不乐。到了傍晚，用过晚膳后，萧统和萧纲分别回府。

"世缵。"回去的路上，萧统叫住了萧纲，"不管你做了什么，你我都是兄弟。"

萧纲毫不领情："你说这话，分明就是怀疑我做了什么。"

萧统没有因为他这句话而生气："你没做什么，当然是最好的了。"

萧纲轻声一笑："就算我做了，又将如何？"

"只要你还认我是你王兄，"萧统诚恳地说，"我会原谅你。"

"原谅？你原谅我又如何？我又凭什么原谅你？"萧纲撂下这句话，走出几步，却又回头补充了一句，"在母嫔面前，我俩还是演得像一点吧，别让她难过。"

"我想是有误会……"萧统的话刚说半句，萧纲已经坐上马车，扬长而去。

回到玄圃，皇帝的圣旨恰好到达。圣旨裁汰了萧统名下的大部分属官，并且让萧统在玄圃修学一年，暂停观政。

差不多同时，诏书也到了临川王府和晋王府。皇帝以巨款来路不明为由，削去了临川王萧宏的爵位，还他自由身。另劝萧纲带属官低调离京，外出就藩。

江南大雨，长江在建康城的一侧水位高涨，像个肿脸的妇人，谁也看不出它的沉与浮。

二

玄圃属官纷纷外派，或另有职衔，玄圃变得冷清起来。不过，萧统不说，后宫的丁令光直到半年后才略知一二。萧统接下诏书后，半分不去猜度萧衍意图，受命应承，清闲中正好读书。

这也是陈庆之的意思——萧衍看出萧统和萧纲的矛盾，已经对皇子们之间的夺权有所警惕。如果继续接见名客、结交文人，势必更令萧衍不悦。

萧统读书，能将自己读进书里。一日，他正游弋在《后汉书》之中，宦官蹑手蹑脚地进来禀报。

"殿下，上个月来过的步兵校尉刘勰求见。"

"哦？"萧统放下手中的书卷，"哪个刘勰？"

宦官说："就是刺杀案时候，为殿下分析临川王性格的那位步兵校尉。"

"哦，他啊。我适才读《后汉书》，汉献帝讳刘协，没绕过来。"萧统笑道，"他来做甚，不知道我近期不见客吗？"

"我知道。"宦官说，"他是来送书的，带了一箱子手稿。"

"手稿？孤不是有交代吗？凡有送书稿者，双倍给付报酬，直接送到书屋便可。"萧统不太高兴，"这半年，孤概不见客。"

宦官斗胆又说："刘校尉坚持要见殿下，言说此稿必须亲手呈送。他近日天天前来求见，情真意切，想必是有要事禀报，老奴拦了几日，才敢……"

"此人官职卑微，见他一面倒也无妨。"萧统说完，指着纸笔，"你让他写个一字的名帖，写得好，我便让他进来。"

　　宦官拿起纸笔，小跑着到了大门前，如此一番说话。刘勰不假思索，用小篆写了个"心"字，递还给宦官。

　　萧统见到此字，喜出望外，吩咐道："你们将厅堂稍事整理，孤要见见此人。"

　　"诺。"宦官到玄圃近五年，从来没有见太子如此隆重地见一位名不见经传的小官。

　　不多时，萧统进入厅堂，见到了刘勰。眼前的汉子，既没有军人戍国的甲胄气概，也没有文人的笔墨之香，像个先生，对，有沈约的影子。

　　刘勰行礼："在下刘勰，字彦和，京城步兵校尉。"

　　"彦和先生有礼，不知有何书稿相赠？"萧统直奔主题，他的心还在《后汉书》里。

　　"不是要赠。"

　　"那是要卖？"

　　"更不是。"

　　"那先生带着一箱子书稿，所来何事？"

　　"臣有意将此书稿借与殿下。待殿下抄录之后，我再拿回去。"

　　"抄录？"萧统想笑却又止住了，"先生手稿不知是何方圣言，孤倒要静观静观。"

　　刘勰几次将手掌在衣摆上擦拭后，方才从书箱中拿出一卷，双手奉上，说："殿下，这是刘某全书的第一卷。"

萧统慢慢地展开书卷，轻声读道："夫文之为德也大矣，与天地并生者何哉！夫玄黄色杂，方圆体分，日月叠璧，以垂丽天之象；山川焕绮，以铺理地之形：此盖道之文也……"

刘勰立在一旁，听得入神，仿佛萧统读的文章不是出自他的心与手。

萧统读着读着，突然抬起头，直视刘勰并施下大礼，激动地说："孤平日读书无数，今日方知何为大作，幸哉！幸哉！"

"殿下言重了。"

"彦和先生，此书，名为何？"

"世间人为万事，不过用心二字。此书明为文之用心，故而取名为《文心》。"

"容我再赐你二字可好？"

"谢殿下隆恩！"刘勰说。

"近人不事文章，谓为文者雕虫小技。先生阐明文以载道之说，岂是雕虫，应是雕龙！况且雕龙二字，凸现为文之不易，所以这本书就当叫《文心雕龙》。"

"殿下高见。此书，乃臣十余年前在古庙读书时，潜心而作。至今十六七载矣，今日得殿下褒奖，不辜笔墨之辛劳。"

"十余年而不为世之所知，人间多少好书，都是如此，到最后沦落散佚，销声匿迹。"

"若此书能闻名天下，臣感激涕零之至！"

"你既有偏爱，孤不强求。此书共有多少？"

"共有十卷，五十篇，第一卷阐述总纲，明文以载道；后四卷，论历代韵文、序笔；之后，是剖情析采、历代评论之类。约四万八千字。"

"好，你既然深爱此手稿，孤抄录一份，一月后，完璧归赵。"

"诺。"

俩人又畅聊了许久，直到傍晚刘勰才告辞回家。

此后的一个月里，萧统废寝忘食，日夜抄录《文心雕龙》，遇到疑难，便命舍人请刘勰前来，一同讨论。久而久之，萧统干脆将刘勰养在玄圃之中，归于门客。

这一日，萧统抄到《时序》章，不禁喟叹："唉，这世上，终究还是遗憾多。"

刘勰正在萧统的书屋读书，听了萧统此言，不禁问道："太子何出此言？"

"彦和先生，我当初读第一章《原道》，便感慨于伏羲时代的文章不能流传于世。今日读《时序》，深感今人文多于古人，不是古人不为文，而是时间久远，太多东西都散佚了。

"然，唐尧虞舜，世之明王，万世景行，传世者不过数言而已。直到夏商，今日能见的，也不过《尚书》《诗经》所载而已。"

萧统放下手中的书，暂时停止了抄录的工作，思索着说："缘何《尚书》《诗经》便能传世，而诸多作品，却淹没在岁月之中？"

刘勰也有感慨："臣以为，《尚书》《诗经》都是圣人孔子所撰。自春秋以降，明道学者，莫过孔老。即为圣人，则所选之诗文，必为世之所流传。不入选者，想必也绝非佳作。"

"可是彦和先生，孔子之时，诸多诗文，想必已经散佚，孔子能够修撰的，不过是他看到的文章。自仓颉造字取代结绳，多少好文章，到了孔子时代已经不存于世了！孰知其中就没有绝妙的文章？"

二人正聊着，一名宦官急匆匆入内，打断了二人的对话："殿下，皇上召见。"

萧统一听，愣了须臾，随后辞别刘勰，整理衣冠，出发入宫。

经历上次变故，萧统已经足足六个月没见萧衍一面。萧统一路前行，一路思忖，偌大的皇宫之路，看似笔直，却一道门槛接着一道门槛，前脚迈后脚跟，一步也错不得，进了皇宫，都得如此，当了太子，更是如履薄冰。

三

萧统在宦官的带领下，并没有进宫，而是去了宫旁的永福省。自沈约离世后，萧统已经许久没有踏入这处宅院了。

穿过前院，走过了当年上学的厅堂，再穿过一条回廊，耳边仿佛响起了琅琅读书声，这是萧统的童声。

萧统记得很清楚，那年，沈约给他讲了最后一课，课上，这名老人突然病倒，从此一病不起。他去沈约家中探视过两次，第三次还未成行，噩耗便跌进耳鼓。

……

"殿下，至尊正在里面，待小奴进去通报一声。"

宦官的话，把萧统从回忆拉回现实。

不久，宦官出来，请萧统入内。

"儿臣参见父皇。"萧统匆匆而入，又急急行礼，神情既因相见而激动，又略显紧张。

萧统的脸上始终挂着微笑，未等他开口，身边的一干大臣便对着太子行礼：

"臣——拜见太子殿下。"

萧统起身，才发现萧衍的身边，聚拢了一批文人雅士。

萧衍轻轻地拍着龙椅："维摩啊，朕素来知道你好读书、会读书。诸多皇子，唯你最像朕。"

"不敢，父皇当年是竟陵八友之一，为文坛一时之风尚、美谈。"萧统依然不明萧衍言下之意，"儿臣安敢与父皇并称。"

"你尚且年幼，未满二十，朕如你般大小时，也还在读书，称不上闻名。如此勤勉，再过数载，以你的学识和地位，引领文坛，并非难事。"

"谨遵父皇教诲。"萧统应是应了，心中却想：一个太子要去引领文坛，那还能成一邦之君吗？

"来来来，说正事。这里乃朝廷之编修院，自你离开永福省到玄圃读书不久，为父便在此处组织修书。不过，朕一直无暇顾及，都是他们这些文豪编修的成果。"萧衍边说边向萧统指了指身边那群文士。

"不敢不敢，无陛下招贤聚拢，无陛下提供藏书，则无今日之功。"一名参与编修的文士行礼说道。

"你们就不必奉承我了。"萧衍的心情越发愉悦，指着书架上的一摞摞书稿说道，"维摩啊，这十卷，便是日前修撰成的《历代赋》。"

宦官深知萧衍之意，立即取出一卷，展在萧统案上。

"这一卷是目录，你看看如何？"

萧统行礼，仔细研读。不经意间"唉"了一声。

萧衍和众文人都听得真切。萧衍站起来，走到萧统身边："怎么，此书有何不足吗？"

萧统立身回道："啊，儿臣不敢。"

"那你何故叹息？"

"父皇，你看，这赋当是滥觞于春秋，成型于战国，鼎盛于汉魏，流芳于今世。"

"嗯，的确如此。故而我这书，取名'历代'，就是选自周代至今世，以年代划分之。"

"父皇，东周乃圣贤辈出之时代，可是流传下来的赋，却只有寥寥数章。汉代立国四百余年，赋乃鼎盛之文学，流传下来的赋，数量却只和今世相当。真不知，有多少绝妙好文，就此隐没，我们后世再也难见啊。"

"皇儿啊，你有所不知。朕素来好赋，正是有感于此，才编修此作啊。"

"父皇，儿臣不明。为何世上读书人那么多，却总有文章散佚？"

"你学了史，应当知道伏生的故事吧？"

"儿臣知道：当年秦代兴焚书之政，伏生为秦博士，避祸而归乡。到了汉初，汉文帝欲兴学术，遍访贤才，求能治《尚书》的学者，找到了年过九十的伏生。晁错前往，在伏生之女的帮助下，记录了《尚书》，才让《尚书》得以流传。"

"嗯，秦兴焚书，二世而亡，天下大乱，故而文章散佚。魏晋时也是天下大乱，士大夫也不事读书，文章又多散佚。朕有感于此，遂编此书。"

"父皇圣明。"

"此书抄录数份，送一份于玄圃。"

"谢父皇！"萧统一听，喜悦之情溢于言表。

"太子爱读书，也是国家之幸，何必言谢。"萧衍示意编修官们退下，欲与萧统单独谈谈。

众人散去之后，萧衍就在萧统的对面坐下，低声说道："维摩，这大半年，倒也为难你了。"

"父皇何出此言？"

"你可知，父皇当年着实没有称帝之心。只是昏君萧宝卷害了你的伯父，朕才决心起兵，代齐自立。按理，我们也是前齐宗室，完全可以继续齐的国号。可是朕为了复仇，特地改了国号。"

"父皇对兄弟之情，儿臣明白。"

"朕冷落萧纲，令你闭门思过，就是让你们兄弟看看，一旦争执，便是两败俱伤的下场。所以我让你这段时间不要养门客，不要留属官。"

"儿臣……"萧统一听，立即起身跪下，"儿臣收了一员门客。"

"平身吧！"萧衍笑了笑，"我知道，一个步兵校尉，叫刘什么？"

"刘勰。"

"你在玄圃读书有些落寞，找些寒门士子倒也不妨。只是这个口子一开，千万要收住，别收了太多文士，尤其是世家大族的人，引得你们兄弟误会，搞得个个扩充属官，豢养门客，终有一日会鸡飞狗跳。"

"儿臣……明白。"

"另外，这些日子我会让陈庆之时不时去你那，你和他素来友善，是忘年之交，而且他现在是主书，经常接触朝廷奏疏谕旨。此人足智多谋，你和他多多交谈，等一年满了，你便回来观政。"

"诺。"

"嗯，带着书稿回去吧。"

"父皇，儿臣还有一事。"

"什么事？"

"儿臣近日从刘勰那里得了一本书，名为《文心雕龙》，着实不错，儿臣回头抄录一份，呈与父皇。"

"《文心雕龙》？这书名不错，可是我怎么未曾听过？是何人所著？"

"刘勰。"

"哦……"一听是刘勰所写，萧衍的兴趣便少了大半，"此人乃是寒门，门第不高，也不知是否真有学问。你带他们读书便是，不要受其蛊惑。书稿嘛，你择日差人送一份便好。"

萧统深知，与皇帝更多地应该辩国论军、谋策施略，但这些着实不令他快活，于他唯有读书断字，才是真正的经纬有道、世理分明。回到玄圃，一片桂花开放，十分生动。

四

天空一片瓦蓝，一群怕冷的候鸟从北方早早地飞来，有几只鸟落在玄圃里，不舍离去。萧统一早起来，前前后后地走了一圈，通体舒畅，来到大门前，抬眼见陈庆之蹒跚而来。

　　"子云先生大安！"萧统上前搀扶住陈庆之，将他引向玄圃的正厅。

　　"太子殿下。"陈庆之欠身行礼。

　　"已经入秋，先生可需炉火？"

　　"江南温润，尚且不需，烹一壶热茶便可。"

　　玄圃的宦官眼里出活儿，将早已经准备好的红泥火炉端上来，火炉上放了一壶井水，连同一个精巧的石磨，放在一边。又一名宦官将一套青瓷的茶具放在桌案上。

　　"子云先生畏寒，茶里不要放薄荷。"

　　"殿下此处可有核桃？"

　　"有的。"萧统随即吩咐道，"给子云先生的茶中放些核桃。"

　　"诺。"宦官允诺，随即取出茶饼，就着红泥小火炉烘焙。茶饼干燥后，取出茶刀，从茶饼上切下一块。

　　"太厚，太厚。"陈庆之急忙说，"放核桃，茶薄些好。"

　　"诺。"说完，宦官取下一小块，放入石磨中，将茶饼磨成粉末，再加入核桃粉，将两种粉末混合均匀，此时，井水已经沸腾。宦官将茶筅、茶碗一一过开水烫热。随后将茶末放入茶碗，倒入一点点开水，用茶筅调成糊状，这一步骤，名为调膏。随即加入开水，使之成为满满一大碗，用茶筅迅速搅拌，茶水泛起了茶沫，色香俱佳。

　　宦官烹茶间，萧统和陈庆之已经谈了起来。

"殿下，其实你收刘勰为门客，圣上并不以为意，你且宽心。"

"嗯，父皇也只是让我不要养士太多，没有阻止我收拢门客。"

"嗨……"陈庆之一声叹息，"其实在陛下眼里，你收刘勰，算不得养士。"

"子云先生，此乃何解？"萧统仿佛又回到了沈约面前。

"彦和出身寒门，并非世家大族，在圣上眼里，算不得士，何谈之养？"

萧统听了这话，有些尴尬："子云先生言重了，你也出身寒门，如今……"

"我二十岁被破格提拔当了主书，后来身负重伤，休养几年，又在东宫当了几年舍人，到如今还是主书。"陈庆之摇头说道，"倒也不是我对圣上有成见，如今世风，便是如此。"

"近来朝中可有大事？"萧统故意转移话题。

"没什么大事。哦，临川王虽然没有恢复爵位，但是如今在朝中担任司徒。"

"啊？唉，我这个六叔啊，担任将领全军覆没，担任京官贪赃枉法。父皇对他，固然照顾了兄弟之情，可是这帝王的法度……"

"还有，吴平侯近日驻守扬州，这些日子干得不错，受到了嘉奖。至于其他事，不值一说。"

"北朝如今如何？父皇还想着北伐吗？"

"北伐？陛下暂时没有这个想法了。上个月北魏羌人作乱，不过二十天便被平定。"

"这个我倒是听说了。如今，北朝依然强势啊。"

"圣上和朝中大臣也是这般认为。不过，北魏十年内必然大乱，殿下姑且待之。"茶已经制好，送到二人面前。陈庆之呷了一口，说，"殿下闭门读书，如何听说此事？"

"彦和先生与我说的。"

"唉，怎么没见他人？"

"时候未到。"萧统看了看刻漏，"就要来了，你们二人正好一见。"

正说间，宦官来通报，刘勰入内。刘勰和陈庆之也是老友，故而没有太多客气，直接落座，宦官又添了一副茶盏，递与刘勰。

"对了，我昨日面圣，父皇送我一套他修纂的《历代赋》，并且与我相聊甚久，于我甚有启发。"萧统对刘勰说。

刘勰问道："如何？"

"彦和先生曾说，古来散佚之书，都是因为无益于教化，无彰于文笔，才会散佚。"萧统谈起书来，红光满面，"可是与父皇聊到此事，才想起来，秦末《尚书》尚有散佚之危。《尚书》乃圣人编修，亦逃不过兵燹，何况其他？"

"自汉末以来，天下大乱，晋朝居天下未久，五胡乱华。如今南北分治，虽然南北各安，但早晚一统，战乱不可避免。"陈庆之说道。

萧统点头称是："所以，我打算编修一部书，不求全，但求精。"

"修书？"刘勰和陈庆之面面相觑。

"是的。"萧统语气异常坚定，"我仔细思考了一宿。前代无纸，书籍都是竹简、木牍，故而朝廷动荡，逃亡之路，典籍携带不便，自然散佚者众。故而上古之时，不仅文章留存的少，典章制度、史事典故也遗传不多。夏代除了帝王世系，我们几乎一无所知，商代有事迹传世，却也寥寥无几。"

"太子高见。"刘勰喜出望外。

萧统说："东汉蔡伦造纸，历经乱世，华夏更迭，朝廷文献却依旧保存完好。但是，那些都是奏疏谕旨，都是应用之文，不事文章之华美。"

刘勰恍然大悟："太子是要将世间的诗、文、辞、赋都整理起来，汇成一集？"

萧统叹息道："世间的诗文辞赋，蔚为大观，全部整理，就是陛下也未必能做到。一个《历代赋》，已经是一个永福省数年的心血。而且篇幅过大，流传不易，到我身死之后，若是散佚，岂不白费心血？所以我说，不求全，但求精，效仿孔子编纂《诗经》，只选精华，成一文集。"

刘勰拍案而和："如此，篇幅虽小，可是实施起来，何其难也！搜集诗文辞赋，已经是收揽瀚海之行，从中选摘精华，更要有海中取玉之眼力。"

"所以我正愁此事，陛下不愿让我多养门客，就靠你我二人，这事做不了。"萧统一声叹息，摇头不已，"只能等到父皇再容我去观政，再度配置属官的时候了。"

"殿下，眼下可是三个人，不是两个人。"陈庆之提醒道。

"子云先生素好兵法谋略，难道对文学也精通？"刘勰问道。

"不，我不通文墨，可是我懂圣上。"说完，陈庆之看着萧统，"殿下，我说过了，圣上眼里，只有世家大族的人才是士人，我们寒门子弟就算再有学问、才识，都只是庶民。"

萧统有所悟："子云先生的意思，是让我多找寒门学者？"

"不是多找，依臣的意思，殿下就不该找那些世家子弟。"陈庆之说完，轻蔑一笑，继续说道，"我这些日子陪同圣上去过几次永福省，编纂《历代赋》的那群世家子弟，真是不学无术，要不是那几个寒门出身的书记，此书还不知道要编修到猴年马月。"

"说来也是，我为学这些年，除了父皇、陶弘景，还有已逝夫子沈约，真没见过几个世家出身的大学者。"萧统很有感慨。

"如今，这些世家子弟哪还读书啊？士族生下来就注定有官做，识得字能写奏疏便好，哪管其他？"刘勰说道。

"搞不懂，父皇为何如此看重门第。"萧统忘却了这也是一种犯上。

"岂怪圣上，此乃世风使然。朝廷毕竟是和士族共治天下，圣上招拢士族文士编修《历代赋》，也有拉拢士族的意思。"陈庆之说，"总之，殿下招拢寒门士子，定能成事。"

"善。"太子点头称道。

"至于人选，我想彦和先生自有答案。时候不早，我先告辞，回宫复命。过几日，我会奉命再来玄圃。"陈庆之告辞。

五

玄圃又迎来一个不眠之夜。萧统和刘勰的剪影从西移到东，直到曙光打窗。

送走了陈庆之，刘勰迫不及待地取来纸笔，仔细思索着靠谱的人选，每想到一个，便在纸上记下。

"彦和先生！"萧统在呼喊。

刘勰停下了纸笔："殿下稍等，待臣先拟一份名单。"

"先不急，不急。"萧统说道，"眼下我们要找的不仅仅是编修的人，还要找像先生这样能引荐人才的人。眼下千里马固然重要，伯乐更重要。"

"不敢不敢，太子殿下才是伯乐，我不过是个贩马的。"刘勰说完，萧统和他都笑了。

"先生说笑。我昨夜看完了《文心雕龙》，发现先生对各类文体都有记述，唯独对小说片语未提。"

"小说？不过是街谈巷议之文，道听途说之流，稗官野史之类，何足道哉。"刘勰不屑地说，"近人崇《世说新语》，其实不过是穿凿附会，不详事理之书，夫文之为德也……"

"好好好，我明白先生的意思，可是我不是说文选要收录小说。孔子说，虽小道，亦可观焉。孟子也说齐人一妻一妾之故事，也是小说寓言一类。不过，小说流传度广，我们不用担心其散佚。我只是想招拢一位对各类小说、传奇精通之人，这样的人，对于历代史论、传赞、箴言必也了然。"

"如此，臣倒是知道一人，此人和我当年一同在临川王的幕府中做记室，名叫殷芸。此人说起历代传奇故事，那是滔滔不绝，当年在军中烦闷，常有人听他讲述传奇。"

"殷芸？"

"是的，此人字灌蔬，不过算是远房士族，和东晋大将殷浩系出同宗。"

"世家子弟？那招拢入府，是不是不妥？"

"臣倒不觉得，此人虽然是士族，可是他家这支不是嫡传，没落久矣，不然怎能和臣一起，只做了小小的记室？"

"那此人现在何处？"

"我没记错的话，他后来当上了中书通事舍人。"

"舍人？那可是父皇身边的近臣，我怎么未曾听说过？"

"他当舍人的时候，殿下应当尚且年幼。"

"那他如今何为？"

"哦……听说……"刘勰仔细思索，支支吾吾无法回答，最后行礼道，"臣不知。"

"唉……"萧统看出刘勰有顾虑，故作长叹。

刘勰补话道："臣知道谁知道！"

"谁？"

"吴平侯萧昺。"

"堂叔？"太子思量道，"这倒好办，子云说堂叔现在出镇扬州，何不去扬州找他？"

"殿下闭门期间，岂不怕引起圣上猜忌？"

"父皇对我不是猜忌，而是以示对兄弟异心的惩戒。现在派陈庆之前来，分明是有让我重新回朝的打算。我听子云说，现在堂叔在扬州任上，颇有政绩。"

"那是，八年前北魏荆州刺史派七万大军，驱赶江汉群蛮南下袭扰，吴平侯当机立断接纳、安抚群蛮，率军出击，直奔北魏大军，大获全胜。当年临川王北伐，要是主帅是吴平侯，也不会败啊。"

"父皇既然要我观政，我也正好有见见堂叔的打算。我这就草拟奏疏，请陛下奏准，在吴平侯那里，学一点从政治军的经验，顺道，打听打听灌蔬先生的下落。"

"太子高见！"

说罢，萧统当即草拟了奏疏，天亮后由宦官送入宫中。日上中天，皇帝的诏书下达，同意太子出行，不过要求他十日内回京。萧统早已整好行囊待发，圣旨寅时到，他的车马卯时起缰。

宦官宣完圣旨，说："这次皇帝为殿下安全考虑，派了一队羽林郎，已经在府外等候，还有一艘艨艟，已经在江上，也是至尊给殿下准备的。殿下出行无须太急，去扬州走水路，乘艨艟，次日一早便能到，回来走陆路，也就两天三夜的工夫。"

"有劳内侍提醒。"萧统的礼节从未遗漏过。

"唉，老奴不敢，分内的事。这支队伍都是羽林孤儿，父亲一律为战死沙场的勇士，他们今后就是殿下的贴身侍卫。另外贵嫔托老奴告诉殿下，这支羽林郎的队正，是她亲自定的人选，殿下见了，一定会感到惊喜。"宦官半遮半掩。

"惊喜?"萧统将信将疑，"那有劳内侍回去向我母嫔问好。"

"诺。"说完，宦官踱步离开。

萧统转身交代了几句玄圃事宜，便带着贴身的随从和刘勰，带着一些必要的行李和这几日要看的书，还有给萧暎准备的礼物，轻装出行。

门外，一小队羽林郎军容整肃，见萧统出门，一名军官模样的青年前来行礼："羽林郎队正钱鱼，参见太子殿下。"

萧统一见此人，便觉得似曾相识，端详许久，竟然忘了让其免礼。钱鱼毕竟是军人出身，没得太子的命令，依旧欠身作揖。

萧统恍然反应过来："免礼平身吧！"

"诺！"钱鱼起身，回身进入队伍。

看着钱鱼的背影，萧统猛然想起："丑奴！"

"哪个呼我的小名？"钱鱼四处张望，队里的士兵，都强忍着笑意。钱鱼的目光，落在了太子身上。

"丑奴，是我啊！德施。"萧统大声呼唤。

钱鱼上前，再度行礼，低声道："殿下，你可认出我了！不过，我这乳名有些……总之，今后劳烦殿下在他们面前，还是叫我的字吧。"

萧统笑了，拍了拍钱鱼的肩膀："好久不见！唉，你字为何？"

钱鱼笑了，说："其实我倒是常见殿下。当年，殿下去我家不久，家父战死的噩耗传到襄阳。后来朝廷征军中孤儿入京担任宿卫，我有幸被选上。之前一年一直在宫中站岗，时常能见殿下，不过没机会跟殿下叙旧。钱鱼是我入学后起的学名，十五岁我在军中加冠，大父给我取字'伯鳞'。"

"好，伯鳞兄。"萧统低声说。

钱鱼跃上马背，两腿一夹，那匹灰白色的大马腾起双蹄，两股烟尘扑地翻飞。"上路！"钱鱼的启程令高亢而悠长，且带有江风的湿润。

第七章　奉命成婚

一

萧统拖着疲惫的身躯回到玄圃。一路的颠簸倒还在其次，最重要的是，他修书的想法刚刚萌发，便遭遇了挫折。

"殿下，莫要心急，就我们两个，也行的。"刘勰劝道，"臣当年创作《文心雕龙》，才一个人，一间庙宇，书籍典册皆为借阅。如今玄圃有书屋，我们两个人，就算修慢一点，修个十年，几十年，也能把书修完。"

"我倒不是觉得这书修不好，而是越发觉得这个殷芸是个人才，可惜，如今被父皇征召，去编纂《小说》了。"

"说真的，自永嘉衣冠南渡以来，历朝君主都不事文物，唯独今日天子编书撰史，真乃华夏之幸事。"

刘勰说着，刚刚入内的钱鱼听了，接口道："天子是华夏幸事，太子更是。"

"伯鳞，此话可不能乱说。"萧统提醒道，"这一路也有劳尔等，好歹没出什么乱子。"

"有我们在，殿下放心。"钱鱼说，"那次殿下遭遇危险，也是非常情况，江水暴涨，加上前军溃败，如今太平盛世，哪有什么灾厄？殿下，要是说修书，我倒是可以推荐一人。"

"谁？"萧统和刘勰异口同声地问。

"我们羽林孤儿当年上学的时候，有位先生时常给我们讲学，姓钟名嵘，字仲伟，很有学问。"钱鱼说着，眼神里满是尊崇，"只要是关于诗的事，没有他不懂的。"

"仲伟？此人是晋王的幕僚啊。"刘勰咬着下唇，"他的确是个专才，讲授历代诗作如数家珍。"

"晋王？萧纲？"萧统思量着，随后摇头不止，"伯鳞，你倒是推荐个目下无官无职的啊！"

"仲伟先生现在告病，正在建康城中赋闲。"钱鱼说，"前些日子我们羽林孤儿还去探望他呢！"

萧统追问："如此甚好！你可知他家居何处？"

钱鱼说："知道啊，就在东城外，出台城延熹门，沿着潮沟过南尹桥，再出北篱门，沿着去京口的大道，过了钟山……"

萧统一挥手，立即起身："伯鳞，不用多说，速速带路。"

"殿下，差人去请就是，何必劳驾？"钱鱼说，"这些天，殿下也是旅途劳顿，在吴平侯那里又是观政又是视军……"

萧统笑着说："礼有来学，无往教。我不是请一般人，孤请的是先生，是夫子。"

刘勰应和道："如此，臣与殿下同去。"

"这倒不必，此人既然曾是萧纲的幕僚，想必对我有看法，我一个人去，更显诚意。伯鳞，备马，带上四五个人，我们微服出巡，对了，准备一辆安车。"

"诺。"钱鱼答得真诚。

萧统换好行装，出门时，却发现五匹马上都骑着便衣的侍卫，那辆安车却空着。

钱鱼见萧统出来，下马行礼说："太子殿下，请上车！"

"你会错意了。"萧统摇头，上去低声说道，"我的意思是，给我准备一匹马，这辆安车是留给仲伟先生的，你不是说他正在病中吗？"

"这……"钱鱼有些尴尬，"我再去准备一匹……"

"算了，加上你一共五个侍卫，排场也有些大，你安排一个人下马，换我吧！"

"殿下，如此不妥。"

"为何？"

"我们的坐骑都是战马，善负重，善快步，但是步伐颠簸，殿下千金之躯，万一有损……"

"无妨，我们跟着安车走，又不是赛马，走不了多快，速去安排吧！"

"诺。"

萧统上了马，两头牛拉的安车在前面开道，他们在后面信马由缰地跟着。一路走了两个时辰，从上午走到午后，才到钟嵘的宅子。

宅院只有土质的围墙，上面爬满了藤蔓，反倒补救了破败之感，显得生机勃勃。钟嵘是寒门，宅院的门第自然不高，但是门前一步便能跨过的台阶，却修了九级，一级还不满一寸；门上的顶，也修成了一个小巧的歇山顶。

萧统见此，不禁哑然失笑。

"殿下笑什么？"钱鱼问道。

"你看。"萧统往台阶和门顶一指，"先生出身寒门，却有着士族的心哪。"

说完，萧统亲自上去敲门："有人吗？"

没多久，一个梳着垂髫的小孩开了门："你们找谁？"

萧统亲热地拉起小孩的手："童子，请问仲伟先生在家吗？"

小孩并没有回答，反而问道："你们是谁？"

萧统说："如果在的话，劳烦通报一声，就说有人求见。"

"不说是谁，不说来意，概不相见，这是我大父说的。"

"你大父就是仲伟先生？"

小孩点头。

萧统拉过小孩，想凑到小孩的面前。小孩有些害怕，往后退。"我又不是什么坏人，你过来！"

小孩做出老成的样子，皱眉说道："坏人又不写在脸上！"

萧统无奈，只好尽量低声说："你就通报一声，说太子萧统请先生到宫中一叙。"

"好，你等着。"小孩说完，关上门。

隔着院门，萧统都能听到小孩飞奔的脚步声。

钱鱼不解："殿下为何只说请先生去东宫，却不说明亲自来请，如此不更显诚意吗？"

萧统胸有成竹："伯鳞，这就是说话的技巧，你且看着。"

脚步声渐渐远去，随后停顿片刻，又是一阵脚步，渐渐临近，还是那个节奏，依然是小孩的。

果然是小孩开了院门："大父说了，身体不适，不便出门。若是太子想见，亲自来一趟便可。"

萧统闻言，开口大笑："那你再通报一声，就说太子已经亲自前来，在门外等候。"

"哦。"小孩不耐烦地关上门，又是一阵脚步声。

"你看，我要是直接说，万一不见，不是白来了吗？我先只说请先生去宫中，不说明身份，他必然以需要太子亲自前来作为搪塞，这时我再点明身份，他还怎么拒绝？"萧统有几分得意。

"哦……"钱鱼挠了挠头，"太子真是足智多谋！"

萧统说："这不算什么，下次我介绍陈庆之先生给你认识，那才叫神机妙算。"

正说着，门内传来一阵咳嗽声，萧统赶紧正了正衣冠。不久，院门缓缓开启，一位面容憔悴的中年人向门外行礼："老朽不知……"

"微服出巡，不必大礼。"萧统立即上前搀扶住钟嵘，"晚辈萧统，有诸多事宜特来请教先生。"

钟嵘施礼："不敢不敢，快进屋吧。"

说完，萧统和一行人进了院子。院子不大，倒是整洁，明显看出天天有人在清扫，然而石板间的青苔却很肆意，将院子画得一块一块的，有只小土蛙在墙脚歌唱，塞满了一院子的轻松旋律。

二

钟嵘招呼萧统坐下，萧统执意不坐上位，钟嵘也没有再强求，便吩咐家人给萧统准备茶水。

钟嵘病态依旧，但思维清晰："殿下前来，老朽有几句话在前，不得不说。"

萧统直起身子："先生但言无妨。"

"若是讨论学问，老朽知无不言。若是讨论政事，老朽有愿言，有不愿言。若是讨论军务，老朽有能言，有不能言。"钟嵘又咳了几声，呷了口茶，"若是讨论你们兄弟之间的夺嫡之争，老朽一概无言。"

萧统行礼："我此次前来，与其说是来讨教，不如说是有一事相求。"

"老朽已经病重，不堪用了。"

"先生言重，此行无关政务、军务，更与我等兄弟之争没有一点瓜葛，倒是与学问相关。"

"如此，"钟嵘松下一口气，慢悠悠地说道，"太子不妨先说说。"

萧统说："我赋闲玄圃，读书为乐，近日思得一事，又得彦和先生助推，决心编修一部《文选》，择古今文章可传世者，合为一集，特请先生助我一臂之力。"

钟嵘一听，原本灰暗的眼神仿佛点了亮光："如此壮举，若能成功，则堪比鲁之仲尼、汉之刘向。"

萧统闻言，脸上浮现微笑。

钟嵘的表情很快又显得憔悴："太子身边，有舍人、洗马，招拢士族也不是难事。老朽如今乃布衣之身，又是寒门。殿下何不找一些世家大族子弟，找自己门下的属官，却偏偏来找老朽？"

萧统起身，行礼道："先生不知，一来我如今赋闲读书，身边属官纷纷外派；二来如今因故避嫌，不能养太多门客；三来……虽说我们皇室也是世家出身，但是在我眼里，世家寒门，本无区别，只要有学识，何必在乎出身呢？听闻先生对历代诗歌多有心得，还望先生助我。"

萧统说罢，再次长揖一拜。

钟嵘不禁惶恐，回礼道："殿下心意，老朽清明了。"

"先生，"萧统继续说道，"先生如有自己的书稿要编，我玄圃中的任何书稿，先生尽可取用。"

"殿下招拢之心，老朽动容，只是我曾在令弟晋王府中担任幕僚，一臣不事二主……"

"大胆！"在萧统身后立侍的钱鱼突然一声喝。萧统和钟嵘都被吓了一跳，钟嵘咳嗽不止。

萧统蒙了，不知钱鱼搞什么勾当，可是人前又不好发作。

"仲伟先生，你这话，简直谋逆！晋王也好，太子也罢，都是皇帝的臣子，你在晋王府中，在东宫，都是为圣上效劳。国无二主，君主华夷者，唯圣上而已，何来一臣不事二主之说?"钱鱼言之凿凿，不怒自威。

"伯鳞……你虽说得有理，可是……"萧统想训斥钱鱼要礼待钟嵘，可是钱鱼这一番义正词严，他还真挑不出毛病。

"仲伟先生，"萧统有意打圆场，"伯鳞是圣上安排在我身边的贴身侍卫，言语如有冲撞，还望包涵。不过，伯鳞说得有理啊。"

钟嵘额上生了汗珠："这……"

"不如这样，"萧统说，"先生入我玄圃，不入东宫，对外只说是客卿，不是门客属官。"

"客卿?"

"周封诸侯，大夫入他诸侯国为官，是为客卿。如今我与晋王，是太子与藩王，先生入我玄圃，正是客卿之身。"

钟嵘思索良久，俯首再拜："殿下圣明!"

"门外有安车一辆、牛二头，赠予先生，车夫随先生调遣。"萧统行礼道，"今日不早，先生好生休息，我在玄圃计日以待，先行告辞。"

"太子走好。"钟嵘回礼。

萧统起身，钟嵘也跟着起身送行。

萧统吩咐车夫暂住钟嵘家中，并将车、牛安置到后院。随后萧统再次向钟嵘告辞。

回途中，一路风光一路歌，萧统春风得意。钱鱼等人再三提醒萧统要稳步前行，可他依旧马步轻快，待安全地回到玄圃，钱鱼等人才把悬着的心放下。

第二天上午，萧统刚刚用过早膳，刘勰便来玄圃面见。不久，钟嵘也乘着安车到了。三人聚首，编修工作正式开始。刘勰负责整理历代辞赋，钟嵘负责整理历代诗歌，萧统一边负责最终的裁定，一边不断地写书信，寄给曾经的属官，请他们进献典籍。

萧统如此做了几个月，直到蜡梅在寒冬开放。

这天，皇帝萧衍放下了手中的政务，踱步到后宫，走着走着，想起了萧统，便走到了丁令光的寝宫。

听说萧衍前来，丁令光觉得有些突然，来不及整理衣裳云鬓，赶紧出门迎接。好在丁令光平时就注重仪容，见了皇帝，并不失态。

丁令光施礼："臣妾有失远迎。"

"朕也是突然到此，无妨。"萧衍并没有显得多亲热，径直走入了丁令光的宫中坐下。

丁令光跟着皇帝进了屋，在他的示意下，她才就座。

萧衍说："令光，太子最近的事，你可听说了？"

"太子？唉……"丁令光叹息道，"陛下让太子闭门读书一年，妾身已经许久未见，如何得知孩儿的消息？"

"德施最近招拢了两个出身寒门的人做门客，有一个还是萧纲之前的幕僚，在维摩那，叫什么客卿，还时不时给以前的属官寄送书信，那些属官也时常送书稿给他……"

"德施素来爱书，招拢些人陪他读书，也没什么大不了吧？"

"朕要他读书一年，安安心心也就是了。招拢几个寒门的人，倒也没什么。前几个月，他听说吴平侯萧昺政绩斐然，要去扬州观政，我也允了。这些天他寄书信、收书稿也就算了，还到处会友，探访一些有名的寒门士子。"

"太子年轻，正是血气方刚，你让他在玄圃闭门读书，他哪能坐得住？"

"话虽如此，我也理解。可是我已经说了让他闭门读书。如

今这样，在他人看来，岂不是我偏袒于他？朕就不该松口，让
他去什么扬州。"

"要是想让德施安安心心地待在宫里，我倒是有个法子。"

"哦？"

"陛下，你想想，德施今年多大了？"

萧衍失声笑道："果然，知子莫如母，还是你有办法。不过
这段时间，你差人去东宫送点东西，送点话，让他安分一些，
不要老是外出。"

萧衍在丁令光的寝宫休息，灯烛长明，天上的月儿不敢相
比，躲进了云层。是夜，下了建康城入冬以来的第一场雪，
很小。

三

雪，是懂事的，它能藏住很多人们不愿意看到的东西，也
能凸显很多平时容易被人忽视的东西。

大雪从早上开始下，下到晚上。萧统立在玄圃的台阶上很
久，他在眺望宫阙，自言自语："好热闹啊！"

"是啊，不过年不过节的，怎么就请世家大族搞宴会呢？"
不知什么时候跟过来的钱鱼接上了话。

"宴会？"

"是啊，我听宫里当差的兄弟说的，今天宫里请京城的世家

大族吃饭，各家各族、朝中大员都来了，台城光阳门外的车马，一直排到了长干里。"

"长干里在朱雀门外，要过秦淮河呢！如此恣意？"

"单单那个蔡尚书，自己坐一辆车，两辆空车，前面三十个骑奴开道，后面二十个骑奴跟着，两边各有十个骑奴护卫，七八十个人呢。"

"礼部尚书蔡樽？此人的祖父位列前朝三公，父亲是前朝的光禄左大夫，如今自己又当上了吏部尚书，高门第的大家啊。唉，如今的九品中正给天下士人定品级，只看门第，上品无寒门，下品无士族啊。"

"不仅他，还有乌衣巷的那些老牌门阀，王、谢家族都有人来赴宴。圣上和贵嫔娘娘亲自做东举行宴会呢。"

"我母嫔？"萧统在疑惑中叹息道，"许久没见父皇、母嫔了，昨天母嫔还差人带话，叫我这段时间少出门，别给父皇添麻烦。"

"殿下，你猜猜，这宫里宴会是为了什么？"

"为什么？"

"我不知道啊，问你呢殿下。"

"宫里宴会，一般都是逢年过节，或者慰劳将士。我母嫔参与做东，还是第一次。"

"哦……"钱鱼笑着点头，若有所思。

"你猜到了？"

钱鱼坏笑着点了点头："一定啊，是为了找亲家。"

"啊？那不就是……"

"恭喜殿下！贺喜殿下！"

"这……"萧统觉得一切都有些突然，"不会吧，都没和我说过此事。"

"殿下，过两天要是找你进宫，一定就是此事。"

"你别乱猜了。天冷，我回屋用膳了。"萧统有些不好意思。

皇宫的正殿之中，宴会正在举行。

宦官附在皇帝和贵嫔的耳边，低声说："至尊，娘娘，老奴都已经安排妥了！你看，那些坐在黑底红纹桌案上的，都是家里有年龄与太子相仿、未婚配的女儿的；那些坐在红底黑纹桌案上的，都是家里没合适的。"

"哦……回头有赏。"萧衍笑着说。

"分内之事，分内之事。这次排场不同以往，至尊请看，各部尚书，各省相公，还有乌衣巷的那些老牌士族，都来了。"

众多来客，熙熙攘攘，宴会期间表演着皇家的歌舞，两边钟鸣，每个桌案上都是珍馐美酒。众多世家大族都有着姻亲关系，互相寒暄，有礼有节，酒水分明。唯有礼部尚书蔡樽，非但不执杯，似乎对珍馐美食不感兴趣，只吃着桌案上的汤饼。

"蔡樽。"萧衍呼唤，蔡樽却自顾自地吃着，没有回应。

"蔡樽。"萧衍又呼唤了一声。

钟鸣的音乐突地停下，舞姬疾步退场，下面鸦雀无声。

只见蔡樽依旧只顾着吃汤饼，并不回话。

萧衍有些不悦，可是在这众多世家大族面前，又不好发作。"蔡尚书！"

蔡樽听到萧衍叫他的官号，才慢悠悠地放下手中的汤饼，咽下嘴里的食物，回礼说道："陛下唤臣何事？"

萧衍尽量平复着自己的情绪："朕刚才唤你，你为何不答？"

"臣一无过错，二有国家公职，三为高门士族，陛下不呼臣表字也就罢了，何以直呼臣名？"

萧衍一听，一时语塞，问道："朕只是想问你，今日宴会，大家但图一乐，为何你既不饮酒，也不享用盘中美食，只顾着吃汤饼？"

蔡樽环顾四周："臣虽士族，但是勤俭是家训，吃不惯这些汤水。"

萧衍闻言，转怒为喜："令尊蔡兴宗便是以直言敢谏、刚直不阿闻名。今日一见，果然有其父必有其子。"

蔡樽一听，举觞敬酒："臣不善饮酒，为陛下此言，臣干尽此杯。"说完，一饮而尽。

萧衍看了一眼蔡樽的桌案，是黑底红纹，心中窃喜，又问道："蔡尚书家中子女安好？"

"长女刚刚及笄，尚在闺中，未有婚配。幼子尚未加冠，尚未定品。"

"以蔡尚书之家风、门第，令郎今后定个上下三品，轻而易举。"

"陛下过奖，还是要唯才是举、唯德是举。"

"大家不要拘礼，继续，继续。"

……

萧衍与蔡樽一问一答，看似插曲，其实不然。

宴会持续到深夜，大臣士族退后，萧衍对丁令光说："你看这个蔡樽如何？"

丁令光眉头一蹙，低头说："陛下如何看？"

"此人士族出身，但是你也看到了，为人俭朴，刚直不阿，他父亲、祖父都是要员，他们家势力不小，若是维摩能和他们家联姻，再好不过。你以为呢？"

"陛下决定就是。"

"你但说无妨。"

"陛下，我只是觉得，太子妃未必要士族人家的女儿。"

"不不不，我们兰陵萧氏当年本来就是数一数二的大门阀，如今又是皇室，更要门当户对。我只问你，觉得蔡樽做我们的亲家，如何？"

"臣妾斗胆直言，此人不像个真俭朴的样子，反觉傲慢……"

此言一出，立即引得萧衍不高兴："贵嫔啊，你不是世家出身，不懂啊……"说完，扭头走了。

丁令光俯身行礼，目送萧衍的身影消失在深宫之中。

"德施，但愿这个蔡氏姑娘，能合你心意。"丁令光低声自叹，带着侍女漫步回到自己的寝宫。

宫外，一阵寒风顶面而来，蔡樽则仰天长笑。

身边一位随从上前，奉承道："使君，看来这个外戚的位子坐上了。"

"我早就差人打听，这次宴会桌案准备得不一样，我仔细察看了与会的名单和座次，早就看出了端倪，这次宴会，就是皇帝在选亲家。如今位子能不能坐上，还得看明日皇帝派不派宦者来提亲。回府准备消夜，我只吃了一碗汤饼，饿煞我也!"

"诺。"

四

三天后，陈庆之奉萧衍之命来到玄圃。

"臣恭喜太子了。"陈庆之进入屋内，赶紧就着火炉坐下，打着寒战说道。

"哈哈，我猜中了。"钱鱼忍俊不禁，萧统听了，觑了他一眼。

"子云先生，何喜之有?"萧统一边询问，一边吩咐宦官煮上一壶热水。

"这次陛下差我来，没什么朝政要务告诉你，就告诉你一件私事。"陈庆之也笑了，"准备准备，跟我一同进宫吧，让圣上亲自跟你说，你母嫔也在等着呢。"

萧统猜了个八九不离十，但还是追问："子云先生，你说恭喜，到底所为何事？"

陈庆之将手贴到火炉口，又焐焐心口："急什么？殿下快去准备，我烤烤火。"

萧统没有再说话，径直叫来宦官，去里屋换上了远游冠，穿上了深衣袍襦，外套一件毛领半壁的斗篷。萧统出来，热水也已经煮好，宦官们为陈庆之的手炉换了水，陈庆之拿起手炉，便领着太子入宫。

见了萧衍和丁令光，萧统行礼。一家三口，许久没有见面，都是百感交集，萧统平身时，丁令光已经禁不住流泪。

萧衍的脸上堆着笑容："维摩，近来闭门读书，可有心得？"

萧统回道："回禀父皇，孩儿读书之余，招募了两名学士，在编修《文选》。"

"哦？何为《文选》？"

"儿臣看父皇有心编纂《历代赋》《小说》，还有前代史书，自觉不能燕居玄圃，坐以享日，想有所为，故而打算择古今天下文章可传世者，合为一集，故而名曰《文选》。"

"吾儿有抱负，此等好事，何不早日告知于我？这天下文章浩浩荡荡，你们三个人、三支笔，要修到哪一年啊？随后我让你之前的属官都回东宫、玄圃！"

"儿臣叩谢父皇！"

萧衍向丁令光使了个眼色，她开口说道："皇儿有出息了，有出息了。"

"母嫔过奖了。"

"德施啊，我和你父皇，有喜事要告诉你。"

此言一出，萧统的脸唰地一下红了，立在下面，顿显木讷。

看到萧统这个样子，萧衍和丁令光不禁都笑了。

丁令光说："你也不小了，你父皇为你说了一门亲事，过几日便要举行婚礼。到时候新婚燕尔，今年年底的年宴你也不必操心。"

"这……"萧统尽管早有预料，可时日如此逼近，实在令他吃惊，于是支支吾吾不知说什么好。

萧衍的笑容很快结冰："怎么，不想成婚？那成何体统？过完年你就十九了。"

"父皇，不知何家女子？"

"蔡樽蔡尚书的女儿。他家世代为官，门当户对。其女我也差人打听了，知书达理，心智灵慧。朕前日差人向他们提亲，蔡尚书答应得爽快，他平日就很青睐你啊。"

"啊，他？"回想起钱鱼说的那些排场，萧统有些不情愿，"我听说蔡家性喜奢华。儿臣自幼蒙双亲教诲，尚俭朴，父皇是不是再考虑考虑？"

萧衍说："蔡家只是有些世家习气，没什么大不了。听回来复命的宦官说，他家女儿也是生性俭朴，不尚奢华。"

"儿臣就是看不惯他们这些世家习气……"萧统还想推托。

"看不惯？你自己也是世家，兰陵萧氏，也是大家！"萧衍的声音硬了起来。

"父皇，如今咱们是皇室，怎么能和世家并列？"

丁令光劝着皇帝，一个劲给萧统使眼色。

萧衍深呼吸几下，继续说："你别整天和那些寒门混在一起，要多和世家大族打交道。上品无寒门，只有士族才能在定品的时候被评为上等人。"

"要儿臣说，九品中正，根本就不合理，寒门人才比比皆是，士族世代为官，也没见把天下治成太平盛世……"

萧统说着说着，看到了丁令光的眼色，没有再说下去，换了个话头说道："父皇，婚事我答应便是，只是按照华夏礼仪，应该纳彩、问名、纳吉、纳征、请期、亲迎，六礼完备，方可成婚，这几日就算有吉日，也不合古礼。"

萧衍从鼻孔里哼出两股子粗气："你呀，掉进书里出不来。朕察访过了，自东汉以来，皇室成婚，早就不依六礼。我差宦者去提亲，就算纳彩、问名了；再让钦天监选个日子，就算请期。婚礼当天热闹些，别的别管了。蔡家可是大士族，能够联姻，不容易。"

"这就是礼……"萧统看着丁令光的眼神，又把"崩乐坏"三个字咽了下去。

"礼什么？"

"这就是礼……诺，儿臣这就回东宫准备。"

"正好年底了，到时候诸王都来。准备完婚礼，你在东宫住上几个月，别老往玄圃跑。"

"诺。"

"吾儿先回去，等为父旨意吧。"

"诺。"带着十二分不情愿，萧统行礼告退。

回到玄圃，众人已经得了消息，一见萧统回来，便向他道喜。

萧统看着大家的热情，也不好说什么："彦和先生，仲伟先生，我和圣上说了修书的事，不日就会陆续有属官回来，刘孝绰、张率、王锡他们能帮上不少忙的。"

说完，萧统带着大家回到书屋，继续编撰，不再提及婚礼之事。

五

岁末将近，诸王回京参加年底的庆典。适逢太子婚礼，喜上加喜。

腊月初九，怎么掐算也与皇历上的好日子不搭界。但萧衍作为一国之君，他说的日子不好也好，萧统乃至整个国度都必须认同并欢天喜地地接受。

萧统在众多的规程里，换上了郑重的冠服，头戴九梁通天冠，身穿黑色上衣，淡红色的下裳，系上白色红边的大带，下裳的前面还有一条绣着九种纹章的蔽膝，仪态端庄，坐在东宫之中待命。

萧衍和丁令光前来问讯，见了萧统和陪在东宫的萧综、萧纲、萧绩、萧续等，满心欢喜。

"大哥，听说你最近在编一部什么《文选》？"萧综上去和萧统攀谈起来，"那个什么钟嵘，在你玄圃里是个什么客卿？客卿是个什么官衔？"

"客卿？先秦时候，不在自己封国做官的就叫客卿。就好比二哥手下的陶弘景，要是到了江州我的府上，那就是客卿。我这么说没错吧，大哥？"萧续年幼，听不出萧综话里的意思，代太子回答道。

"二哥，"萧纲对萧综说，"今天大哥成婚，扯那么多作甚？"

"好好好，你们仨一个母嫔生的，心无二叶，说什么就是什么咯。"萧综有些不乐意，"三弟，听说今年你又要留在京城，帮父皇处理政务了？"

"也别谈这个。"萧纲冷冷地看了萧综一眼。

"这也不谈，那也不谈，谈什么？我是你二哥，长幼有序，懂不懂？"

"哎呀，这个时候，谈什么政事。"萧绩看局势僵持，出来说道。

"我们谈谈玩的吧。我最近发现了一个好玩的，叫玻璃，海西大秦国、波斯国产的，听说是用五色宝石炼就的。这玩意，神了！隔着玻璃，看到对面，清清楚楚的。"萧绎手舞足蹈地说。

"早就劝你多读书。"萧统摇头，却担心自己的通天冠倒下，又扶了扶，"什么海西大秦国，什么五色宝石，前朝传闻罢了。北朝平城就有玻璃商人，用五种灰烧制的。东晋朝葛洪就已经知道外国玻璃的制法，这玩意早就不值钱了。"

"五弟，你刚刚提到的陶弘景通明先生，善于炼制各类器物，也会制玻璃，你若是喜欢，回头我让他把方子告诉你，你自己在封地里也可炼制。"萧纲逗萧绎。

"你也真没见识，外国人不知做瓷器，才做了玻璃。玻璃，不能煮水，因为遇水会溶；不能放热水，因为会炸裂。跟瓷器没法比。"萧综也嘲笑萧绎。

"啊？我拿好多钱，才换了一个碗大的罐子呢！"萧绎实在还有孩子般的稚气。

一时间，大家哄堂大笑，气氛缓和了许多。

"太子，要去迎亲了。"笑声中，一名宦者前来提醒道。

萧统正襟危坐，面容肃穆，在宦者的带领下，走出东宫，到了太极殿。萧衍端坐在大殿之上，萧统行大礼。

萧衍正色，喊道："礼者，始于冠，本于昏。昏礼，合二姓之好，上以事宗庙，下以继后世。君子重之。"

宦官分别为萧衍和萧统端上一盏酒，两人一饮而尽。

萧衍又喊道："吾儿维摩，前去迎亲！"

"诺！"萧统起身，众人簇拥，踱步出宫，坐上了马车。队伍非常奢华，迎亲车前面有一队甲骑具装开道。人马皆披重甲，令人不寒而栗，身后有一队步兵，身穿明光铠，手持二丈长的长矛，军容整肃。车队的两边，是两队轻骑，身着裆铠，腰挎弓箭。整支仪仗队伍，引来很多百姓围观，萧统立在车上，面带微笑，向百姓们点头致意。

车队一路行进到京城最大的寺庙光宅寺。蔡樽已经在庙门外铺设几案，拜迎萧统的到来。萧统下车，与蔡樽互相行礼。随后萧统亲自拿着一对大雁，在蔡樽的带领下进入庙门。

蔡樽和其他蔡氏亲戚在庙的正殿下一齐向萧统作揖，萧统将一对大雁放在地上，行了大礼。

随后，在蔡樽幼子的带领下，新娘从正殿里出来。

新娘身穿暗红色的裙子，上襦是夺目的赤红，外面罩了一件绿色的半臂。新娘化着当时最时兴的梅花妆——脸上敷粉，额头上贴着梅花形的红色额黄，和樱桃状的唇妆相配，加上脸颊贴的花钿，娇俏动人。新娘的头上还戴着玉搔头、金步摇，步摇上垂下一只金雀、九朵黄花，每走一步，都是金玉之声。新娘的眼睛，也是顾盼生辉。

萧统看得入神，不禁感叹道："手如柔荑，肤如凝脂，领如蝤蛴，齿如瓠犀，螓首蛾眉。巧笑倩兮，美目盼兮。"

听着萧统的赞美，新娘浅笑，她知道萧统诵咏的是《诗经·卫风·硕人》，在夸她呢，她的心花在一瓣一瓣地开放。

"哦?"新娘看了看自己的父亲，"太子还真是爱读书，夸人都是《诗经》里的句子。"

宦官上前提醒，萧统走出庙门，亲自登上新娘的婚车，驾车绕着庙宇走了三圈，此时新娘也走出庙门，萧统下车，挽着新娘的手上车，并将马车的缰绳交给车夫。随后，萧统自己坐到前面那辆马车上去。车队出发，蔡樽等人的车也跟在队伍的后面。

萧统的车到达台城后，他先行下车，向新娘作揖，随后搀扶着新娘下车，步行进入台城的广阳门，沿着大道走向宫城。轻骑兵和甲骑具装留在广阳门外，只有持长矛的甲士仍跟在身后。

"太子迎亲到!"在宦官的呼喊下，两边各类署衙的高官都放下手中的工作，出来站在大道的两边，向太子贺喜。

到了宫城的南门，持长矛的甲士停下，转身列阵。萧统挽着新娘，继续前行。等到了东宫，二人落座的时候，已经是戌时，太阳已经落山，黄昏拥抱，应了"婚"期之谐。

"共牢而食!"主婚人陈庆之，费了老大力气喊道。

侍立旁边的宦官，从一头烤乳猪的身上切下两块肉，分给太子和太子妃。两人吃完了肉，陈庆之又喊：

201

"合卺而酳！"

一个宦官拿来一个葫芦，用刀剖成两个瓢，斟上酒。新郎和新娘拿起各自面前的瓢，交杯喝下。

"结发！"

侍女上前，解开萧统的发髻，并从新娘的鬓角上牵出一缕发丝，和从萧统的鬓角牵出的发丝捆扎在一起，随后重新给萧统梳好发髻。

"结发为夫妻，恩爱两不疑。"萧统凝视着新娘，又念了一句诗。

新娘低首微笑，脸上的两片红晕在烛光里更显生动。她满意极了，他呢？她猜他也会满意的。

皇宫城墙外，两道黑影在潜行，天公不作美，冰雪覆盖了大地，他们一直走到天明，才从西门潜入白莽莽的一片林地里，一阵风过，他们踪迹全无。钱鱼等人一路追击，却也只能半途而退。

萧统传 （下）

阮德胜　何志浩　著

时代出版传媒股份有限公司
安徽文艺出版社

图书在版编目（CIP）数据

萧统传 / 阮德胜，何志浩著. -- 合肥 ： 安徽文艺
出版社，2025. 1. -- ISBN 978-7-5396-8234-1

Ⅰ. Ⅰ247.5

中国国家版本馆 CIP 数据核字第 2024AU2564 号

萧统传
XIAOTONG ZHUAN

出 版 人：姚　巍
责任编辑：王婧婧　　宋潇婧　　　　封面设计：李　超
....
出版发行：安徽文艺出版社　　www.awpub.com
地　　址：合肥市翡翠路 1118 号　　邮政编码：230071
营 销 部：(0551)63533889
印　　制：永清县晔盛亚胶印有限公司　　(0316)6658662
....
开本：700×1000　1/16　印张：26　字数：280 千字
版次：2025 年 1 月第 1 版
印次：2025 年 1 月第 1 次印刷
定价：138.00 元
....
（如发现印装质量问题，影响阅读，请与出版社联系调换）

第八章　笃定意旨

一

太子有了家室，属官们没有召见或允许，不得擅入东宫，只能在玄圃待命。萧统听从了萧衍的安排，婚后一直没有去玄圃，而是安心住在东宫。

萧统虽然赋闲，依旧手不释卷。

"殿下，又在读书啊。"太子妃走进东宫的厅堂，见到正在读书的萧统说道，"后日便是新年庆典，你怎么还没准备给父皇的礼物？"

萧统放下手中的书卷，说："私下里，你别叫我殿下，叫我德施吧，这是我母嫔给我起的乳名，后来被父皇认定为字号。"

"我记住就是。"太子妃走近，又说，"除夕的傩仪、庆典皆临近了，给父皇的礼物，也当安排了。"

萧统没想到太子妃如此重视此事："我们皇子素来没有给父皇送新年礼物的习俗，倒是有些王叔、父皇的兄弟常常在年终回京述职的时候表示心意。"

"这怎么行？"太子妃给萧统续上茶水。

"这没什么吧，诸皇子从藩地来，都会按照礼仪带些贡品，也算是礼物了。"说罢萧统继续读书。

"这不一样，你如今已经成婚了，也该备些礼物送去。"太子妃说。

萧统又放下手中的书："礼物我倒是有，但是没打算除夕呈上。你既然提起了，就作为新年礼物呈给父皇。"

说完，萧统刚要拿起书继续读，却被太子妃拦下："你别只顾着看书，你倒是跟我说说，是什么礼物啊？"

萧统只得说："我新得了十九首汉魏之诗，我整理成集，取名为《古诗十九首》，已经抄录了一份，准备年后送给父皇的，你如此在意此礼，我除夕送去便是。"

"殿下，今后这些事，你要说与我知道，我可以帮你的。"太子妃语气里带着娇嗔。

"如此甚好，爱妃。"萧统连哄带推说，"此事择时再议，我先读书。"

太子妃没有说话，笑着回应，依旧温婉可人，可是两只手早已攥成了拳头，她强忍着怒火，回到寝宫。

除夕之夜，欢喜依旧。太极殿外傩仪阵阵，殿内觥筹交错。

这次除夕的庆典，完全由萧纲操办，有模有样。

宴会进行到一半，萧衍的众兄弟纷纷献上礼物，有的是宝刀，有的是良弓，有的是珠宝，萧衍全部收下，很快活的样子。

"父皇。"等叔叔们都送完了礼物，萧统也起身说道，"今年儿臣已经成婚，故而也准备了礼物一份。"

萧衍顿时笑逐颜开，对着众兄弟说道："看到没？看到没？维摩如今真的成人了，过年都有礼物馈赠朕了，呵呵。什么？什么？快呈朕看看。"

宦官看懂萧统眼色，急急地便捧着一卷书稿上前。

萧统施礼："父皇，这是儿臣从汉代五言诗中选出的十九首佳作，合为一集，取名《古诗十九首》，不敢私藏，故而手抄了一份，献给父皇。"

萧衍拿起书卷，展开，随便挑了一首读道："涉江采芙蓉，兰泽多芳草。采之欲遗谁，所思在远道。还顾望旧乡，长路漫浩浩。同心而离居，忧伤以终老。汉，枚乘……"

萧衍好一阵朗诵，而后捋须感慨："此乃西汉文豪之诗？那个写《七发》的枚乘？少见，少见！果然好诗，果然好书！"

萧统看萧衍欢喜，于是继续道："虽然篇幅短小，但是儿臣费尽心力从诸多汉魏诗中选摘，打算以后编入我的《文选》。"

"嗯，好，这礼物不可多得，朕喜欢。"萧衍难得有此好心情，"维摩，看在你孝顺的分上，你可以提一个要求，朕能帮则帮。"

"父皇，那儿臣斗胆请父皇派遣一人入我东宫。"萧统有些迫不及待，"儿臣听说，殷芸殷灌蔬先生正在帮陛下编修《小说》，我希望此人能够入玄圃，帮儿臣编纂《文选》。"

"就这一个要求？"

"正是。"

"换个要求吧，或者换个人选。"

"不，儿臣急需灌蔬先生这样的人才。"

萧衍没有直接答复，却与身边的宦官耳语。随后，宦官又吩咐下面的宦官，众人看不明白，各怀心思。

"若是父皇为难，那便算了……"萧统想，从萧衍那里抢人是无礼，于是低头说道。

萧衍依然不作声，挑了一颗干果扔在嘴里，自嚼其味。没多久，两个太监扛着一堆书稿，放在萧统的面前。

"这一摞书，便是《小说》。前几日，这部书已经编纂好了，我正准备让殷芸去东宫任职，你呀，亏了。"萧衍得意起来，真像个父亲。

"谢父皇！"在一片笑声中，萧统致谢。

"《小说》这书，朕也派人多抄了三份，一份给你，一份给萧综，一份给萧纲。"萧衍左右看看自己的孩子们，"诸位皇子中，就属你们三个最爱读书。"

"父皇，儿臣的《文选》，也要多多抄录，赠送父皇和兄弟，以及天下读书人。"

"心怀天下人，乃我皇家胸襟，你等如此，朕很欣慰。"萧衍越来越赞赏萧统的言行，"若人手不够，朕会派人帮你抄录。不过等元宵节后，你要重新开始观政，年初事务繁忙，先以政务为重，等闲暇了再去修书不迟。"

"儿臣谢父皇隆恩！"萧统的脸上堆着笑容，可是太子妃的心里却满是无奈，脸上虽然也是微笑，却那么僵硬。

嘣！一声猛烈的声响，令晚宴的每个人都心里一惊。

"父皇少安毋躁。"萧纲上前说道，"这是爆竹，儿臣特地准备的，往年都是宦者报时。儿臣今年特地用爆竹报时，一来是壮大我们梁朝辞旧迎新的气势，二来此为荆楚旧俗，父皇母嫔都曾在荆楚久住，故而儿臣斗胆创制。"

说话间，外面又爆了几声。

"哎呀，爆竹，多年未曾听到了啊。"萧衍和丁令光相视而笑，随后起身道，"子时到了，子时到了！"

太极殿外，燃起了熊熊大火，舞傩的人们将象征厄运的稻草堆得老高，点燃起来。不断有人往火中扔竹节，竹节的爆裂，使得火势越来越旺。参加晚宴的人待在太极殿内，都能清楚看到外面的大火，大火的热量辐射进太极殿，皇宫一片温暖。

萧衍没有对任何人说，也没想要任何人回答，但丁令光、萧统，尤其萧纲，自然还有其他皇子都听得真切。"这些年的庆典，单属今年的最合我意。"

伴随着新年的爆竹、篝火，宫女捧着刚刚煮好的月牙馄饨，放到每个人的桌案上。皇帝招呼着大家吃：

"过年了，新旧交替，大家一起吃馄饨，吃馄饨。哦，不，吃饺子，吃饺子。"

二

宫里的除夕是个不眠之夜。

初一，皇室成员要接受百官的朝贺。只有初一的晚上，大家才有休息的时间。萧统和太子妃回到东宫，已经疲惫不堪。

"爱妃，明日初二，我要陪你归安。今年你在宫中过年，想必思家了！"萧统躺在榻上，想起要陪太子妃回娘家一事。

"殿下这说的什么话？如今我已经出阁，东宫便是我家，哪有什么念想？"

"我要是不在宫里过年，我肯定会想的。今年是第一次归安，主婚人也得跟我们去。"

"主婚人？那个陈庆之？"太子妃起身说道。

"是啊，你起来干吗？挺冷的。"

太子妃平复了自己的情绪，躺下，盖好锦衾，思量了一阵，问：

"陈庆之可曾婚娶？"

"前些年娶了一妻，生了个儿子，叫陈昭。"

太子妃长叹一口气，说："既然如此，陈庆之也不容易，不如明天让他一家归安，我们两个人去蔡家就行了。"

"那怎么行？主婚人一起，是历来的规矩。再者，子云兄早就休妻了。"

"休妻？"

"唉，准确说，是妻子不要他，改嫁了。往年他都在东宫过年。反正他也乐意陪我们，一起去便是。"

"他乐意，我不乐意。"太子妃终于发作了，"他算个什么人啊？我可是堂堂蔡氏长女！"

"此话何意？"萧统似乎没听明白，但是语气里已经带着愤怒，只是在压抑着。

"你知道我什么意思！"太子妃还没说便哭起来——正月初一哭，多不好的兆头啊——"我早就想说了，我堂姐结婚，主婚的是王家的，琅琊王氏！当年东晋王马共天下，那个琅琊王氏。我呢，堂堂太子妃，一个寒门出身的主书给我主婚，简直是笑话！"

"寒门怎么了？"萧统盯着太子妃，"琅琊王氏有什么了不起？几代之后还有能事者吗？"

"那也比一个棋童出身的陈庆之强！你让我带一个这样的主婚人归安，家君家慈如何看我？就算家君家慈无所谓，内亲外戚眼珠子大着呢。殿下，你不脸红，我脸上还挂不住呢！"太子妃又拉出她的父母来说事。

"我告诉你，子云兄是我的救命恩人，是我的良师益友，无论如何，他都得去。"萧统主意已定。

太子妃哭得越发伤心，惹得萧统心烦意乱。

"来人呐！点灯！"

宦者入内，取出火折子，点燃了油灯。"殿下有何吩咐？"

"我回自己的屋里，助我更衣。"

"诺。"

萧统带气回到自己的屋子。

太子妃哭得越发难过，陪嫁过来的丫鬟权奴过来安慰道："娘娘，适才有个新来的宦者，名曰鲍邈之，他听到娘娘和太子的争执了。"

"听到又如何？"

"他有办法，能让陈庆之不陪您归安。"

"哦？"太子妃停住哭，扫去了眼泪，"那……那你让他去办啊。"

"他说，只要娘娘有需要，他自有安排。"

"你告诉他，这事要是办得好，今后少不得他的好处。"

"诺……"

到了初二，陈庆之按规矩一早便到。他平日里都爱穿素色的交领深衣衫或者深衣袍，今天特地准备了一件红黑相间的锦衣，下穿藏青色的下裳，腰间系着米色青边的腰带，带钩是莲花的造型，寓意"佳偶"，可谓盛装。

来者无意，迎者有心。

"新春好！"宦者鲍邈之掐着时点，上前道福，"子云先生，来了啊。"

陈庆之上下打量了他一眼，生了疑："你是新来的吧？有些面生。"

"小奴是太子婚后来的，先生面生也是正常。"

陈庆之走进东宫，低声问道："太子还睡着吧？"

鲍邈之点了点头。

陈庆之说："难怪，除夕到初一都没有睡。别去打扰他，我先去烤烤火等着。"

鲍邈之跟了上去，叹息道："何止除夕到初一，昨夜太子都没睡好。"

陈庆之一听，问道："为何？"

鲍邈之假装震惊，拍了自己的嘴巴一下，自言自语道："哎呀，言多必失。"

"究竟怎么了？你快说。"

"子云先生，昨夜太子一直叹息，说什么……子云先生是寒门，他做主婚人，陪我去蔡家……那可是士族大家，唉……"

陈庆之一听怒不可遏，指着鲍邈之的鼻子低声骂道："你个腌臜东西，六根不全的货色，可知道我是什么人？"

"主书……陈庆之……"鲍邈之吓得后退，支支吾吾地说道。

"还有呢？"陈庆之继续问道。

鲍邈之哆哆嗦嗦，不敢多言。

"你去打听打听，论足智多谋，建康城中，还有谁？太子自幼宽俭，睡觉不用人侍寝。"陈庆之指着鲍邈之的鼻子，"他低声说话，你如何得知？你是谁派来的，竟然敢挑拨我和太子？"

"小奴不敢！"鲍邈之不顾天寒地冻，扑通跪在地上，"实在是事出有因，小奴也是为太子好，只是一时弄巧成拙……昨夜，太子和太子妃争吵到半夜，太子妃嫌弃先生出身寒门，不愿与先生归安，太子执意……小奴想着，只有让先生自己明白，主动提出不愿一同前去，才能打消太子和太子妃之间的嫌隙……"

"好了，我明白了。你起来，我自有安排。"说罢，陈庆之快步走进厅堂，在里面烤火等候。

没多久，萧统醒来，听说陈庆之已经在等候，立即起身去厅堂迎接。

"子云兄，你来得真早。新年大吉！"萧统出来的时候，衣裳都尚未穿好，宦官和宫女跟在他后面，帮他系着衣服的带子。

"殿下，其实我来是说一声，陈昭一直想去看钟山的雪景，我平日也没机会，正好今日春雪初霁，我想陪他观雪，不知可否？"陈庆之也知道这个谎撒得有些牵强，可一时也无其他好策。

"这……"萧统看了看陈庆之的衣服，心里了然，"先生，不必如此，你休假多日，雪景哪天不能看？"

“钟山的雪，到明日便要化掉一半。再者，吾儿陈昭无娘，我理当多陪他些。”陈庆之动了感情。

见陈庆之如此坚决，萧统没有挽留，将案上一对纯铜喜鹊闹春的镇纸送给陈昭作了新年礼物。他坚定地说道：“我还记得当年说过的，我要废黜九品中正，对天下士子一视同仁，让人间不再有门第之分。”

“臣相信太子，不过，还是把眼下的事情办好吧。”陈庆之笑了笑，“臣先告退。”

萧统施礼：“慢走，带陈昭好好玩耍，不急归来。”

陈庆之起身要走，却又停下：“殿下，你新婚燕尔，好好过吧，别像我一样。”说完，抱着暖手炉，走出了东宫。

萧统一路目送陈庆之，宫内有人在扫雪，他摇摇头，想到宫外看看，不仅仅是雪景。

三

过了元宵，萧统照例主持送藩王们就藩的仪式。仪式结束后，太子向皇帝述职，太子次日重新入宫观政。这次，萧衍给萧统多配了几名属官。

回到东宫，太子妃殷勤上前：“父皇让你重新观政了？”

宦官服侍萧统脱去朝服，萧统疲惫地应道：“是啊。”

“甚好！殿下难得重新观政，听说去年殿下总是忤逆圣上的意愿，这样不好，你要多顺着父皇的意思，俗话说，百孝不如一顺。"

"其实观政，倒不是我想做的，等陪父皇忙完这阵子，我就去玄圃继续修书。"

"你别总想着修书、修书，这不是你现在该干的。你想想，你是太子，更应该把社稷大事放在心上。修书这种事，何必亲力亲为，交给那群文人便是。"

"相比较朝局纷争，我更喜欢玄圃，清静，有看不完的书，还能时不时请一些高谈阔论的儒生、谈玄说妙的道士、佛法高深的僧侣，在一起谈笑风生……"

"可是殿下，你以后是要做皇帝的。难不成你做了皇帝以后，还整日泡在编修院里，把朝政丢给别人？不是臣妾多嘴，殿下整日想着修书，是不务正业。"

"你说得倒也有理。"萧统没有反驳，"不过修书开始了，便不该停下，你要知道，我要编的书，是要能永传后世的，功业直追仲尼、刘向。"

"臣妾也不是百般阻挡殿下去修书，只是如今你们兄弟之间……晋王萧纲对你的位子觊觎已久。古往今来，亡国之君哪有苟活的，被废的太子哪个不是最后身首异处的？"

"等忙完了书稿，我便全心投身政务。爱妃，你也不必担心，有陈……"萧统的话刚到嘴边，又收了回去。

"我明白，你觉得陈庆之厉害，可是你自己也得上进不是?"

萧统这回算是听进了太子妃的话,隔日早早地进入太极殿观政。

新年例行的朝见后,便开始处理堆积如山的各类奏表。

萧统负责帮皇帝整理新一年的人事任命,整理中,发现萧宏竟然担任中军将军。萧统忍不住,就此事奏报:"父皇,这有一道敕令,似乎有些不妥。"

"嗯?皇儿请讲。"

"王叔临川王担任中军将军一事,儿臣觉得甚为不妥。"

萧衍放下手中事,正经说道:"维摩,怎么一牵扯到这个六叔,你就和朕唱反调。如今北魏虽强,但是他们皇室近来崇尚奢靡、日渐腐败,我看再过几年便是个北伐的机会。所以,先行任命。"

"又要北伐?父皇,就算北伐,何必要让皇叔去?吴平侯萧昺一直军功彪炳,还有韦睿将军,当年汝阴、钟离两战,以少胜多,有保我梁朝江山社稷之功。此二人,哪个不比六叔强?"

"哼⋯⋯"萧衍失声笑道,"皇儿,如今你也成婚了,很多事,你也该明白了。北伐,你以为北伐的目的是要赢吗?北朝陈兵百万,就算我们侥幸拿下黄河以南,便又如何?"

"北伐不是为了赢,那是为了什么?"萧统不解。

"自永嘉南渡以来,历代权臣,都是以北伐起家。桓温北伐三度,执掌朝政十余年;刘裕北伐,收复黄河以南,执掌朝政,最后代晋自立，成立宋朝。前齐萧道成颇有军功，故而代宋自立，成立齐朝。"萧衍一边屏退左右，一边和萧统说话，最后看左右无人，低声说，"你明白朕的意思了吗？"

"儿臣觉得，父皇只看到了一面，没看到另一面。晋朝暗弱，政局安危不定，故而世家大族稍有军功，便可把持朝堂。刘宋自毁长城，杀了檀道济，才有的萧道成……"

"檀道济那是死了，不然，你怎么知道檀道济不是另一个萧道成？为君者，防人之心，不可无！"

"儿臣不敢苟同，自永嘉南渡以来，世家大族穷奢极欲，所谓朝代更迭就是个士族轮流上场的游戏。归根结底，这一切的根源，都在士族政治，都在九品中正。"

"维摩，你又扯远了。没有士族政治，我们梁朝纲理从何而来？要知道，我们当年也是门阀。你否定门阀，就是否定我们自己呀。"

"那好，不谈这个。父皇，那由宗室掌握军权便是，为何一定要北伐？害得生灵涂炭，民不聊生，哀鸿遍野，百姓岂不怨声载道？"

"我们是与士族共治天下，不是和百姓共治天下。北伐不过是表明我们的态度，能赢则罢，败也无妨，我们有一批将领能够稳住战线。我知道，战必有殁，可那些士大夫重视的是什么？是清名，是一个'名'字。我们宗室北伐，便是为萧家，为咱们皇室博这个'名'！"

"所以儿臣才觉得世家大族误国误民，只顾自己的清名，不顾百姓死活，长此以往，民心不存！父皇三思。"

"傻了，读书读傻了！你整天和那些寒门的人在一起待久了，满脑子都是对士族的怨怼。你给我回东宫去，面壁思过！"

"诺！"萧统放下手中的奏表。

出了太极殿，太阳照在宫廷之上，让红的更红，黄的更黄。萧统猛地明白过来，南梁的特色正是这一红一黄，红的是血，黄的是肤，都是百姓的——他打了个寒战。

四

冷风一直追着萧统到了东宫。

在宫门外的钱鱼见了，不禁疑惑地问道："太子今日观政，如何这么早归来了？"

"我与父皇吵了几句嘴，"萧统摇摇头，"我……唉……"

"太子还是慎重的好，僵局易设不易破。"

"放心吧，伯鳞，我自有分寸。"

萧统到宫中，太子妃见了也不解，倒是换了一种口气问道："太子不舒服了？"

"与父皇争吵了。"

"我昨夜怎么和你说的，你就是不听。如今萧纲他们都盯着你的位子，你还天天和父皇对着干，你以为你读几本破书了不起？世上饱读诗书的寒门子弟多了去了，还不都是落魄终老？"

萧统一听"寒门"，仿佛火上加油："我就是看不惯你们这些士族不学无术，却能居身高位；你们这些士族四体不勤，却能饱食终日，我就是看不惯你们这些士族，才和父皇起了争执。寒门怎么了？世家又如何？等我登基之后，定要废除你们这些士族的所有特权，将九品中正制彻底罢黜，对所有士子，无论寒门还是世家，都一视同仁，在朝堂之上，统一答卷，选拔贤良。到时候，我要让你们这些只知道互相吹捧，只知道故作惊人言行的士族，彻底沉入历史的长河。"

"哈哈哈哈哈……"太子妃竟然哈哈大笑，"我真是可怜，原以为嫁给太子，今后能飞黄腾达，没想到，嫁给了一个疯子。单单我们蔡家，就和萧、谢多家有姻亲关系，无论军中政坛，都有我们家的人脉。我们家的田地，跨州越郡。我们家的钱财，抵得上一个中等州郡的岁入。这还只是我们蔡家，乌衣巷里那么多世家豪门，你拿什么对抗？"

"我拿民心。"萧统坚定地说，"就算我做不到，未来也会有人做到。就算明知不可，我也要竭力为之。"

"你，不愧是寒门的孩子。"太子妃一改往日在人前的温柔贤良，恶狠狠地说道，"我觉得你们这些皇子真是可怜，管你母亲叫什么母嫔？哼，对，她只是个贵嫔，连个妃子都不算，只能叫母嫔，不能叫母后。"

"你！"萧统气得双手发颤。

蔡氏不顾萧统的愤怒，继续咬牙切齿地说："她不就是个寒门女子吗？生了你这个皇长子又如何？到头来只是个嫔，这就是寒门，天生就是低贱。你也一样，有寒门的血，骨子里就低贱。听说你小时候生活简朴，哼，村野，我从小五天换一件新衣服，十二岁以前不知道衣服还是可以洗的，脏了，我便扔掉——这就是高贵。"

"如果，你们所说的高贵，就是像你这样，人前贤良淑惠，人后如此险恶；如果你们说的高贵，就是像你父亲那样，明明奢华，明明媚态毕露，却在人前显得厉行节俭，刚直不阿，那么，你们不过一副空皮囊而已！"

"你……"蔡氏被说得无言以对。

"早晚有一天，我会让你们这些士族，对民心的力量感到畏惧。"说完，萧统转身离去，大声喊道，"伯鳞，随我去玄圃，今日我们一醉方休。"

钱鱼跟着萧统到了玄圃，属官们纷纷行礼，陈庆之早已在此地等候。

萧统一踏进玄圃跟变了个人似的，刚才的怒不可遏烟消云散。"我有些日子没来了。"

火炉旁的陈庆之说道："我就猜到殿下会来。"

"和父皇争执，也是常有的事。大不了，闭门读书呗，正好趁着这个时间，在玄圃修书。"萧统环顾四周，疑惑地问道，"仲伟先生呢？"

此言一出，刘孝绰等人低头不语。

"殿下，"刘勰从书架上拿出一份书稿，交到萧统手上，"仲伟先生年前就病逝了，当时太子正在大婚期间，我等不敢以此事相烦。殿下不在玄圃时，仲伟先生笔耕不辍，借着玄圃的藏书，编了这本《诗品》。他临终让我们转告殿下，这书，太子今后修书，用得着。"

"不告诉殿下，也是仲伟先生的意思。"刘孝绰补充道，"当时他已病重，可是他说这里难得这么多好书，无所事事，他心里过意不去。直到病逝前两天，他才把这份稿子抄完。"

萧统手持着书稿，久久无语，泪水不知什么时候滑落双颊。"《文选》一定要修好！"

"殿下，如今，没那么简单了。"陈庆之拨弄着火炉，说道，"仲伟是晋王的纪室，只是赋闲在家养病，却在玄圃病逝，圣上不起疑心，那便怪了。"

"子云先生有何指教？"

"陛下最重兄弟之情，临川王那么贪赃枉法，都未受处罚，反而最近又要担任中军将军。所以他最忌讳的，也是你们兄弟内斗。圣上前阵子见了陶弘景几次，我不知谈了些什么，但是有一点可以肯定，这些谈话内容，不可能对殿下有利。殿下如果还执意待在玄圃，和属官、门客们一起编纂《文选》……"

刘勰说："会让圣上以为，太子豢养门客，蓄意排挤宗亲？"

"是的，太子又时常因为临川王和陛下意见相左。如今太子已经成婚，长此以往，圣上不仅会以为太子排挤宗亲，甚至会怀疑太子有心篡逆。"陈庆之放下手中的火钳，叹息说，"殿下，我明白你的雄心壮志，可是有些话，着实不适合在圣上面前说得太多。"

"最近太子妃也时常跟我说这说那，她那士族脾气，让我快疯了。人前一套，人后又一套。你们平时见她，温柔贤惠，贤良淑德；在人后，势利、贪婪、傲慢、自私，让人恶心。"

"孔子说的君子，是克己复礼，温润如玉。可是士族政治兴起以来，说是魏晋风骨，名士风流，不过是一群酗酒、吃五石散的伪君子，华夏不见复兴，倒是礼崩乐坏，五胡乱华。"

陈庆之说："道理是如此，可是在圣上面前，殿下长篇大论，没有好处。"

萧统生出了厌烦之容："如今我不管其他了。子云先生，彦和先生，孝绰先生，你们想个法子，让我既能修书，又能避开圣上的怀疑。"

刘勰和刘孝绰面面相觑，陈庆之却神情自若："办法有一个。殿下今晚就去请罪，说明自己修书的诚意，随后请求圣上，让你远离京城是非地，外出就藩，在封邑修书。这样，一来显出诚意，二来让圣上有错怪你的感觉，反而会更加支持。"

"封地？"萧统一拍大脑，随后笑说，"我怎么忘了我的池县呢，天堂啊！"

五

是夜，萧统将与众人商定的思路和话语想定，方才入宫一五一十地表明心迹。萧衍听着，认为太子确实诚心悔过，便当即同意，并且允诺要给太子的修书工作足够的支持。

萧统返回途中，心已到了池县——铁佛禅寺的钟鸣、杜坞渔歌的唱晚、梅洲晓雪的景致，还有杏村酒肆的老酒和花鳜……进入东宫，太子妃已经到寝居睡下。萧统也没心思看她，回到自己的寝宫，独自安眠。

天色尚早，太子妃便被外面的嘈杂弄醒，她起身唤来媵人、宫女，为自己梳妆，随后出门探望，只见宦官都在往外搬运东西，她大吃一惊。

"你醒了。"萧统冷冷地说，"我要去封地修书，你我夫妻一场，你要愿意去，我就带着你；不愿意，你就留在东宫吧。"

太子妃闻言说："我的嫁妆，你别带走。"说完，太子妃回身走向寝居。

"今后我不在，你去寝宫睡吧，那里的锦衾是你的嫁妆，挺好的。"萧统走下厅堂，吩咐道，"你们先把东西运到玄圃，到时候连同书稿、典籍一起运走。我先入宫一趟。"

萧统匆匆到了太极殿，萧衍明知儿子的心意，但没有想到他如此迫不及待，内心难免生了留恋，尽管他有诸多令人不悦的思想和行动，可众子之中，他依然是最出色的，依然是合格的储君。

"池县不远，穷山恶水虽然少有，但是在外还是要小心，小心才能驶得万年船。你是太子，走到哪里都代表朝廷的脸面，尤其到了自己的封地，亲近百姓就是亲近朝廷的心。几日想来，你的很多思考不无道理，但皇家有皇家之道，你要懂得。"萧衍突然说了这些，"等书编完了，赶紧回来，京城还有很多事要你做。"

"儿臣明白。"萧统也体会到作为一国之君的父亲的温暖。

"其实，朕也明白你的心思。但是很多事、很多话，等朕万岁之后，你再去做、再去说也不迟。"

"父皇千秋万代，儿臣不敢妄想。"

"这话也都是假的，维摩，朕不赞同你的主张，可是理解你的想法。我也没什么好说的，也许到了我这个年纪，你就会和我一样。不过，你这份壮志，一定要留着。"

"诺。"

"话也不多说了，你去你母嫔那里吧，她是最挂念你的人。"

"诺，父皇保重。"

萧统再行大礼，正欲转身，萧衍突然想到一件事："对了，维摩。你昨夜草拟的那份属官名单，都没问题，只是陈庆之想留在京城，他说他在西篱门外的石头津等你，要为你送行。"

走出太极殿，远山很清晰地在远处高立，雪已融化，更显高大。萧统几近小跑着奔向丁令光的寝宫，不像是告别，倒像是归来。

萧统大声地呼喊："母嫔！"

"我听说了。"丁令光一张口，眼泪便流了出来，"要记得保重身体。"

说完两人相顾无言，相对而泣。许久，丁令光才说："到了封地，常给宫里寄些书信。你三弟萧纲时常有信来，不像你那不成才的五弟萧绎，一两个月才来一封。"

"儿臣谨记。"

"你有抱负，姆姆心里很是欣慰。时候不早了，你快上路吧。"

"嗯，母嫔保重。"

萧统回到玄圃，书稿、行李，还有随行人员的起居用品，一一准备妥当。

"伯鳞。"萧统在呼唤。

钱鱼策马而来，复命道："殿下，有何吩咐？准备出发？"

萧统几次回首门户，他是有期待的，期待太子妃出来相送，倒不是为了情感，而是礼仪，她作为太子妃的礼仪。若他日入主中宫，她如何像丁令光一样母仪天下？

"出发吧！"

"诺！"

如此队伍，也是萧统一减再减，可比起当年去襄阳探亲，要略显壮观。萧统坐在车上，看着身后一车车的书稿，内心安定。

时值正午，西篱门便在眼前，萧统站在辎车上，远远地看到一间亭子，陈庆之正带着随从，等候于此。

"子云兄！"萧统在辎车上呼喊着招手。

陈庆之也在亭中，招手示意。

萧统下车，快步走到亭中，气喘吁吁："子……子云兄……"

"殿下何必如此心急。"陈庆之紧紧地抱着水炉，嘴唇依然冻得紫白。

"先生畏寒，何必在此等候。"

"有些话，不便在宫里说，不便在人前说。如此亭中，你我二人方可畅所欲言。"

"子云兄，我自幼年出巡襄阳以来，与你几乎朝夕相处，未有分别。我草拟了属官的名单，你为何不来？"

"一则为殿下，二则为自己，三则为天下。"陈庆之微笑着说道，"但是，归根结底，还是为天下。"

"先生请细细言之。"

"为殿下者，殿下就藩，各藩王不可能安生。我虽然位卑言轻，可是得圣上信任，又是近臣，留在京城，能保太子储位。"

"为自己？为了陈昭？"

"吾儿陈昭听说池县山水好，倒是想和太子前往。臣为自己，是为自己的抱负。数年前，殿下问我有何志向，当时我未曾回答，如今，我可以回答了。"

"洗耳恭听。"

"北伐。"

萧统一听，如晴天霹雳："子云兄，你……"

陈庆之不慌："臣一直以来，都在联络军中势力，每有赏赐，都结交军中豪杰。为的就是有朝一日，能够北伐中原，光复河山。"

"子云兄，这历代北伐，最多不过收复黄河以南，而且不久都被北朝夺去。以前刘裕北伐，北方混乱不已，也不过是勉强打到黄河。如今北方一统，北魏万国来朝，正是鼎盛之时，吾如何能与之争锋？"

"北魏十年必乱。而且，臣的北伐，和圣上的北伐，完全不同。"

"君但言之。"

陈庆之指着浩浩荡荡的长江，说："圣上，可知炎黄二帝？"

"知之。"

"圣上，可知尧舜禅让？"

"知之。"

"圣上，可知夏商周、秦汉魏？"

"知之。"

"我华夏，自炎黄以来，世居中夏，绵延不绝，如今偏安江南，非长久也。南北汉家，车书无异，血脉相通，岂有分而治之之理？"陈庆之眺望着江北，"那是尧之都舜之壤禹之封，是汉家故地，一定要光复。到时，荷蒙天地，君主华夷。"

"南朝地广人稀，没有兵源。子云兄的北伐，要多少人？"

"与我兵戎精进，粮草充裕，部众两万，可横行天下；一万步卒，可直取北魏都城。"

"子云兄如此自负，令在下汗颜。"

"倒不是我用兵如神。我坚信我对局势的判断，等时机一到，北魏可不攻自破，一两万人，可摧枯拉朽。"

"然则为天下者何？"

"殿下登基，光复河山，便是天下幸事。"

"嗯，你我一同，建立一个没有门阀的世界！"

……

第九章　波乱就藩

一

萧统的船队，最终精减到三艘不大的戈船，不要说随从和卫士了，就连萧统自己也是将身子挤着的。船上满载书籍，萧统身靠船舷，两边的船桨如同蜈蚣的腿脚，齐齐律动。望着两岸的风光，惊蛰刚过，江风袭来依然春寒料峭。

"殿下。"钱鱼上前为萧统披上了裘衣，"春日易病，当心风寒。"

萧统瞟了一眼，拧起眉头："谁让你带着裘衣出宫了，百姓看了会怎么说？尤其是有些地方官僚，好的不学，类似的享受效仿起来有过之无不及。收起来吧！"

"仅带了这件。"钱鱼苦着脸说，"沿江冷湿……这是贵嫔的吩咐……我去换棉氅。"

萧统穿上灰黑的棉氅，这是丁令光早年为他一针一线缝制的，他一直穿着。宫里或太子妃用绫罗绸缎为他做的长衫，不是压箱底，就是送了人。他系好襟扣问钱鱼："伯鳞，船几时过定陵？"定陵便是后来的铜陵，此地因铜得名，它的采矿业兴于商周。

"不远便是。"钱鱼顺势往西南方向一指。

说话间，已看到一处渡口。

"善。"萧统点头，下令道，"为时不早矣，今夜船泊定陵津口。"

钱鱼没有马上应答，愣了一阵，回复道："殿下，此行一路未尝泊岸，今夜何故如此？"

"此行就藩，原本就没有告知沿途衙门。一旦登岸，到时候尽人皆知，沿途官宦势必清港、扫道，广设筵席以待孤，故而入夜抛锚江上，就地歇息。只不过舟小浪急，船荡涛喧，苦了尔等。"

"不敢不敢，分内之事，哪来辛苦可言？"钱鱼拱手道。

"孤记得，过了定陵，便是池县，今夜泊岸，孤与尔等歇息整顿，明日就藩，即便被人察觉也无大碍。况且我等眼下都是微服，也无人认得。"

"殿下，今夜突临津口，县官衙门毫无准备……定陵虽不是大县，但入夜后船多人杂，殿下千金之躯，自当小心……"钱鱼有钱鱼的职责。

萧统笑笑："毫无准备，如此才好。"

"臣只怕万一……"钱鱼捂住了嘴。

此时，刘勰从船舱中走出，向萧统作揖行礼。

刘勰又向钱鱼拱手道："羽林侍卫多虑了，这衙门都不知太子要去泊岸，难不成那些匪徒刺客有未卜先知之异术？"

钱鱼听了这话，觉得有理。"臣奉令。"

舵手随着钱鱼的命令改变了方向，一位水手拿着一面青旗，一面白幡登上船顶，替换了原先的白幡绛旗。后面的船舶一看，便明白了首船的意图。

津口驻扎的水军哨兵在高阙上看到官家的船舶升起了泊岸的青旗白幡，立即鸣金。定陵津口不大，只驻扎水军百余人，听到高阙的鸣金，百夫长立即整顿军装，佩剑上前，对着高阙上的哨兵喊话：

"仔细看好，是官家的船要泊岸吗？"

"然。"哨兵大声应道。

"什么船？"

"回禀百夫长，是戈船，一共三艘，首船悬着青旗白幡，还挂着一面熊旆，看样子来头不小。"

"戈船怎么会挂熊旆？"百夫长自言自语道，随即又责问哨兵，"看仔细了！"

哨兵端详再三："不会有差，是熊旆。"

这时，百夫长身边的一个队正说道："百夫长，三艘戈船敢用熊旆，肯定是某个小官僭越为之。我现在就骑马去铜官镇上，通报军侯、校尉他们知道，也算我们立功。"

百夫长点头称是："你说得在理，熊旆是征伐之旗，都督一级的高官才可悬挂，的确有僭越之嫌，不过不能鲁莽。一会儿等他们上岸，我在公宅中宴请他们，接手他们的船舶，令他们无暇更换旌旆，也好抓个现行。"

"那我何时去报信？"

"不急，等接手后，看看船上载了什么东西，如果是什么重要的东西，想必也有来头。要是什么无关紧要的货物，那定是僭越了。"

"诺，一旦探查到船内是什么，立即汇报。"

百夫长点头，随即又向高阙喊话："擂鼓。"

"咚咚咚……咚咚咚……"哨兵擂起大鼓，鼓声震得江水起皱。

七八十名水兵立即在高阙下集结，百夫长向各个队正传达了命令："有三艘戈船即将靠岸，你们通告在此停泊的民船，安排一下泊位。再则他们船行劳苦，你们几个去安排接风宴，等他们登岸，一队去接船舶，一队去指引入帐。"

"诺！"

夕阳西下，橙红的光色铺在江面上，景致很美，岸上的行人不多，各行其是，不大在意这三艘戈船。戈船靠岸。水军在安排泊位。

三队羽林郎先后登岸，在首船两边排成队伍，并架好了上岸的木板。在萧统的带领下，首船的属官也鱼贯而出。

"有失远迎，有失远迎。"百夫长上前迎接，并且掏出了随身的印信、军符自证了身份，"下官已经备下酒席，为上官及友军部众接风洗尘，船舶停靠于此，交由我等看守，定无妨碍。"

萧统回头，看了看身后的属官。刘勰等人一看眼神，便知萧统是在征求意见，一时间，众人窃窃私语起来。

"如此吧，"萧统回身，低声与众人说道，"印信由钱鱼随身携之，船中除却书籍，别无长物，应当无妨。"

"我等悬熊斾，乃将军之旌旗，料他们不敢造次。"刘孝绰回应道。

"善。既然如此，谢过百夫长好意。"萧统笑了笑，又回过头与百夫长说道，"行程劳顿，吃餐饭而已，无风可接，也无须什么筵席。"

说罢，百夫长领着萧统等人往营帐走去，钱鱼也下令让水手和侍卫跟从。

二

过了津口前一排商家，不远便是军营。近了才看清有一处府邸，虽然门第不高，外部装饰看不出豪华，但其高大之状着实堪比宫闱。

"这便是下官的中军院落，请。"百夫长立在门前，邀请大家。

萧统刚踏进门，便感到此院的别具一格。

院落之中，桃李有序，历过惊蛰，含苞待放；正厅是一个悬山顶的堂屋，正门两边开着直棂窗，形制虽然没有僭越，但是柱子下面竟然有青石做成的须弥座，柱子上是个一斗三升的斗拱；屋檐如翚斯飞，虽然是悬山顶，却有几分歇山顶的味道；屋子里灯火通明，座席和案几有序摆放；后院的门虽然被屏风遮住，但是阵阵梅香，已经令人感到后院别有洞天。

"好大的公宅啊。"萧统不禁感叹。

"定陵津口纵然不大，却是商旅官船往来要道，江南又地方清静，在这里当个百夫长，不亚于在别处军中当个军司马。"百夫长脸上堆着笑，随即又行礼问讯，"我看上官年纪不大，敢问身居何职，姓氏几品，门第何许？"

萧统进门时有思量，于是顺嘴答道："在下曹头肃，要务在身，身份官职，不便告知。"

"诺，曹大人如此，下官不问便是。"

"敢问阁下姓名？"

"下官姓鱼，名天愍，是个庶民出身，只凭得武艺有此官职，没有字号。"

"天愍阁下虽是武人，可是看这宅院中屋舍门窗、花草树木，着实风雅。"

　　"这是前任留下的宅院，不过名花贵木的确是下官所栽。"

　　正说间，一名士兵上前在百夫长的耳边耳语了几句。随即，百夫长作揖行礼："请诸位在此就座等候，下官出去办些公务，去去就来，请坐，请坐。"

　　百夫长跟着士兵走出宅院，门外等候的，正是之前那个队正。

　　"上官猜猜，船中载的是什么货物。"

　　百夫长轻蔑一笑："别卖关子，我已经知道这帮人的底细，船上肯定没什么要紧的东西。"

　　"上官高见，船中布置简陋，除了些起居之物，放的都是些书籍。"

　　"哈哈。"百夫长笑道，"我看那个青年年纪也就二十上下，问他姓名、官职、门第，却又不告诉我，只说自己叫曹头肃。"

　　"曹头肃？如今天下有名望的世家大族，哪有姓曹的。"

　　"然也，不是有名望的世家又如何能够身居高位，定是僭越无疑了。而且我在定陵津口干了十来年，也从未听说过有姓曹的高官。"

　　"上官高见，小的这就乘快马去铜官镇上。"

　　"不过……"百夫长有些迟疑，"我听说太子最近出京就藩，这些人会不会是给太子探路的？"

　　"大人多虑，你看那个青年，一身棉氅，看着不破，也是旧得可以的。属下的文官都是士庶打扮，侍卫也没有重甲，怎么会是太子的人？何况若真是给太子探路的人，为何用的是运输武备的戈船，而不是艨艟快舰？再说，为何我等没有接到通告？那人为何不点名道破自己身份？"

百夫长觉得有理，称赞道："兹事体大，来人气宇不俗，谈吐底气十足，非等闲之辈。你也不必着急，我先查探清楚，明日凌晨再去不迟。眼下你去了县城也已宵禁，我自有办法。"

"诺！"队正领命告退。

百夫长急急回身进入宅院，萧统等人还没有入席落座。

"上官久等，失礼失礼，各位先行入座吧。"百夫长行礼致歉，再度邀请萧统等人入座，自己一屁股大大方方地坐到主席上。

萧统微微起身，点头示意："承蒙款待，何过之有？"

萧统落座之际，刘孝绰上前拉住萧统的衣袖，低声说道："千金之躯何坐微微百户之下？不如就此道别，今夜暂居别地。"

"既来之，则安之。"萧统低声应道，"侍卫舟旅劳顿，难得赴宴，何况我等为客，理应如此。"

"将来天下之主，何有为客之理？"刘孝绰憋着一口气。

"那让殿下坐主席便是。"刘勰低声应道。他随后转身对百夫长行了个揖礼，百夫长起身回礼。

"天憨阁下，我有一言，请君听之。"刘勰说道，"阁下可曾见我等来时船舶悬挂熊旆？"

百夫长点头，随即欠身向萧统行礼："下官愚钝，妄坐主席，恕罪，恕罪。"

说罢，众人邀萧统入堂中主席落座。萧统没有推辞，径直落座，只是点头致谢。百夫长欠身鞠了个长躬，一言不发，入了头席客座。钱鱼出于习惯，立在太子身后。

"伯鳞，还不入座？"萧统说完。

钱鱼一听，环顾四周，确认没有异样之后，找了个合宜的席位坐下。

没多久，后厨为每个席位呈上了一碗蒸粟米、一碗纯菜羹、一碟葿菜，一碟豆酱，荤菜只有一碟鲊鱼，随即又端出一坛酒，给每个席位倒上一盏，酒色浊黄，乃廉价之酒。

"舍下军中没有珍馐名酒，更没有丝竹舞乐，略备酒食，诸君见谅。"百夫长说罢，脸上浮现出尴尬的神情，突然意识到自己身在客席，便直愣愣地看着萧统，"曹上官？"

萧统倒不见外，端起酒盏："在下不善饮酒，今日难得赴宴，共饮此杯，万寿无疆！"

"万寿无疆！"众人祝酒，都一饮而尽。钱鱼、刘勰、殷芸等人倒是无妨，刘孝绰、王赐是士族出身，虽然平日跟着萧统生活从俭，但是这等薄酒劣味，又没有温过，饮下之后，他们直打寒战。

众人就餐，鱼天愍用余光瞥着萧统等人的一举一动。萧统正襟危坐，姿态端正，就着葿菜、豆酱、鲊鱼，吃着粟米饭，并没有什么难色。

　　所谓的宴会很快便进入尾声。萧统吃完后，下意识地将莼菜羹倒入碗中，将碗中剩下的饭粒冲泡喝下，除了零星的齑粉，并没有任何剩菜，其他人一一临亦。这一切，都被鱼天愍看进眼里。

　　萧统有礼有节："阁下，我等舟旅操劳，饭糗食齑，如此鲜物，承蒙款待。"

　　鱼天愍大大咧咧地说："上官来此，有司招待，本是职责，诸位上官旅途劳顿，今夜就在帐下歇息如何？"

　　萧统实在不愿意在军中求宿，刘缌领会了他的意思，立身言道："谢谢阁下好意，我等一行人多，想必不便叨扰了。"

　　"不多，此宅院后面即是军营，住下百八十人未尝不可。不过，在下不敢强求，敢问想如何歇息？"说完，鱼天愍看着萧统。

　　萧统回答说："我等沿途都是在江上抛锚，就地歇息。"

　　百夫长溜着小眼珠子说："阁下今夜登岸，想必也是怕舟旅劳顿，不愿回船上歇居了吧？"

　　萧统坦诚："原本打算泊岸之后，就地扎营，不敢叨扰有司。"

　　"上官心系船舶，我这后屋厢房，开窗见津，阁下船舶，一目了然。"鱼天愍说完，欠身行礼。

　　萧统听说这话，看了看刘孝绰、刘缌、殷芸、钱鱼等人，他们也看着萧统，默默点头。

萧统点头："既然如此，谢过阁下。"

"何必拘礼，下官应当做的。"

鱼天愍起身，带领大家进入后院。后院寝室众多，一些空屋子已经被事先打扫，虽然室内布置简陋，但也干净清爽。

萧统住到了鱼天愍的正屋。其他人各自到安排的厢房睡下，钱鱼安排好夜里轮班执勤的侍卫。

"上官安心休息，下官还要查夜，失陪，失陪。"说完，鱼天愍带着几名士兵，从侧门出去。

<h2 style="text-align:center">三</h2>

港口是商贾集结之地，天还未亮，一些商旅、船工开始喧嚣。喧闹之中，萧统睁开了惺忪的双眼，守在床边的三名侍卫见萧统已经醒了，一人去通报钱鱼，两人帮助萧统整理衣冠和洗漱。等萧统洗漱好了，钱鱼正好前来报告。

"殿下，臣令人夜守在窗边，盯着我们的戈船，未见任何动静。此地兵卒军纪还算严明，我看他们夜里轮班出巡，秩序井然，看来那个百夫长倒也有些本事。"

"那个鱼天愍的确有一套，就藩之后，不知可否将他调到行宫任职。诸位先生、士卒昨夜安好？"

"安好，只是孝绰先生昨夜如厕数次。"

"孝绰先生是世家子弟，或许吃不惯那些饭食。"萧统一边说着，一边自己取棉氅披上，"等诸位先生起身之后，速速启程吧。"

"殿下，屋外百夫长鱼天愍求见。"一名侍卫前来通报。

"允。"萧统速速地系了襟扣。

"下官问曹上官安好。"百夫长匆而不慌地进来，"在下已经准备好清粥姜食，等上官部众起身之后享用。"

"承蒙款待，有心了。"萧统也放松了戒备。

鱼天愍告退。

天微微亮了，港口的喧嚣声越来越大，各种喧嚣集中在一起，令众人都无法安睡。一行人陆续起身，又在鱼天愍的带领下，去正屋吃早饭。

早饭相对宫里自然要简陋许多，只有一碗清粥和一碟醋、酱腌渍的生姜。

"孔子不撤姜食，不多食，养生者言夜不食姜，贵地果然民风古朴。"萧统赞叹，随即又对鱼天愍说，"阁下治军有方，他日必定高迁。"

百夫长浅笑："下官出身寒门，又非军户，有禄俸领，心愿足矣，高迁之事不敢妄想。"

"当朝也有不少人物出身寒门，阁下何必如此在意出身门第？"

"其实臣原本居住在洛阳城中，后来北朝孝文国主迁都洛阳，没几年那些鲜卑人开始尽逐城中汉人，下官当时年轻气盛，一怒之下南逃。南逃后，没有生计，赶上圣上讨贼，应募为兵。到如今从军十余载，一直小心谨慎，唯命是从，不敢有一丝僭越为乱之心。"

"不才担保，阁下必成大器。"

正说间，一名传令兵进来，在鱼天愍耳边轻语几句。

随即，钱鱼猛然打了个寒战，叫上几个侍卫，令他们冲向宅子前院，自己冲到萧统身前庇护。

鱼天愍见势不妙，大喝一声："上官如此，便是无礼了！"

几名侍卫刚出宅院，便迎面遇到一队官兵。

钱鱼大怒，见鱼天愍刚要离去，飞步上前，大吼道："你个北朝余孽！"

钱鱼正要擒拿，没想到鱼天愍就地一滚，竟让钱鱼扑空。钱鱼随即拔出佩刀，一刀下去，竟然又让鱼天愍躲开。这时，侍卫们群拥而上，鱼天愍再无逃路，被众人劫持。

这时，院落中的官兵已经越来越多，后门也拥入了一队官兵。

侍卫和属官将萧统护卫在中间，萧统毫无惧色，说："此间定有误会，尔等是何来路？"

问话间，一名头戴平巾帻、身穿大袖深色衣袍的人踱步进入院内，看着眼前的场景，慢悠悠地说道："在下定陵县尉，不知上官姓甚名谁，任职何处？"

萧统拨开钱鱼："要务在身，不便说与你知。"

"鱼天憨已经通告与我，说你姓曹名头肃，可是我为官多年，未尝闻说曹姓高官。然而，你停泊的戈船竟然悬挂熊旆，这可是僭越之举，冒名高品之官，可是重罪。"县尉讲得挺在理，"我劝你放了鱼天憨，到时候，本官保你不死，做个去职的处分。"

"哼，你就没想过，我家明公或许有意化名呢？"钱鱼不屑地说道。

"你们说有要务在身，我查过你们的货，都是些书。"鱼天憨说，立即被侍卫呵斥，萧统示意让他说下去。

"朝廷哪有要员专门运送书稿。况且船中布置，除了灯盏之外，毫无官气。昨夜我宴请你等，薄酒淡饭，你等食之如常。我看你们就是一群寒门士子，哪有点世家大族的样子？"鱼天憨说，"县尉大人，此乃僭越之人，不可轻饶。"

萧统闻言，上了怒气："是书稿又如何？不是世家大族又如何？金银珠玉，如何比得上经史子集，如有才学，又何必看出身贵贱？"

"竖子！"定陵县尉大吼，"莫要狡辩，快快说明来路，不然有你好看！"

"尔等胆敢……"钱鱼说着，正要从背囊中拿出太子的符节、印信，却被萧统拦住。

"那我又如何知道你的来路？"萧统问道。

"符印在此。"说着，县尉从腰带上拿出自己的鱼符，"速速就擒。"

"伯鳞!"萧统一声呼唤，钱鱼得令，放下背囊。

对面一时惊诧，正要动作，却见钱鱼从囊中取出一个盒子，又从盒子里捧出一个绑着紫色丝带的金龟，吓得县尉几乎站立不稳。

"紫绶金龟印，认得吗?"钱鱼双手捧着，得意地问道。

一时宅院仿佛空气凝固，许久，县尉才瑟瑟鞠躬作揖行礼，问道："敢问上官是何官职?"

"看明白了，切莫声张。快快护我一行上船。"萧统没有多说，只是拿起金龟印将底面露给县尉，"今日之事，算你等例行公事，不予怪罪。"

"诺!"县尉的头差点断到裤裆里，命令左右官兵退下。

萧统也示意左右侍卫放了鱼天憨。

县尉和鱼天憨心知大水冲了龙王庙，哆哆嗦嗦地将萧统一行护送到津口。定陵的人虽见多识广，哪承想当朝太子驾临，各赶各的行程，各忙各的生意。官兵们只有听令的份，一会儿是风，一会儿是雨，他们也是前不见潮头、后不见水尾，只是从县尉和鱼天憨的小心中估猜着萧统一行的来头。

随后，在官兵的护送下，萧统等人一路步行到港口，县尉一路跟随，一言不发。

"太……"县尉刚刚张嘴，立即改口，"上官请。"

侍卫们已经搭好船板，陆续登船操桨。

"县尉，这次纯属误会，孤不怪罪于你，你也莫要怪罪他人，就当今日未有此事。"萧统登船前，低声与县尉说道。

"诺……"县尉的心从嗓子眼里"咚咚"往下掉，只是还没有落实。

"上官，留守船舶的两名侍卫汇报说昨夜当地官兵只是查看了船中布置，并没有造次，臣适才命人清点了一番，行李安妥如故。"鱼天憨斗着胆子说。

萧统在侍卫的护卫下，登上戈船。

长江之水，东流不息。顺风逆水，船工扯起了白帆，操起了船桨……这些真实的生活，每一眼都看进了萧统的心里。太阳一出来，手脚暖了，心也就暖了。

四

船在江上逆行了数十里，便到了池县。

"军侯，池县津口上有一群官兵！"首船顶上放哨的侍卫报告站在船头的钱鱼。

钱鱼跑上船顶，远远望去。此时，天气晴朗，沿江的池县一目了然，只见那群官兵列队整齐，竖着各式旌旗。

"此乃迎接的阵势，我去报告太子，你来换旗。"说完，钱鱼走到船舱之中，径直到萧统的舱室。萧统也正好放下书本出舱，两人迎面差点撞上。

"殿下受惊了。"

萧统不以为意，笑着说道："无妨，我刚刚读书，看了刻漏，估摸已经到了池县，要靠岸了？"

"然。"说完，钱鱼领着萧统上了甲板。

此时，船已经放慢了速度。到了江边，一边的船桨全部收起，放下了藤球，慢慢靠在津口上，几名身手矫捷的侍卫随即带着缆绳跳上岸去，一番娴熟的操作后，船舶稳稳地停住。

"太子就藩！"一名侍卫在船头高声一喊。

岸上的官兵吹奏起音乐，一名头戴进贤冠、身着直裾、外套大氅的文官上前行礼："臣等自接圣旨，计日而待，自前日以来，自卯至酉，皆在此等候，以待太子殿下。"

"不必拘礼。"萧统指着乐队，"要这些丝竹做甚？散了，散了！"

钱鱼懂得萧统最不乐见各种阵势，可官家之所以为官，仪式是一种礼仪和象征，有时还是得有的，考虑到初涉池县，很多程序要是早早地就省了，日后行起事来怕是有不顺，于是低声对萧统说："殿下，还是先入乡随俗吧，真有不妥，往后再改不迟。"

萧统没有说"好"，也没有说"不好"。"官兵们手重，小心书稿。"

萧统还是不放心，让刘孝绰、刘勰等人盯着侍卫和官兵，自己也坐在港口看着装卸。大约半个时辰之后，确定书稿等物品装载完好，他才步入一辆安车。

车行不远，入得城门。道路还算宽度适宜，两侧的樟树团绿团绿的。"要是酷暑，一定能为百姓遮阴。"萧统这般想着。车停在一幢精致的黛瓦白墙的院落前。

"这是行宫？"萧统问道。

"殿下。"文官报告，"不是！"

"为何？"萧统说，"改道行宫。"

坚定的话语吓得文官和随行不敢吱声，默默地调头转道。

车至行宫，日近黄昏。

"太子驾到！"钱鱼适时报信。

侍候的宦官也是临时得知萧统改居行宫，便匆忙收拾，此时应声出来接驾。

萧统进了院落，此处有些简陋，倒是清静。

行宫点亮了所有的灯。萧统本想让宦官们灭几盏，灯嘛，照明就是了，点那么多有何用？但想到此宫的凄清与萧索，先点一晚暖暖也好。况且有书稿，落下一纸半张的也看得分明。

萧统步入正殿。正殿虽然不大，但规格不小，是个重檐歇山顶的大殿，青瓦素壁，赤柱红窗，俭朴却不失皇家气派。里面的布局仿佛皇宫正殿的缩小版。只是行宫正殿正位之下，是一排排座位，而皇宫正殿之下，群臣只能站立，如非特许，不得入座。

随着萧统的进入，一名中年宦官一边整顿衣冠，一边走到正位旁站立，向萧统行礼道："奴臣建康宫城苑市内官悉奴，见过殿下！"

"苑市与东宫毗邻，你我也算同乡了。"萧统打趣之后问道，"陛下和母嫔可安好？"

"陛下与贵嫔尽皆安好，奴臣前日加急到此，有上谕两卷。"随即，悉奴从身后侍从捧着的锦盒中捧出卷轴，徐徐展开，"太子殿下听宣——"

萧统等人随即行礼："诺。"

"上谕：自秦汉以降，名封虚建，已成定制。皇太子身为国本，就藩池县，主持编修，勿忘政事。特令池县一地，军政要务，悉听太子。税赋钱粮，自今岁而由太子调配，县中去岁所入，仍需上缴朝廷，以备资用。钦此。"悉奴声声有力。

"儿臣领命。"萧统回应了，心里却生了疑问，"修书就修书，哪有心思管军政、税赋钱粮的，我倒是想问问百姓。"

悉奴转身，再宣："刘孝绰、王锡、殷芸、钱鱼听宣——"

"诺。"众人异口同声，鞠躬领旨。

"上谕：古之贤王，虽神明圣达，无良臣勇将，亦无所作为。今太子就藩，赐刘孝绰太子舍人，赐王锡太子洗马，赐殷芸太子侍读，赐钱鱼太子中郎将……"

"圣恩浩荡！"刘孝绰等人都鞠躬回礼。

唯独钱鱼愣了许久，才反应过来："圣恩浩荡！"

传旨的宦官也笑了："前阵子钱上官还只是队正，随即升为军侯，如今年纪轻轻便是太子中郎将，可喜可贺！"

说完，几名宦官递上符印。

悉奴迎到萧统身边："殿下，陛下还口头吩咐，说今后如遇到饱学之士，陛下会尽力将其调来池县任职。编修一事，陛下也是颇为用心。"

"为何诸位属官都有封赐，修书一事，孤与彦和先生倡议为之，怎么彦和先生还是白身？"萧统问道，悉奴怎能回答。

"殿下，"刘勰上前说道，"诸位上官虽不是世家大族，也算寒门学士，不才连寒门都不是，只是瓮牖绳枢之家，往昔从军，得任校尉，已是皇恩浩荡，不敢多有奢望。"

萧统见刘勰如此识理大度，苦笑一声，摇了摇头。谢过宣旨的宦官，请他退下，随即坐上正殿正位，属官们落座在两边的席位上。

"孤有一言。"萧统开口说道，"诸君皆孤心腹，唯有才学高低之分，从未以门第区别待之。彦和先生虽为白身，若论才学，实为诸君之冠者。"

"太子所言甚是。"刘孝绰、殷芸、王锡等人应和道。

"不敢。"刘勰立起身道。

"先不论彦和先生的《文心雕龙》堪称绝代佳作，势必流传后世。编修之事，第一卷，便选历代佳赋。父皇好赋，我等编修一卷，便呈与陛下，署名以孤为第一，彦和先生为次，令父皇明先生之才学，赐官礼遇。"

"臣不敢。"刘勰推辞道。

"彦和先生才学实为我等之上，莫要推辞。"刘孝绰说完，殷芸等人点头附和。

"诸君如无异议，就此定下。"萧统继续说道，"彦和先生虽无朝廷官衔，于我东宫之内，有客卿之尊。伯鳞，你等侍卫兵卒，须以先生之礼待之。"

"诺。"

"如今初来就藩，孤与君等轻舟简从，暂住宫内。数日内，诸君家眷、仆从、行礼，以及剩下的书卷，陆续将来，近日且去安排居所，编修一事，不急一时。"

"诺。"钱鱼早已习惯萧统为人处世之风。

"不过此事非同小可。"萧统叹息道，"昨日在定陵，我等携带书稿，行事宽俭，竟遭人误解。可见世风尚奢靡，轻文学。编修一事，不惟立言，亦为立德、立功，利于万世之举。经此定陵之乱，孤心愈坚。与诸君十日，待安顿之后，每日卯时入宫，理政、编修，日落则归，十日一沐，何如？"

"唯太子之命是从。"

行宫之侧的秀山门在薄月的映衬下，显得格外高大，它岂知一座城门的历史与盛名，因为萧统之居，因为《文选》之誉，而得以留传后世。

五

次日上午，萧统送走了宣旨的宦官，又与前来觐见的当地官员进行了一些交流，也都是例行公事。

修书的日子便这般流逝。除了一些必要的礼仪，萧统拒收所有的物件，并对个别官员前来时的锣鼓旗阵给予批评。

这天，午膳后，萧统一直在寝殿内读书。

一位宦官蹑手蹑脚地进来禀报："殿下，太子中郎将钱鱼求见。"

萧统放下手中的书卷："宣。"

"诺。"宦官退下，"宣太子中郎将。"

钱鱼笑呵呵地进来："臣钱鱼问太子殿下万福金安。"

"免礼，于孤读书时觐见，有何要务啊？"萧统盯着钱鱼笑。

"不仅有要务，还有喜事。"钱鱼贴上来，"建康城调拨了一批羽林郎入行宫执卫，其中一人求见殿下。"

萧统心想，这才离建康几天，来个人有何可喜的？

"正是此人有喜事通报。"钱鱼的脸上，浮现着笑容。

"直接唤他来见孤，抑或尔代为陈情，何必多此一举。"

"殿下一定要面见此人才好。"钱鱼还在笑。

"那就见见吧。"萧统说，"孤看看到底喜在何处？"

来人是羽林校尉宋景休。

萧统一见，说："宋校尉观之面善，似曾相识。"

"臣本陛下近卫，在台城之时，常得见殿下。"宋景休一边施礼一边回答。

"哦，我记得，你还与子云先生素有来往。"

"臣此次前来池县，并非侍卫之职，臣善骑善走，又熟驿路，故而奉陛下之命来此，三日往返一次，专责为殿下与台城往来书信。此番求见，有二事相告。"

"但言无妨。"

"一者，恭贺殿下，喜得贵子。"

萧统一听，失声而笑："孤新婚未满半岁，如何得子？"

"臣出宫时，太子妃娘娘已有身孕，宫中奚知，陛下特令臣转告。"

萧统一听，又惊又喜，钱鱼和左右宦官也跟着欢欣鼓舞，很快他却又面露难色，弄得钱鱼等人既尴尬又摸不着头脑。

萧统又问道："其二为何？"

"其二，至尊亦闻臣与陈庆之子云先生素来交好，临行前子云先生命我转告，今后殿下如有书信往来，亦可由臣效劳；有口谕，也可由臣转达。"

"子云先生！"此信似乎胜过太子妃怀孕，萧统兴奋地站起来，随即却又警惕起来，"既然如此，可有凭证？"

"臣未曾携上谕。"

钱鱼插话道："殿下，他是宫里来的，还会有假？"

"孤不问上谕，你说子云兄吩咐，可有凭证？"萧统追问。

"子云先生果然神机妙算，猜出殿下会有此一问。"说罢，宋景休从腰间小皮囊中掏出两颗棋子，呈给萧统。

萧统一看，便知这是宫里的东西，笑道："这是宫里的白玉棋子，父皇只有和子云先生对弈时才会用。"

"子云先生还吩咐，今后如有口谕，此物可为凭证。若无要事，臣先行告退。"

"且慢。"萧统起身从身后的书架中取出两张白绢，又吩咐宦官拿来两副木制的"双鲤"——这就是古代的信封。白绢上已经有了字迹，萧统在一张白绢上又添了几句话，大意是说得知妻子有孕，心中大喜之类，随即将两张白绢放入"双鲤"之中。

萧统还在双鲤上分别写上"上""下"，吩咐宦官扎好，递与宋景休。"这有两封书信，'上'双鲤递与父皇母嫔，'下'双鲤递与子云先生。"

"诺。"宋景休捧着双鲤，"臣先行告退……"

"且慢！"钱鱼抓住话茬，向萧统行礼道，"殿下，臣有一言，不知……"

"不当讲。"萧统已经猜到了钱鱼要说什么，也打断了他的话。

"太子恕罪。"钱鱼突然跪地行礼。

萧统摇头，只好起身回拜："伯鳞，何必如此大礼！"

"殿下，太子妃娘娘怀有身孕，若不修书以贺，也当嘘寒问暖一番。"钱鱼顿首，谏言道。

萧统眯眼朝门外看去："这是孤之家事，不必多言。"

"为臣不当讲，为友则当谏之！"钱鱼依然不起。

这话一出，萧统的心立马软了半截："伯鳞，个中缘由，你实不知。蔡妃出言不逊，谩孤母嫔，轻孤父皇，辱孤左右，桀骜不驯，刁蛮无礼。若非斯人，孤何必出藩编修。"

钱鱼见萧统的口气软了，起身道："殿下千金之躯，贵为国本，自无家事可言。此番太子妃有孕，殿下纵不为太子妃娘娘，也为皇孙着想不是？"

萧统收起目光，踱着步子，每一步都有着重量。人重不在身，在心！

钱鱼看萧统态度有些转变，继续说道："臣请殿下细思之，殿下就藩编修，宫内势必暗流涌动。纵然有贵嫔爱护，亦不能朝夕看护。若殿下不与书信以示好，只怕内外侍官有轻慢之意，更怕夺嫡之人，趁此起加害之心。"

"伯鳞所言，自有道理。"萧统也醒了过来，随即吩咐道，"取绢，研墨！"

萧统略作思忖，信手几笔，字字工整，句句清丽。待宦官扎好，便交于宋景休："此'双鲤'，你呈予陛下贵嫔，委托转交与太子妃。"

"诺，如此，臣先行告退，即刻启程。"

"已是午后，不急一时。不如就于宫中休息，明日一早动身。"

"不必，此为臣职责所在。"

萧统也没再挽留，点头应允。宋景休将三封书信放入一个包裹，包扎结实，随即走出寝殿。

"殿下安心读书，臣也先行告退。"钱鱼行礼道。

萧统感喟道："伯鳞，难得有你如此净友。多谢了。"

钱鱼笑道："也是殿下平易近人，我才敢……"

正说间，一名侍卫飞奔来报：

"急报！急报！殿下，宋校尉出宫未走百步，遭遇刺客！"

一只停歇在院内桂花树上的小鸟惊得飞了起来，"嗖"地上了屋顶。

第十章　赐名贵池

一

池县山青水绿，民风淳朴。萧统一行刚到两天，皇帝的近卫便遭刺杀，此事若传出去……萧统一边想，一边急急地往外走，迎面撞上了钱鱼。

"宋校尉怎么样？"萧统问道。

"殿下放心，宋校尉只是擦伤，没有大碍，休息片刻便可上路。"钱鱼听了侍卫回报，擦了擦额头上的汗珠，"那人将宋校尉飞踹下马，侍卫们立即上前，将其生擒，不知如何处置，特来问询。"

"宋校尉为父皇近卫，武艺精进，素善骑行。不知刺客使何兵器？"

"此人孑然一身，侍卫们搜遍全身，他一身素衣，有些破旧，身上除了衣物之外，连铜钱都没一个。"

萧统有些费解，思虑片刻后又问："除了宋校尉，可有其他伤亡？"

"没有。"钱鱼不懂萧统在想什么，"侍卫们上前之后，他既没有逃跑，也没有反抗，反倒束手就擒，还一直嚷嚷着要见殿下。说来也怪，宫门高阙的侍卫还报告说，此人午时便已在宫门外，想求见太子殿下。侍卫因太子行踪不便让他人知道，告之太子不在行宫之内。此人却不离开，只在门外徘徊。"

"哦？竟有此事？"萧统想：那此人行刺为何？只是以此种方式来求见？未免太鲁莽了吧，性命攸关的事啊。

"不如先审一审？"钱鱼提议道。

"押上正殿来，孤倒要看看他意欲如何？"萧统又吩咐道，"此事大小不明，暂请宋校尉在宫中歇息，等有了眉目再回不迟。还有，此事除了子云先生，谁都不要告诉。"

说完，侍卫前去传令，萧统和钱鱼等人也走向正殿。入殿之后，萧统在正位坐下，钱鱼在旁捉刀站立。很快两名戴甲侍卫押进来被手指头粗的麻绳五花大绑的刺客，他自跪下便一直不敢抬头。

"缚者何人？受何人指使？竟敢行刺皇宫校尉！"

刺客突然抬起头说道："我这一番豪赌，赌对了！"

萧统和钱鱼一看，都吃了一惊。

那人继续说道："殿下，想不到是我吧？"

"百夫长？"萧统不禁笑了，"你为何如此大胆，在孤宫门外公然行刺羽林郎校尉？如此死罪，你为何冒险？"

"殿下可记得在下姓名？"鱼天愍反问。

萧统怒道："为何行如此悖逆之事？速速招来！"

"殿下，罪臣是无路可走，才出如此下策。请听罪臣一述：昨日上午，殿下登船之后，罪臣当即被县尉除官。罪臣一贯没有积蓄，少年从军，又无私宅，且无家室，实在不知如何是好，只得前来投奔。罪臣走了一夜的路，好不容易到了行宫，可是罪臣在宫门外屡次求见殿下，侍卫不肯，只好等在宫外。见宫里难得出来一人，罪臣为得见殿下，不得不出此下策。"鱼天愍说着说着便哽咽起来。

萧统自然不喜欢鱼天愍此等做法，但他说得还算合章。"我昨日并未说出身份，紫绶金龟也不是太子专属，你如何知道我就是太子？难不成县尉将我身份泄露于你？"

"其一，我早怀疑殿下身份，只是未想到殿下真的如此俭朴，与寒门人士无异。其二，殿下说姓曹名头肃，我昨天便已经想明白，分明就是'草肃'之意，寓意国姓'萧'。"鱼天愍是个粗中有细的人。

"胡闹。"萧统摇头叹息道，"你听清了，我的东宫从来不收贪功鄙学、崇奢弃俭之人。"

鱼天愍快嘴快语道："久闻殿下唯才是举，不问出身，罪臣实有大才，太子理应收我为客卿。"

“哦?”萧统来了兴趣，“你以武艺求得军功，亦可称勇士。只是东宫羽林侍卫尽皆高手，多尔一人，少汝一人，有何分别?”

鱼天愍说：“罪臣读书不多，但是《孙子兵法》谙熟于心。《孙子兵法》说：为将者，智、信、仁、勇、严。臣能够猜出殿下身份，能够断定殿下已在行宫，便是智；臣为百夫长，恪尽职守，可谓信；殿下来我处，我盛情款待，岂非仁? 臣无路可去，行此险径，自有勇；今为殿下所擒，面无惧色，是为严。”

萧统一边听着，竟然一边点头称赞，钱鱼紧绷的脸也松弛了许多。萧统又问道：“可是孤来此地就藩是为了编修，不是为了选将，留你在此，又有何用?”

鱼天愍有备而来：“殿下，罪臣也读过《战国策》，古贤王求良马而不得，便求一骏马骸骨珍藏，遂令天下皆知贤王好马，便争以骏马以赠。罪臣便可当骏马的骸骨，为殿下竖一个招牌。何况臣久居池县、定陵、当涂一带，通晓此间地理风物，殿下自有用得着臣的地方。”

“孤前日见你治军有方，其实已有招拢之意，未想你竟也有些学识，更巧舌如簧，听君数言，倒也有趣。”

“殿下过奖，若要听臣讲话，可否先行松绑?”

萧统示意侍卫为鱼天愍松绑：“你所言典故，孤谙熟于心。只是不知你所说的‘招牌’，是何事物?”

"商铺门前，挂着的彩旗、告示，便是招牌，招揽客人之用。"

"善，孤便收你做个招牌，在此行宫之内，做个食客。"

"臣谢殿下隆恩！"说完，鱼天愍起身站立，再行礼道，"今后势必肝脑涂地，以报效……"

"言重了，肝脑涂地，倒也不必。孤自幼深居台城，读书万卷，太傅、属官亦多世家、兵户，至于民生悲喜，孤知之甚少。先生长于民间，今后孤微服出巡，还望指方引路。"

"臣定誓死效力。"

"择日不如撞日，今日宫中属官都在城中挑选居宅，午后无事，不如出巡一番，也好熟悉池县风土人情。伯鳞，你安排一下扈从，孤与你等，扮成军人模样。"

钱鱼面露难色。

萧统劝慰道："午前县官拜访，此地居民安乐，何况我等初来就藩，知者无多，微服出巡，有你等数人保护，万无一失。"

"臣唯殿下之命是从。"钱鱼答应了下来。

一番准备之后，萧统换了一身藏青短圆领袍，下穿褶裤，系一条蹀躞带，佩一把埋鞘长刀，头戴幞头，打扮成守城军官的模样。钱鱼等三名侍卫也轻装简从，身穿乌衣，腰佩长刀，一派士兵的行头。鱼天愍则模样不变，踮着脚尖在前边，权作一员向导。

二

天气十分晴朗，虽然是仲春时节，但是阳光一照，午后也有些热意。行宫在池县西城门外，驰道两边的杏花绵延十里，粉红与雪白斗艳，蜜蜂与蝴蝶翻飞，游客与行人擦肩……看得萧统心花也在一瓣一瓣地绽开。"明日务必请先生们出来赏赏这明媚春光，此才是我等心中的封地啊！"

行走不远，他们来到"上林"，又一番好景，萧统实在忍不住诗情，便作——

千金腰衰骑，万斤流水车。

争游上林里，高盖逗春华。

萧统从未切身实地在田野间勘察过，对眼前的一切都十分好奇，不停地向鱼天愍询问一些关于耕种的常识。

此时，萧统嗅到了一股恶臭，回头一看，一位老者正挑着一担粪便向他走来。萧统赶紧掩鼻，躲到路边，鱼天愍和钱鱼等人也给老者让出了道路。

老者挑着粪便慢慢走近，经过萧统身边的时候，老者放下担子，点头致歉："上官受惊了。"

萧统忍着不适，向老者点头回礼。

老者挑着担子，晃晃悠悠地向前走去。太子远远望着，只见老者在不远处的菜圃放下担子，打开了菜圃的柴扉，又把粪便挑了进去。

萧统觉得好奇，走近几步，突然大喊一声："伯鳞，将此人拿下！"

钱鱼虽然没看出那人有什么异样，但是太子有令，不敢不从，迟愣须臾，便独自上前，老者看到一名军人来势汹汹，手里的粪瓢猛然一抖，钱鱼虽然身手矫捷，却也被溅了些许粪便。很快，老者便被钱鱼擒拿。

萧统掩鼻，带人上前，质问老者道："这是谁家的菜圃？"

老者有些胆怯，颤颤巍巍地回答道："回上官，这是老朽二儿子的菜圃。"

"太不像话！"萧统突然发怒，令众人摸不着头脑，"长者次子，是否不孝？"

"没有的事！老朽二儿子为人忠厚老实，若不是他平日里孝顺，我也不会帮他来施肥弄地。"

此时，鱼天憨似乎看出了萧统的"莫名"，在旁边抿着大嘴想笑，他靠近了萧统，低声说道："殿下，这菜园子就是要浇粪的，不然这些瓜果菜蔬如何旺盛？"

萧统一听，诧异道："此话当真？那岂不是孤平日里吃的……"

"我若有半句虚言，听便处置。"鱼天憨回答萧统。

萧统的脸"唰"地一下就红了，对老者行礼道："在下错怪长者，失礼失礼！"

钱鱼随即放开了老者，一脸茫然，不知发生了什么。

萧统正要告辞，突然又问道："敢问长者，令郎今日何在，如此鄙事，为何要父上代劳？"

老人看了看眼前一行人，问道："我看你们几个，不像是本地的啊？"

"我等是从当涂来的，刚到池县，尚未赴任。"钱鱼代为答道。

老者看着萧统，叹息道："我看上官面相慈善，我也就没什么好说的了。去岁，池县大旱，我等勉强保住了收成，却只有往年的一半。如今即将春耕，我等家中余粮所剩无多，天气也依旧是连日晴朗，没有一点要下雨的苗头。"

萧统点点头，没有回应。

"县衙门的仓廪里有些存粮，只是一旦过了清明，这些粮食都要运往建康城里，村中少壮一合计，都去衙门请朝廷赈济，村中妇女孩童，都去山中避难。寻思着若是衙门不肯赈济，就冲进衙门，一人带走些粮食，就此逃荒远遁。"

萧统一听，没有多说，行礼告辞。走出数百步之后，他吩咐道："此间入城，还有多远？"

"尚有五里，不如先回行宫，再策马入城。"一名侍卫应和道。

"不必，我等总共只有五人，差遣一人跑回行宫，再带车马前来，我等四人步行，路上相遇，再乘车入城，岂不美哉？"鱼天愍的提议得到萧统的首肯。

"殿下，臣只怕如今多事之秋，要生民变，殿下如执意入城，恐生祸乱。"钱鱼谏言道，"不如回宫，我等奉命前往衙门，命他开仓赈济便是。"

"午前，县官曾来拜访，言此地风调雨顺，并无祸患，劝孤安心修书。孤竟信之，今日孤自当亲自前往，面斥一番。"

说罢，萧统命一名侍卫回宫，其他人在鱼天愍的带路下，一路向县城走去。

太阳映照之下，一行人都有些口干舌燥。这时，路边一个棚子，引起了大家的注意。

鱼天愍指着前方，对萧统说道："上官，可见那边一个'荼'字？"

萧统远远望去："那分明是个'荼'字！为何？"

鱼天愍和钱鱼等人仔细一看，果然是个"荼"。

"上官，想是那边主人识不得字，写错了。"鱼天愍心知肚明。

"我明白了，那应当是个'茶'，那个写着'荼'字的旗帜，便是个招牌，那边是卖茶的。"

"上官果然天资聪颖。"鱼天愍奉承道。

"既然如此，不如我等入茶铺歇脚，也好等候车马。"萧统的提议自然得到大家的认同。

一行人在茶铺棚子前的一处桌子前坐下，一人坐在一边。案几边摆放着胡床，鱼天愍和钱鱼等人先行入座，萧统学着他们的样子在胡床上垂足而坐，可是他毕竟习惯了在席子上正座，有些不习惯，只好盘起双腿，仿佛打坐。

"诸位上官来此，要吃要喝？"一名年纪二十多岁的男子出来打招呼，"小店新开，若要喝茶倒有一些；若要吃饭，尚无准备。"

钱鱼一看，突然一惊，直愣愣地看着他。

那人不禁后退几步："这位军爷，何必如此盯着小人？"

"你是哪里人？"钱鱼问道。

"小的是东流人士，一直是商贩，东流去年闹旱灾，生意不好做，心想池县是个大地方，便和家父、妹妹来池县讨生活。没想到这池县也是闹旱，一不做二不休，买下这口水井，做点路边的生意。"说完，随手指了指一旁的那口井。

钱鱼不关心这个，又问："你没去过建康？"

"建康？未曾去过，倒是家父幼年，曾经有幸去建康行贩，后来赶上圣上起兵，兵荒马乱的生意自然折了本，又回到东流。"男子拎着壶倒茶，"我这人话多，诸位上官军爷不要介意。要喝点什么？"

钱鱼还要再问，却被鱼天愍抢了话头："你这有什么？"

"井水、茶水、蜜水、酢浆、菊花茶，都有。我家最善酿浆，诸位来一壶？"

鱼天憨望向萧统。

"不如……"萧统想了想，"我等只在此候人，待人到齐时，再点茶水不迟。"

那人一听，赔笑应诺："那好，有什么事招呼一声便可。"说完，转身进了茶棚。

那面"茶"字旗，在春风里，呼一阵又呼一阵，像在领兵打仗。

三

"殿下可曾记得新婚之时，有人意欲行刺？"钱鱼在萧统耳边低声说道，"我看此人身形、眉宇，颇有那名刺客的影形。"

萧统一听，也警觉起来，却觉得奇怪："我记得你说那人武艺精湛，身手矫捷，起腾若飞。可是此人模样憨厚，并无一丝凶相。"

"你们小心过头了，我听此人口音，的确是东流人。何况商贩是贱业，刺客这类人都是自命清高的死士，哪个肯操此贱业？再说，真要行刺，我等怎能在此安坐？再者，钱将军与我都从军多年，难不成看不出此人一点也不像个习武之人？"鱼天憨低声分析，随即吩咐道，"店家，来一壶酢浆，要温的。"

"好嘞！"店家应道。

不一会，一名女子端着一个陶壶从屋里走出，脸上没有任何粉黛，上身穿一件淡青的上襦，外套一件应当是男子穿的绿色半臂，下身是一件素色长裙，头上只戴着简单的木钗，虽然没有倾国倾城的美貌，却称得上五官精致。她一身中性的打扮非但没有令其失色，反倒更添一种干练的韵味。

陶壶放在桌上，女子转身拿了四个茶盏，动作显得十分娴熟。

萧统第一次见到素颜的姑娘，竟然看得有些出神。宫里的宫娥舞姬，建康城里的世家闺秀，都是浓妆淡抹，脸上又是花黄，又是花钿，仿佛把自己的脸当成了画布。

女子将茶盏放在四人面前，萧统离她最远，递与萧统的时候，她一弯腰。萧统看清了她头上的木钗，木钗的尾端虽然镂刻着一朵祥云，但是依然可以看出这是两根长筷改造的。

"你是店家的妹妹？"钱鱼问话。

女子立即显出紧张，站在那里，不知如何是好。

"你莫害怕，他这人是狱卒出身，好向人问话。"萧统也不知道自己怎么会脱口而出这样一句谎言。

女子与萧统对视，脸越发红了。她一言不发，更令钱鱼警惕。随即，她想起了什么，开始给众人倒酢浆。

"上官，上官……"男子从后屋走出，赔礼道，"诸位有所不知，愚妹义娘是个哑巴，能听不能言。"

男子说完，女子瑟瑟地点头示意，顺手拿起一个箩筐，退到屋后去了。

钱鱼也觉得自己似乎做得不对。

鱼天憨已经将盏中的酢浆一饮而尽。"味道不错啊！"他啧啧称道。

看到鱼天憨喝了，钱鱼也放松警惕喝了一口，立即也称赞不已："这比我们建康城里最好的酢浆还要香醇啊。"

听了这些好评，男子脸上极为得意。

萧统也喝了一口，但是并没有评价。

"上官，你以为小的酢浆做得如何？"

男子一问，才令萧统回过神来，于是他又喝一口，方觉醇香："店家，我想台城御膳的酢浆，也比不得啊。"

"上官说笑了，哪敢和台城御膳比肩，不过是一些家传的手艺罢了。"

正说间，众人听到了车马喧嚣声，循声望去，两辆红轮的轺车快步前来。众人来不及细品酢浆的香醇，一饮而尽。

"其价几何？"鱼天憨问道。

"若是无郭五铢钱，五十铢；有郭五铢钱，三十铢；铁钱一百五十铢。"男子答道。

萧统掏出钱袋准备付账，被鱼天憨拦下："且慢。店家，你家酢浆着实好喝，可是也太贵了，高出别地至少十倍啊，你开黑店，这可不好。"

男子面露难色："您有所不知，去年池县闹旱灾，家家少余粮。我家没有田产，要酿浆只有买粮。如今县衙不准粮米抬价，以至市面上无粮可卖，黑市价高平常三十乃至五十倍。此间百姓买不起，故而今日都去衙门滋事了。小店今天刚刚开张，十倍之价，已经算便宜了。"

听闻此言，鱼天憨也没话可说，萧统付账之后，两辆辒车正好在店门口停下。萧统上车，下意识地回头看了一眼，正好又与那个女子对视，萧统猛然把头转回来，却忍不住暗自发笑。

"殿下看上了……"同一辆车的钱鱼笑着问道。

萧统不置可否，回答说："也不知怎么的，看着眼熟。"

"那就是看上了。"钱鱼道。

"休得胡言，眼下要务，当为民请命，莫要打趣。"刚刚斥责完钱鱼，没多久，萧统却又低声自言自语，"也不知她姓什么，义娘，真好听。"

辒车轻快，不一会儿已经到了城门口。红轮是地位的象征，西城门的士兵没有阻拦，一一鞠躬行礼，萧统等人径直入城。可是入城行不及一里，路上已经水泄不通。

"上官，那边便是池县衙门。"另一辆车上的鱼天憨指着前方说道。

"人流如海，如何入衙？"

萧统正惆怅间，鱼天憨立在车上，大喝道："县令从后门逃走了！"

此言一出，人流立即转向县衙后门，前方瞬间变得可以通行。到了衙门口，阻挡的官兵一看红轮辂车，立即迎接了萧统等人。

萧统穿着俭朴，县令并未看清，没有出去迎接，直到萧统走入正堂的时候，才将县令等人吓得不轻，赶紧行礼。

萧统径直到正堂正位前坐下，将惊堂木一拍，说："午前，你们言之凿凿的，说池县绝无祸患，如今你等如何解释？"

县令哆哆嗦嗦地跪下："殿下不知……"

"孤悉知之，去岁大旱，百姓无粮，遂来求你等赈济。"萧统说道，"民以食为天，尔等既知道民有此劫难，为何见死不救？"

"殿下，开口容易，收口可难。池县境内全县受灾，若是今日应允门外的百姓，明日则又有别乡索粮，我等纵然抗命，将仓廪所藏不运送至建康，皆用作赈济，却也捉襟见肘。"

"饥荒当头，尔等难不成就没有半点对策？"

"对策自有，只是收效甚微。禀告殿下：池县虽非府郡之地，却也算远近的大县，百姓多有积蓄。故而去岁以降，奸商诈贾，争相运粮前来，哄抬粮价，不到十日，粮价已经涨了三倍。臣等对此锐意打击，严禁抬价，然而收效甚微，如今米市萧索，然黑市价贵数十倍，屡禁难止，臣等还在尽力……"

四

萧统拍案而起，指着堂中的县官们："为官之愚，奈何至此？"

县令、县丞、县尉一听，面面相觑，跪不敢言，许久县令才诺诺地说："殿下有何高见？臣等唯太子马首是瞻。"

"商贩所求，唯利而已；商贩所为，互通有无。今池县无粮，则定有商贩运粮至此，以他处之有，通此地之无。尔等严禁抬价，名为爱民，实为残民。如无利可图，则他处粮米之有，难通此地之无也！"萧统气呼呼的，转身又对钱鱼说，"伯鳞，你差人前往，告知百姓，朝廷已遣太子入池县，十日内，定叫此地有粮！"

"诺！"钱鱼得令。一名侍卫跟随而出。

萧统再次面对县令等人："尔等速速草拟告示，即日起，抬价之事，不为衙门约束，米粮之价，商贾可自定之。待百姓归去后，四处张贴。"

县官们小鸡啄米般点头："诺！"

"取纸笔、'双鲤'来，孤有书信要写。"萧统当即书写书信一封，放入"双鲤"之中扎好，交由一名侍卫看管。

不一会儿，钱鱼前来汇报："衙门前后百姓已经开始散去。"

269

萧统看了看堂中刻漏的时间，说道："为时不早，我等回宫。"

"殿下何不用膳，再……"县令等人刚要挽留。

萧统起身："明日卯时一到，尔等速来行宫，孤要问话。"

县令行礼问道："殿下，那仓廪粮米，何时运往建康？"

"往年何时运送？"

"往年当在清明时节。"

"今岁一切照旧，不必推延，也不必开仓赈济。"

"诺。"

萧统和钱鱼等人乘坐辒车回到行宫。刚到宫门，萧统便询问侍卫道："宋景休校尉是否启程？"

得到"尚未启程"的答复，萧统面露笑容，看了鱼天愍一眼，说："今日之事，真有劳你这一脚了。"

萧统来到宋景休歇处，将新写好的书信托付，替换了之前写给陈庆之的信。

第二天，宋景休启程入京，县令等人也前来汇报了情况，一番讨论之后，萧统还算满意。一切都在顺利进行。

萧统松下一口气，到刘勰等人书舍逛了一圈，出来找到正在前宫检查岗哨的钱鱼，支吾了好一阵子，才利索地问出一句话来："伯鳞，昨日那对做酢浆的兄妹，你可还记得？"

钱鱼明白，心里想笑嘴上不敢，便打趣道："殿下不忘，臣怎么敢忘？"

　　萧统看出钱鱼以为他醉翁之意不在酒，在乎女子也，他不解释，仅下令："你亲自去趟西门，请他们兄妹二人入宫，我有要事与他们相谈。"

　　钱鱼见萧统一本正经的样子，也不知他葫芦里卖的什么药，只好应诺前去。

　　钱鱼前脚出门，萧统后脚将鱼天愍唤来，两人在正殿中等候。鱼天愍不知何故，又不敢问萧统，两人就那么大眼瞪小眼地熬着时辰。

　　见钱鱼直接将二人带入正殿，萧统当即起身，抱怨道："你理应通报我一声，好让孤出去迎迎二位贵客。"

　　今日萧统一身紫色直裾，身上还披着那件很少上身的裘衣，头上戴着远游冠，看起来与昨日相差甚大。可是那对兄妹仿佛立即认出了萧统，那哥哥立在正殿之下，不知如何是好；那妹妹也一直低着头，时不时抬起眸子，偷偷瞟着坐在上面的萧统。

　　"你二人还不速速向太子殿下行礼。"钱鱼提醒道。

　　"民睿奴拜见太子殿下。"男子不知如何是好，干脆跪地而拜；义娘不会说话，看了之后也学着哥哥的样子拜了一拜。

　　萧统抬抬手又摆摆手："不必行如此大礼，入座吧。"

　　二人小心入座，萧统继续说道："睿奴兄，你除了酢浆，还会什么？"

　　"酿浊酒，还会烹茶。"睿奴说，"不过最拿手的还是酢浆。"

"即日起，你为孤专酿酢浆，如何？"

睿奴已在茶棚听到太子亲临池县，却不想昨日遇见，今日又召见，于是仓仓皇皇地说："只要太子喜欢，我酿便是。只是这价格，臣觉得需要商议。"

"孤不是要你为我酿，孤在此宫中，为你腾出一间屋子，供你粮米、甘泉，酿出酢浆，还由你贩卖，如何？"

睿奴和义娘对视一眼，不明所以："我也不明白这些弯弯绕，只问一句，太子如此这般，图个什么？"

"你也知道，池县旱灾，百姓粮荒在即。昨日我入城去，便是为了此事。倒也是你提醒了孤，这百姓粮荒，非县衙无为，恰恰是县衙有为所致，因为限价富商巨贾不来此地公开贩卖粮米。如今我已命县衙撤去抑价之令，届时必有富商巨贾广携粮米，前来出售，池县粮荒，可以解围。"

"太子莫不是要我酿酢浆，贩卖给这些商家？"

"然，纵然有米，无钱难买。孤望你将酢浆换米粮，储于孤之宫中，以济贫寒人。你尽管换粮，粮米愈多，孤之赏赐亦必丰厚。"

"既然殿下有如此慈悲之情义，我兄妹二人愿为殿下效劳。"

"你们二人是临县的，不熟池县风物。"萧统推荐鱼天愍道，"此人乃孤宫中之客卿鱼天愍，对池县一带颇为熟悉，之前执掌津口，也精通算学。更有一身武艺，他与你二人一起，必能成事。"

鱼天憨行礼，做了简要自我介绍。睿奴和义娘也向鱼天憨回礼。

萧统又说："孤还有一言，希望你们二人能够听之。"

睿奴欠身："悉听殿下之命。"

"你们的……"萧统思量一会儿，说道，"你茶棚的招牌上其实是个错字，那是个'荼'字，而非'茶'字。"

"这……"睿奴显得有些不好意思，"我等兄妹，自幼丧母，由父亲带大，也没有机会识字……"

"你们若是愿意，闲暇时节，孤可以命人教尔等识字。"

睿奴和义娘一听，面露喜色："如此，我可以不要赏赐，只求每夜归来，能够读书。"

"赏赐，读书，只要你二人不负孤之嘱托，孤一言为定。今日起，你二人每日在宫里酿制酢浆。酢浆五日可成，五日之内，池县必定商贾云集。"

等萧统说完，鱼天憨分析道："池县毗邻大江，水系通达，贩粮商旅来自周围各地，臣请太子命他二人专职酿制，由我带人去各津口贩卖。"

萧统一听，点头应允："也好，届时宫中内官，由你调配，专职运售。"

萧统就这般自然而然地在修书之处介入了池县百姓的生活，一片热土在春末时节赶上了翻新与播种，"一粒饱粟藩沃土，只待秋风送粮香"。

五

这天一早，宋景休顶着露水回到行宫，面见萧统。"殿下，圣上要务繁忙，未有书信。这里有贵嫔书札一封，子云先生书札一封。"说罢，从怀中取出两个"双鲤"。

"烹之。"萧统下令拆信。

钱鱼拔出一把随身的环首小刀，递与宋景休。

宋景休先割开丁令光"双鲤"，取出其中的书信，递与萧统。

丁令光的书信并没有太多言语，只是劝萧统注意身体，不要太过操劳。萧统一看，叹惋再三："昔在东宫、玄圃，日日得见母嫔，叮咛嘱咐，总觉陈词。今日读信，思念备至。"

宋景休将陈庆之的书信呈上来："殿下，这是子云先生的信。"

萧统将丁令光的书信慢慢折好，放入怀中，对宋景休说道："你念吧。"

"臣……"宋景休愣了，"臣不识字。"

萧统一听，摇头叹息，接过陈庆之的书信读了一遍，随即陷入沉思。

"殿下，子云先生说了什么？"一旁的钱鱼问道。

"孤将旱灾、粮荒等事一一备言，子云先生以为孤之举措，甚为可取。只是筹集米粮，屯粮赈济，并非治本之策。如今池县一带依旧大旱，春耕在即，稻田龟裂，父皇近日繁忙，也为此事操劳。"

"子云先生有何妙计?"钱鱼问道。

萧统一脸疑惑，说道："子云先生劝孤以太子名义，在此地升坛求雨……"

钱鱼一听，也跟着摸不着头脑："如今子云先生也没办法了，竟然出此下策。升坛求雨，若能感动天地，降雨倒还好，若是无用，劳而无功也就罢了，太子千金之躯，今后岂不遭人耻笑?"

萧统并无迟疑，吩咐钱鱼道："子云先生自有道理，他劝孤尽快行事。伯鳞，你速去联系县官，召集僧道，今日午后，孤前往三台山为众生求雨。"

钱鱼告退后，萧统吩咐内官备上热水，沐浴焚香，并换上了素色常服，头上戴着黑色葛布的幅巾，腰间换上了布带，身边内官、侍卫，也都衣着俭朴。

睿奴和义娘正在酿制酢浆，午时，内官送来午膳，只有清粥蔬菜，引得睿奴不满："昨日夜里，太子还宴请我兄妹;今日清晨，也有蒸饼招待，怎么到了眼下，越发不如了?"

义娘拽了拽睿奴的衣袖，示意他不要多嘴。

"二位少安毋躁，太子今日突然下令，午后要去三台山求雨，故而今日宫中午膳只有斋菜。太子还特地嘱托，望你二位客人不要介意。"

鱼天憨走了进来，看到内官给他们呈上的饭菜，会心一笑："看来你们也知道了，今日宫里是没好吃食了。我刚才特地问太子要了些铜钱，太子特许咱们三个今天出宫用膳，走吧，这酢浆已经入瓮，不必整日看管，你我同去西门酒肆觅个铺子，美餐一顿。"

睿奴和义娘相互看了看，不好意思。

鱼天憨上去扯起睿奴的手便往外走："事不宜迟，速速前往。"义娘只好跟在后面。

三人刚刚走出屋子，便迎面遇到了正要出门的萧统。萧统没有和他们说话，只是点头打了招呼，三人作揖回礼。萧统身后，是钱鱼和几名县衙的小吏。萧统没有准备车马，步行出宫。因为消息已经传开，宫门外早已聚拢了百姓，好在有两队官军维持秩序。

鱼天憨三人只好从侧门出宫。没想到，侧门也是人山人海，三人瞬间淹没在人海之中。

萧统在两队官兵的护卫下，三步一拜，慢慢走向三台山的祭坛。人流也跟着萧统的脚步缓缓挪动，挤得鱼天憨、睿奴、义娘脚步踉跄，在人潮里拥挤了半个时辰之久，三人再次看到了萧统。

萧统已经登上了三台山下的祭坛，底下一边是僧人，一边是道士，和尚敲着木鱼念着经，道士则吹奏仙乐，唱念求雨的诵文。

萧统和县衙的官吏，对着风伯雨师的牌位，行了三跪九拜的大礼。仪式庄严而规范，贡品呈上后，萧统命身后的内官呈上一篇他刚刚写就的祭文，并大声诵咏。

念完之后，一名侍卫上前，就着油灯将祭文焚烧。萧统就在蒲团上跪着，全然不顾艳阳暴晒。

可是，阳光依旧毒辣，连一丝风都没有。天色渐渐暗了，萧统依然跪在风伯雨师的牌位前。围观的平民也渐渐稀疏，鱼天愍三人却早已忘了午膳的事，仍然在下面看着。

到了傍晚，一阵风来，吹得鱼天愍一阵凉意，不禁感慨："大梁朝有如此善良的太子，福气啊！"

睿奴一言不发，却若有所思。鱼天愍见没人回应，继续说道："你们不知道，殿下为人俭朴，一点没有架子，就像个普通读书人，温良恭俭让。这下求雨，雨若是不来，只怕太子不食不饮。"

义娘拽了拽睿奴的衣袖，不住地比画着什么，睿奴点了点头，对鱼天愍说道："不如，我们趁着还未宵禁，给殿下买些吃的？"

"那倒也好。"说完，鱼天愍才意识到自己的肚子也已经饿了，"我们三个还是先把自己的肚皮填饱吧。"

说完，三人快步准备进城。一阵风来，鱼天愍大喜过望：

"慢着，我们可以不用入城了。"

风又大了一些，天色也更加暗淡。"我当过水军，这风，分明是要下雨了。"

南风乍起。

这时，一滴雨水滴进了鱼天憨的脖子："下雨了，下雨了!"

鱼天憨高声呼喊着，行人也纷纷欢呼鼓掌。

萧统跪了两个多时辰，也感觉到了稀稀落落的雨滴，遂在两名侍卫的搀扶下慢慢起身。

"太子殿下千岁！太子殿下千岁!"围观的民众发出兴奋的呐喊，萧统也露出欣慰的微笑。

鱼天憨想上去庆贺萧统，却被负责护卫的官兵拦下。

"我是太子的人，让我进去，让我进去……"池县的官兵不认识鱼天憨他们，死活不让他们进去。

很快，东宫属官和县衙官吏都来庆贺，并且为萧统和僧道等人送伞。

雨渐渐大了，萧统没有让侍卫帮忙，自己打着伞，他也看到了正在和卫士争执的鱼天憨和睿奴，便吩咐他们三个上来。鱼天憨哧溜一下钻进了一名内官的伞下，钱鱼见势抖了个机灵，将睿奴拉到自己身边，并将义娘推给萧统。

萧统有些尴尬，将伞递给义娘，自己躲到一边，和前来庆贺的刘勰同打一把伞。

"太子感天动地，可喜可贺。"见太子都自己打伞，知县也自己撑一把伞，作揖行礼道，"殿下，臣已在西城门楼设下酒食宴请殿下和诸位。"

"走吧，殿下！我等中午就饿了。"鱼天憨嚷嚷道。

萧统也面露笑容，吩咐钱鱼差人叫来宋景休一起赴宴。

宴会上，萧统坐在秀山门城楼上的首席，属官和县官在下面依次而坐，一楼则是鱼天憨、睿奴、义娘和东宫的一些侍卫、内官。

众人刚坐定，茶水冒着热气，门两侧分别鱼贯而入乐坊的师傅和一队舞伎。

"这……"不待萧统发话，钱鱼站起身，指着说，"这是什么？"

"殿下为民祈雨，劳累身体筋骨，在下特安排丝竹前来助兴。"县令笑笑对萧统说。

"撤下！"萧统已明白，"孤兴文字，不乐丝竹。你们都听好了，孤向来以俭为德，以朴为标。孤也希望在我的土地上大兴俭朴之风。"转而又对钱鱼他们说，"我再次向你们申明：能动脚的绝不用车辇、能力行的绝不要侍从；乐以书上绝不有丝竹，食以果腹绝不设宴。"

钱鱼应诺。乐坊师傅尽管上过大场面，但面见太子还是头一遭，原想多卖点技艺，却被呵斥，吓得出门脚都在打战，舞伎们更像是在逃命。

萧统用手将钱鱼招到身边，吩咐他出门追上乐坊师傅与舞伎，将该付的酬金全付了。

县令的这个马屁又拍到马蹄上，急忙借故匆匆撤下名贵珍馐，换上了池县的家常菜肴。

萧统在行宫里吃的多是建康的风味，今日吃的当地土味，既新鲜，又可口，一边吃着，一边赞好。

最后，侍从为每个座位呈上一道主菜，县令特地起身，向萧统行礼道："殿下，这是池县有名的桃花鳜鱼，又名秋浦花鳜，如今正是肥美之时，家常水产，鲊而蒸之，望太子品尝。"

萧统就着油灯，仔细看着："此鱼色若古铜，斑若铜绿，纹秀如山，着实新奇。"夹起一块鱼肉，入口，品上，大赞道，"武昌之鳊，淮阴之鲋，吴郡之鼋，建康之鲌，诚不若此物之美也。"

这口吃完，又夹了一大筷子进口，眯起眼，细细地嚼，嫩而生津。东宫属官也对这道菜称赞不绝。

萧统心中越发欢喜，酒足饭饱之后，命县令取来纸笔，说道："池县风物人情，孤甚爱之。赐此地一字，可为本县之名。"

县令受宠若惊。

萧统饱饱地蘸上墨水，在纸上写下了一个"贵"字。

"一来，春水为'贵'，二来鳜鱼为'贵'。孤之池县，可更名为'贵池'也。"

县令捧着当朝太子的墨宝，双膝下跪："诺，臣明日便上书朝廷，待回复后，差人换了城门匾额，更名'贵池县'。"

　　池县的雨，不，贵池的雨下了不大不小的一阵，迎着耕、助着耘。萧统很快忘了，贵池的百姓却真真地记得。

第十一章　荆生旁道

一

春生觉，加上饮了一些薄酒，萧统回到行宫，直打哈欠，他要回信，便命内官烹了一盏茶，内容早藏于胸中，写得很顺手，先是三封，分别给萧衍、丁令光、陈庆之。之后思量再三，还是给太子妃写了一封，此信写得比那三封费心费力，也缺乏味道，寡淡得很，几次想搁笔罢了，可又想写了也就写了，不如写完。

装好书信之后，萧统原先的睡意却消退了许多。他披上棉氅，在回廊中散步。两名内官拿着雨具，小心地跟在后面，一言不发，回廊中安安静静。

风雨不绝，零星的细雨钻入廊中，让回廊的地面也变得潮湿，回廊顶上挂着的灯笼，也伴随着风雨忽明忽暗，灯油的气味弥漫在回廊之中，似呛非呛，令喉咽生痒。他漫无目的地走着，忽然在灯油的烟味之中，捕捉到一股香气，他马上意识到，那是酢浆。

萧统加快了脚步，身后的内官不敢替他撑伞，便递了一把伞。萧统来到睿奴的房间门口，灯亮着，房门也开着。他立在门口，敲了敲门。

睿奴听到敲门声，赶出来见是萧统，赶忙放下了手中的勺子，行礼道："见过太子殿下。"

萧统将篓伞放在门口，进入房内："酢浆酿成否？"

睿奴垂手而立："这间屋子温润，熟得快。"

萧统突然觉得自己"之乎者也"地说话，似乎有些不妥，笑了笑："有劳睿奴君。"

睿奴从瓮中舀了一杯，呈给萧统："殿下尝尝吧。"

萧统接过杯子喝了一口，点头称赞："定能卖个好价，多换粮米。"说完，忍不住又喝了一口，在口中细细品味。

"殿下，坐吧。"睿奴收拾一处桌案，摆出一具胡床，请萧统入座。

萧统学着他们之前的样子，垂足在胡床上坐下，自嘲道："孤在宫中，从未垂足坐过胡床，都是在座席上双膝跪坐。孤这次就藩，原本是打算逃离京畿是非之地，安心编修书稿。没想到在此不过数日，书外收获颇丰。"

睿奴在萧统对面坐下，笑着说道："收获颇丰？比如学会了坐胡床？"

萧统说："睿奴君说笑了。说起来，孤真要谢你，若不是你前日跟孤说此间县官不准哄抬物价以致无人贩粮，我断然想不到处理此次粮荒的办法。"

睿奴说："我也只是无心之言，是殿下天资聪颖，听者有意。"

这番话，令萧统吃惊，他随即打趣问道："你怎么也文绉绉了。"

睿奴点头道："草民近朱者赤。"

萧统突然想到了什么，没有继续说笑，行礼问道："睿奴君曾经说过你兄妹和父亲一起入池县讨生活，为何只见你和义娘，不见令尊？"

"家父尚在东流，不常居池县。"

"择日我差人前往东流，请他入宫与你兄妹团聚，如何？"

"不妥不妥，家父不惯大场面，见了官军便害怕，我兄妹二人替殿下酿好酢浆，便回家居住，怎敢久居宫内，叨扰殿下？"

"既然如此，我不强求。孤自幼居深宫之内，难得友人，今后睿奴君便是孤挚友，孤之行宫，睿奴君可随意出入。"

"殿下就如此信得过在下？"

"为何信不过？"

"我只怕殿下轻信他人，日后恐生祸患。"

"今后若无人时，不必称我殿下。生死有命，岂人力可更改？"萧统将剩下的酢浆一饮而尽，随即低声问道，"睿奴兄，我有一句话，不知当问不当问？"

"贵池是殿下的贵池，殿下在贵池还有什么不当问之说。"睿奴说，"请殿下……"

"令妹义娘为何哑不能言？过几日，建康有御医要来行宫，让他们为义娘诊病，如何？"

"殿下，您若当我是朋友，有些事莫要追问。义娘的病，你也不要多事了。"

"你若当我是朋友，自然也不该隐瞒……"

"等到合适的时机，我会告诉你的。"睿奴行礼致歉，"只是眼下，望太子不要多问。"

义娘推门而入，她看到了太子，仿佛老鼠看到了蛇一样，立即回避了萧统的眼神，低头立在一旁。

睿奴看了看义娘，起身向萧统行礼道："殿下，今夜酢浆已经酿成，我和义娘要回家一趟。"

"雨夜不便，你二人何故如此急切？不如我差遣几名侍卫和内官护送你们。"

睿奴一听，迟疑片刻，随即行礼道："不必了，今夜家父从东流来，我等要回家探望。家父少壮时曾为官兵欺凌，若见了官兵，只怕再次受惊。"

萧统仍坚持："那我差人便衣护送。"

睿奴一看不好回绝，低声行礼道："适才殿下说无人时候，不用呼你殿下，敢问如何称呼是好？"

"吾字德施，陈庆之也这么叫我。他可是个大才，他日定要介绍你等互相认识。莫多说了，我去安排侍卫便衣护送。"

"德施，"睿奴斗胆称呼了一声，令萧统一愣，"您若真当我兄妹是你朋友，不要如此，借我们两盏雨灯、两把伞，足够了。"

萧统不好强求，吩咐门外的内官准备好雨灯、伞，目送他们二人出了行宫。他还不放心，一直登上行宫门前的高阙，直至两盏孤灯慢慢消失在雨夜之中。

"殿下，人都走远了。"

身后有人突然说话，萧统故意一惊，其实不用看他已知道是钱鱼，他有了责备的口气："你怎么无声无息，惊煞孤了。"

钱鱼不管萧统的斥责，继续说道："殿下若是看上了义娘，不如招她入宫，做个宫人。再选定个日子，上告陛下和贵嫔，封她做个女官。"

"你又说笑，今日你有意将义娘推入我的伞下，简直轻薄于孤，直令孤羞煞也。"

两人在宫阙上说笑，睿奴和义娘遁入夜幕。

睿奴警觉起来，几乎快要竖起耳朵。此时，一旁的义娘，竟然开口说话："哥，我特地留意了，应当没人跟着。"

"唉。"义娘叹息道，"这几天担心自己的建康口音露出破绽，一直装哑，嗓子都麻了。"

"你我空手而归，义父定要怪罪。"睿奴一边向前走着，一边笑着说道，"我发现我这东流口音，似乎改不过来了。"

"这次机会千载难逢，我们却……义父一定又要将你一顿暴打，你还有心思笑。"

"这么多年都过来了，不怕。唉，你说太子要是个恶棍该多好。"

"是啊，他要是个纨绔恶霸，我就上去一簪子戳死他。"

"得了吧，你一见到他吓成那样，真不知该如何说你。唉，也是可惜啊，这个杀父仇人的儿子竟然是个活菩萨。不过说好了，下次绝不心软，等粮米赈灾妥当，将他骗到家里，当着义父的面，手起刀落……"

夜黑得看不清自己，外加春雨打落，南湖的堤岸上突然有了一声知了叫，就一声，夜听到了，这对兄妹也听到了，他们不惊，毕竟夜路走得太多了。

二

再黑的夜，心里有路。睿奴和义娘过了西门，再往西，又往东，秋浦河南岸密林中的一处高地，有一扇柴门早早为他们打开。他俩打开柴门，小心翼翼地走进篱笆院内。院内的茅草里屋亮着灯光，借着这点光亮，他们敲了敲茅屋的门。

"没闩，进来吧。"茅屋还冻在冬天里，声音冷硬而干涩。

他俩小心翼翼地推门进去，行礼道："义父……"

这个人，便是梅虫儿。

"明奴，慧娘，回来了？"

明奴关上了门，殷勤地给梅虫儿倒了一盏水："义父，请慢用。"

万万没想到，梅虫儿并没有生气，反倒和蔼起来："事情干得漂亮。"

明奴和慧娘都吃了一惊，明奴手中的杯子都差一点掉落。

"莫怕，为父今天不怪汝等。"

明奴瑟瑟问道："上次太子大婚，儿前去行刺，力战而竭，身负伤痛，义父还将儿暴捧，怎么今日义父如此和颜悦色？"

"明奴吾儿，计划有变。即日起，你二人莫起杀心，安心侍奉太子，成为他的亲信。明日为父要前往建康，汝等十日来此地一次，为父自会派人与你二人接洽，到时候自有用到你二人的时候。"

"诺！"明奴行礼，免了一顿打，自然是心生欢喜，与妹妹各自回房休息。

次日一早，雨停了，太阳鲜亮了，两人快快乐乐地来到秀山门外的行宫。宫里的属官正忙忙碌碌，往外一车车地运送酢浆。

鱼天憨摆开一张贵池的地图，在正殿对着萧统和钱鱼等羽林郎指指点点，仿佛一名指挥千军万马的大将："殿下，这里是殷汇，商贾云集之地。此地大户姓殷，家境颇丰，自三国时便是一方豪强，以至商旅往来此地，都说'殷家聚会'，故而得名。我们应当就地租赁一处宅子，将酢浆储存起来，慢慢售卖……"

萧统对贵池的方位不熟，听得云里雾里，一时无话。这时看到睿奴和义娘前来，钱鱼终于找了个由头，打断了鱼天愍的话头："殿下，睿奴和义娘来了。"

"睿奴参见殿下。"睿奴行礼，义娘跟在后面行了万福。

"苍天助我，今日雨停，正好售卖你的酢浆。"萧统一边说着，一边示意内官给睿奴、义娘赐座，"我们已经称量过了，第一批酿好的酢浆足足有三千斤，可换两百多石稻谷。孤粗算一番，入夏之前，能换粮四千多石，贵池有户口两万，按一贫户一年五百斤，可令一千贫户无饥馑之患矣。你们兄妹二人，功不可没。"

"过誉了，殿下舍身求雨，感天动地，才是大功，我兄妹二人不过是跟着殿下沾光罢了。"

说完，众人一起去安排义售之事。萧统还特地嘱托将酢浆装满四罐，由宋景休带到建康，赠予皇帝、贵嫔、太子妃和陈庆之。

一切都在计划中。第一批酢浆运出，不足两天，运回了满满的粮米。萧统喜出望外，叫出书房里的刘勰等人，大表其功。他又召见了当地县官，下令清查户口，将贵池境内贫困人家分为数等，每月依等级赈济。

宋景休又带来了皇帝的圣旨，褒奖了萧统在封地的种种作为，并同意太子将池县更名为"贵池"。

陈庆之的信件也被送到，原来，陈庆之陪皇上下棋时，知道闽南一带发生了风灾，他又观察天气，揣测出池县一带阴雨将至，现在不仅池县百姓受益，太子在建康也更有威望。

时间过得很快，萧统到贵池已经满十天，到了约定好正式修书的日子。这天未到卯时，太子属官都已经入宫觐见。这时候，各地运来的书稿也陆续送达。众人查阅堆积如山的各类书籍，有新近的卷轴、素绢，也有陈年的竹简、木牍。

"殿下，"刘孝绰手持一卷竹简，向萧统行礼道，"我等既定以赋为首卷，那么当以大赋为先，大赋之中，尤以京都大赋最为雄伟，臣请以近世左思左太冲之《三都赋》为首。"

萧统没有点头，转问刘勰："彦和先生有何高见?"

"臣以为用京都大赋为首，可也。用《三都赋》为首，不妥。"刘勰行礼道，"大凡京都大赋，自有其序。《三都赋》虽为一时奇文，又有洛阳纸贵之美誉，但其《序》粗豪无新。"

刘勰拿出一卷竹简："此乃后汉大家班固班孟坚之《两都赋》，后世京都大赋，莫不宗此。其《序》言赋之要旨，亦多独到之处。"

"彦和先生，《三都赋》有魏、蜀、吴三都，《吴都赋》者，今之建康。《两都赋》虽后世大赋之祖，其言长安、洛阳，皆今北朝之土，以此为先，岂不……"

"刘舍人所言无理。"萧统打断了他的话，刘孝绰一惊，行礼致歉。萧统很快意识到自己有些过激，也致歉道："适才孤冲撞先生，舍人莫怪。自五胡乱华，晋室南迁以来，虽中原未复，然无论南北，自当一家一国之天下，长安、洛阳，本中国失地，他日定有光复之日。以此为先，一则如彦和先生所言，是为历代大赋之祖；二则劝诫士人，莫忘光复故土，再造两汉之荣。"

刘孝绰行礼道："殿下高见。"

萧统洗马王锡取出纸笔，开始誊抄；萧统侍读殷芸查阅史籍，略述班超之生平。萧统、刘孝绰、刘勰则为《两都赋》做注。

到了午时，宫里报时的卫士敲响了钟声。萧统等人却依然在编修之中，没有懈怠。

这日，睿奴和义娘继续为行宫酿制酢浆。义娘没见着萧统，加上觉得好奇，便躲在正殿门外，不知道他们在做些什么，悄悄地看着。

"殿下，该用膳了。"一名内官上前，小心提醒萧统道。

萧统向众人致歉："时候不早，诸君在宫中用膳，午后再议。"说完，他吩咐内官给大家呈上饭菜，也看到了在一旁躲着的义娘。萧统对她笑了一下，这次义娘没有逃避，也回应了一个微笑。属官们看到萧统笑了，顺着他的目光，看到了躲在偏门后的义娘。

义娘看到大家的目光都交汇在自己身上，又显得惊慌，连忙逃走。

"难怪殿下文思泉涌，看来是效汉武故事，金屋藏娇啊。"刘勰打趣说道，引得一众属官都忍俊不禁。

萧统也不知如何回应，只是赔笑，继续吩咐内官安排饭食。

三

陈庆之是萧衍的近臣，时刻注意着皇帝对太子的态度，以及京城内对太子的评价。萧衍曾亲自草拟一份名单，将五位有名的世家文士调到贵池，协助太子的编修。虽然眼下的状况，的确如他所愿，但他不敢有一丝懈怠。

这天傍晚，陈庆之回到家中，喊着儿子的乳名问道："阿狸，太子书信可曾送来？"

陈昭越发有理事的架势了，他说："您也太过心急了，昨日才得到太子书信，宋景休就算肋下生翅，能腾云驾雾，也不能一日之内在贵池和建康之间往返一趟啊。"

陈庆之在屋内踱步，久久不肯坐下。

"您何事如此心急？"

"今日陛下会见了陶弘景，此人近日都在建康城内东伸胳膊西踢腿。"

"看来，陛下有意让晋王入朝参政？"

"其实太子身为国本，谁来参政，都无大碍。怕只怕太子身居高位，又远在采邑，一旦有流言蜚语，必遭众人毁之。况且京城世家大族都知道太子素来不重门第，到时候万一这些士族……难啊！"

"陶弘景是位有名的高士，造谣中伤，不是君子所为，他应当不会。"

"防人之心不可无，且静观其变。我得到消息，此人前些日子找到了萧正德，我必须尽快提醒太子殿下留意此人。"

正说间，传来一阵喧闹声，原来是宋景休见院门洞开，没顾上让家丁通报，径直入内："子云先生。"

陈庆之吓了一跳："你还真是肋下生翅，怎么已经从贵池回来了？"

宋景休叹息，从怀中取出一封"双鲤"。

陈庆之接过一看，说："这不是我昨日……"

宋景休叹息说："子云先生不知，昨日我有其他要务，未能成行。今日圣上突然下令，让他人替我往来贵池，我则被调到宫门持戟守阙。我只好将圣上、贵嫔、太子妃的书信递与那人，我担心那人来头，故而未敢将先生的书信给他。"

陈庆之急问道："那人是谁？"

"我近日都在贵池和建康之间往来，羽林郎内部人事调动多有不知，未能认出那人是谁。"

"看来，是个新人？"

"然。"

陈庆之这下有些两难，转而拍了拍宋景休的肩膀："无论如何，此事你干得漂亮，你是我举荐给圣上的。如果他人得知我与太子之间书信频繁，定有闲言碎语。"

"卑职谢过子云先生夸奖，可是眼下还是如何传递书信要紧。"

"其实这倒不难，我和太子书信来往得知，太子身边如今也有一批门客，其中有个叫鱼天愍的，熟悉官道，可以让他替你在我和太子之间负责书信往来，只是用不了驿站官马，慢一些罢了。"

"那，也得先告知太子方可。"

"不必担心。圣上新选定了一批东宫学士，入贵池辅佐编修一事。都是以前的东宫老臣，他们明日出发，到时候托人寄送书信倒也不难。"

陈昭突然补了一句："我以为朝廷将东宫老臣调往贵池，对太子不利。"

陈庆之点头称赞："此言甚是。这些老臣尽入贵池，则太子在朝廷上将越发无足轻重。不过，太子妃眼下已有身孕，七月间太子必然回宫，待八月皇孙出世，这样直到新年，太子必然要留在京城陪同。只要太子和太子妃维持好关系，时有子嗣出生，应该无异端可生。"

宋景休说："子云先生，不才还有一计……"

陈庆之睁大眼睛："哦？但说无妨。"

"如果能将卑职调到东宫任职，那么卑职可以在姑孰、定陵二县之间小道设立一处私驿，购置良马。贵池去建康七百里，于小道易马，则一日一夜之内，可入京城。"

"设立私驿，尤为不妥。如今太子尚未受到太多威胁，往来信件，保密为上，不必以频繁为要务。"

"子云先生，我只担心，一旦晋王入朝，则宫里宫外怕是不够清静。"

"太子品性纯良，若是谣言自破，反有好处。只怕有人陷害，我等通信为殿下提醒，裨补缺漏即可。眼下，他人尚未动作，我亦当不动。以我之静，伺敌之动，则我知敌动向，而敌不知我。"

陈庆之实在不敢大意，思忖良久才吩咐陈昭取来纸笔，当即拟就了一封书信，放入"双鲤"之中，递与宋景休。"你将此信交给新进东宫学士到洽，他明日将离京赴任贵池，七日之内必能到江南。时候不早，我入夜还要入宫执事，你赶紧趁着尚未宵禁，将此书传达。"

"诺。"说完，宋景休告退，在街上一路狂奔，在宵禁之前赶到了到洽的府上。到洽接过书信，闻说是陈庆之写给太子的信件，不敢怠慢，一直贴身带着。

建康的动静，贵池很快感受到了。萧统在行宫里发现前来送信的换了个人，而且没有携带陈庆之的书信，心中有些疑虑，却没有表露，接过书信便让那人前去休息。

陈庆之的书信久久未到，萧统有些心急，虽然这些天陆续有从各地到此任职的官员及其眷属，其中不乏建康来的，却都不曾携带书信。但是不少人都是东宫故旧，提到建康城中的事，都会附带报告一声陈庆之等人也在城中安好之类的话。

萧统焦在心里，眉目间依然和睦。这天，正好是约定好十日一沐的日子，萧统却没有给自己放假，而是召集贵池官员，询问赈济、春耕之事。从起床到傍晚，他一直在忙碌，黄昏时分，他才送走了当地县官。晚膳时，内官为他呈上饭菜，一饭一菜一酢浆，这是他的饮食定例。

萧统刚要用膳，却发现盛酢浆的盏下多了一张纸条，他打开一看，上面歪歪扭扭地写了"宽心"二字。

萧统还未开口询问，内官便答道："是义娘姑娘让奴臣转交的。"

萧统听得此言，淡淡一笑，仿佛所有的忧愁都被抛之脑后。随即，他起身在箱子里翻出一对长簪子，递与内官说道："替我将此物交与义娘。"

宦官却没有接过这对簪子，反而低头致歉，后退一步，微笑说道："殿下，钱将军已经吩咐过，若是殿下有物品交与义娘姑娘，不准我等代劳，望殿下亲自去送。奴臣虽是阉竖，个中道理，我也明白。这也是为了殿下着想。"

萧统回坐到席位上，再次翻看这对玉簪，这是那年春节他在建康的市场上买的，太子妃瞧不上，便留在了身边，他十分喜欢簪头上的一对喜鹊。他将簪子放入怀中，开始用膳。他吃得很香，不仅仅是因为饥饿吧。

四

这天，萧统收到陈庆之的书信，阅之再三，大喜过望。

"殿下，子云先生书中可说了什么好消息？"见到萧统欢呼雀跃，钱鱼不禁问道。

"好事并无，坏事倒有。"萧统说着这话，却依旧抑制不住愉悦，"子云先生作书之前，陶弘景已经见过父皇，眼下晋王萧纲应当已经在朝中参理政事了。"

"这……"

"而且，他说宋景休已经调离原职，今后和他往来书信，只能让鱼天愍前去。没有官驿换马，即使乘坐轺车，也得两日方到京城，今后音信，必然稀疏。"

"鱼天愍出身水兵，若是能有船舶，前往建康，顺流而下，倒是一日可至，只是回程有些麻烦。"

"他信中还说，叫我六月间以太子妃有孕为由回宫一趟。编修一事，不急一时。"

"其实这话在理，殿下若长居藩地，与平常藩王何异？"钱鱼应和道，"只是不知，殿下为何高兴？"

"孤自幼时起便和子云先生相处，如今别离，数日未通音讯，着实思念。书信一来，孤心登时放宽。"

"呵呵……昨日的纸条，才让你宽心吧？"

"你如何得知？"

"宫里阉竖都已经传遍了，殿下还想送义娘一对簪子，只是害羞，簪子至今还在你怀里呢。"钱鱼有些没大没小。

"这……"萧统故作发怒，身边的内官纷纷鞠躬致歉，他指着他们，红着脸说道，"下不为例！下不为例……"

"也怨不得他们，最近建康城调拨了些宫娥，这女人一多，自然话传得就快了。"钱鱼说。

"传话一事，孤断言之，你也难逃干系。"

钱鱼一听，也收敛了笑容，正色道："我堂堂朝廷中郎将，如何会乱传这儿女情长的话？"

"未必，平日里就你撺掇最甚。"萧统不依不饶。

"殿下承认是儿女情长了？"钱鱼又面露坏笑，低声说道。

萧统恼羞，却也只得摇头微笑："看来我今天要试试你中郎将武艺如何！"说罢，笑着起身。钱鱼见势不妙，拔腿就跑，萧统在后面追着，两人如同孩子一般，在宫中嬉笑追逐。

钱鱼抖了个机灵，一边求饶，一边将萧统引到后殿两边的回廊。钱鱼飞身一转，进入一处山石之后，他知道平日这时义娘和睿奴常在这里练字。此时果真如此。他俩看到钱鱼飞奔来此，当即警觉起来，站起来四处张望，萧统追着钱鱼，和义娘差点迎面撞上。萧统一个趔趄，险些摔倒，义娘伸手扶住了萧统。

"殿下当心。"义娘脱口而出。

"唉，义娘，适才你说话了？"萧统虽然没有见到义娘开口，但是听到女声，又惊又喜。

"殿下……咳咳……"睿奴突然咳嗽，"是臣近日咽喉沙哑，说话有类女声。"

萧统也没多心："原来如此。"

钱鱼见萧统没来追赶，回身来找，看到萧统和睿奴、义娘在一起，慢慢踱步过来，看了看两人练字的纸张："睿奴兄，你和义娘的字颇有长进啊。殿下以为呢？"

"嗯，着实长进不小……"

随即，钱鱼拉着睿奴说道："睿奴兄，用过午膳没？走走走，同我一起出恭。"

睿奴问道："今日有何公干？要出宫办事？"

"此出恭非彼出宫，是去如厕。"

"哦哦……"睿奴恍然大悟，未等他开口，钱鱼拉着他就走。义娘和萧统不好跟随，只好留在此地，两人顿时有些尴尬。萧统支支吾吾了许久，才从怀里掏出昨天从箱子里找出的那对长簪，深吸一口气，小心地递给义娘："这是我在建康买的，你发长，正好用上，送你！"

义娘愣了片刻，她大胆地盯着萧统，之后伸手接过这对长簪，仔细端详簪子，顿时被那对正在跳跃鸣叫的喜鹊所吸引，十分欢心。

萧统说："宫中厉行宽俭，簪子不算名贵，合用最好。"

慧娘将簪子轻轻地捂在心口，点头谢恩。

这时，一名内官前来："殿下，宫外有临川王府的使臣前来求见，还带了诸多礼物。"

"临川王府？"萧统一听，随即向义娘告辞，"孤有要事，恕不相陪。"

说完，萧统下令道："命他在正殿等候，待孤着正装，以藩王之礼接待之。"

"诺。"

是天热起来，还是心热起来，萧统拔脚才走了几步，便有了浮汗。义娘看出了他的匆忙，心便紧了。

五

萧统换上了正装，戴上了笼纱武弁帽。一看便知，他不愿与临川王萧宏太过亲近。

临川王的使臣见了萧统，起身行礼。

萧统也复礼，并问道："六王叔近日安好？"

使臣继续回礼，道："臣名为临川王之使臣，实则效命西丰侯邸下。"

萧统生了疑问："西丰侯萧正德？"

使臣回答："正是。"

萧统不明所以，又问道："西丰侯不远百里之遥，前来有何要事？"

"并无要事，邸下为殿下之堂兄，前来走动，又有何不妥？"使臣说话跟背书一样，"西丰侯邸下特准备了厚礼，已放置在宫门外。"

萧统没有对是否收礼发表意见，只是让使臣放下礼单，并安排他前往秀山门附近的驿馆住下。

待使臣走后，萧统召集了东宫亲信的属官，商议此事。

"这次西丰侯突然示好，殿下若要避嫌，大可明说，何必拘于小节？"刘勰说道。

"彦和先生有所不知，"刘孝绰说，"圣上迎娶贵嫔之后，才有子嗣，之前只有女儿。故而从临川王那里过继一子，便是西丰侯邸下。恕臣直言，若不是太子出生，眼下储君，就是西丰侯邸下。"

刘勰分析道："如此说来，此人与圣上甚是亲密，难怪临川王屡屡犯错，圣上都能宽宏待之。"

萧统说："也正因此，孤每次主张制约六王叔，父皇便极力反对，一则因六王叔与父皇相交甚厚；二则觉得孤有邀宠之嫌。"

"看来若不收此礼，状告于圣上，便是殿下的不是；若是殿下收下，也不知此间有何诡诈。"刘勰接着说。

刘孝绰行礼道："宫中之事，臣最为了解。臣以为，礼物太子应当照单收下。其因有三：一、此事外人看来，是临川王、西丰侯主动示好，我等拒绝，倒显绝情；二、西丰侯久为圣上所宠，太子受其礼物，圣上定然欣慰；三、临川王行事吝啬，但凡宝箱都用亲自书写的封条封印，我等将礼物收下，原封不动，放置在行宫仓廪，定无大碍。"

萧统点头称赞："子云先生书信有言，宫闱之事不决，可问孝绰先生，果然不虚，就依此计。"

次日，萧统盛情款待了西丰侯的使臣，并且差人将礼物一一放到库房之中，三令五申不可擅动。

西丰侯的使臣自以为完成了任务，在贵池游了杏花村、荡了秋浦河，据说还在南门码头的妓院里相好了一位女子，之后才恋恋不舍地回到建康城。

西丰侯萧正德虽然深得皇帝的信任和宠爱，但在士大夫之间声名不佳，此人喜爱结交非道之人，喜好打猎，甚至传言他多次使人盗窃古墓、屠杀耕牛。

萧统之前利用贩卖酢浆换取粮米赈灾一事，已经令一些"清流"士大夫不满。毕竟在他们眼中，做买卖就是贱业。临川王萧宏与奸商同流合污、大肆敛财，此时萧统与他扯上联系，谣言很快在建康城的各个圈子里传开。

有的说，太子在贵池已经性情大变，开始锦衣玉食，整日和奸商为伍，打着义售赈灾的旗号大肆敛财。

有的说，萧统在贵池无法无天，擅自给池县赐名"贵池"，分明是有篡逆之心。

甚至还有人说，萧统整日在行宫之内以修书为名，搜刮民脂民膏，甚至连强抢民女、霸占民田之类的谣言也纷纷出现。

这天，陈昭一肚子闷气。陈庆之回到家中，也对他怒目而视，厉声斥责："阿狸，你怎么又闯祸了？"

陈昭硬着脖子："我没有！"

"还敢嘴硬，国子学的先生跟我说，你在学宫里把蔡大宝暴打一顿，可有此事？"

"有！"

见陈昭嘴硬，陈庆之怒不可遏，却因身体虚弱，一气之下有些站立不稳："为父不能身居高位，难得你能入国子学，你不安心用功也就罢了，怎么还寻衅滋事？何况蔡大宝是太子妃的堂侄，你看在太子分上，也不该……"

"您有所不知，莫要置气。"陈昭上去扶起陈庆之，"那蔡大宝总是说太子坏话，我与他争执，他笑我出身寒门，还说什么太子就因为是寒门女儿之子，才变得如今这么堕落，我一时气不过……"

听了这话，陈庆之心里反倒觉得欣慰："国子学学生都是五品以上官员的子弟，他们瞧不起寒门，你也当习惯了。等他日风云际会，建功立业，再去嘲讽他们不迟，何必动怒？"

　　"儿动怒，是恨他诋毁太子。"陈昭埋怨道，"这些流言，您为何不闻不问，不出面澄清一番，也好为太子正名。"

　　"东宫新旧属官，都在贵池，无一人在朝中任职，要正视听，谈何容易？"

　　"当初是您建议太子就藩修书，如今这般田地，孩儿着实有些担心太子。"

　　"吾儿宽心，眼下虽然流言四起，可是从我平日与圣上相谈之情形猜度，圣上尚未听说片言只语。"

　　"可是，现在晋王属官、侍从多有在朝为官的，圣上耳闻，不过早晚之事。"

　　陈庆之看到陈昭有条有理的分析，之前的怒气消失了大半："其实这些人也都是聪明人，为了避嫌，断然不会弹劾太子。眼下群臣也没有谁有弹劾的勇气，而且臣子之间的议论，想上达天听，也需要时日。"

　　说话间，家丁来报："家君，门外来了个内官，说陛下有急事请君入台城商议。"

　　陈庆之一听，看了看陈昭："圣上找我，定与太子有关。"

　　陈庆之立即动身，跟随内官上了一辆马车，并在宫门前下马，径直走入皇帝的书房。萧衍一看到陈庆之，便叹息再三，未等陈庆之行礼，便拿出一个奏疏，让一名内官转交到陈庆之的手上。

　　萧衍指着那奏疏气哼哼地说："你看看吧，这是蔡樽的弹劾。"

陈庆之一看，大吃一惊："蔡尚书是太子的岳丈，为何弹劾太子？"

"昔者，内侍之间多有传言，朕不以为信。如今蔡樽弹劾，大义灭亲之举，直叫朕心如焚。"萧衍一言三叹，"庆之啊，你素来与维摩交好，你说维摩这孩子……"

陈庆之粗略扫了一眼，便知道说了些什么。奏疏不长，却言简意赅地说了萧统的三宗罪，无非就是那些流言的说辞。

陈庆之行礼启奏道："陛下，此奏疏之真假，为臣也难以判断。"

萧衍顿住了脚步，盯着陈庆之，久久不语，像是在思考，又像是有话要问。

第十二章　峰回路转

一

"庆之，朕知你素来与维摩交善，未料你也如此搪塞。"萧衍说着，越发压低了声音，"莫非，太子果真有如此行径，你有意欺瞒？但说无妨，朕绝不怪你。"

陈庆之拱手再拜，说："微臣虽与太子私交甚厚，然而如今太子就藩，与臣只是书信往来，详情未知，不敢报之陛下。"

萧衍一听，颜色宽和了许多，平心静气问道："此事爱卿有何高见？"

陈庆之起身说："高见不敢当，倒是有几句话说与陛下。"

说完，他低头不语，直到萧衍示意，方才开口。他说："一者，太子素来宽俭，贵池也比不得州郡大邑，太子即使有骄奢淫逸之心，又何来珍玩奇宝之物？"

萧衍点头，又轻轻"嗯"了一声。

陈庆之没有停，而是继续叙述："二者，太子就藩已经有些时日，贵池灾情更是早已发生，为何偏偏当初没有种种说法，反倒如今流言四起？"

"晋王？"萧衍轻声地自言自语。

陈庆之分明听清了，他咳嗽一声，又装着没听见的样子，继续刚才的话："三者，臣闻太子妃临盆在即，届时太子必然回京，陛下亲派天使以探视之名前往贵池行宫接殿下回京，顺势调查一番，即可解陛下之疑，亦不伤陛下与太子之情。"

萧衍阴云密布的脸有些放晴，他搀扶起陈庆之："朕素言，你为朕之头号智囊，若你是豪门将种之后，尚书丞相之位何足道哉？"

"微臣不敢，陛下能依臣之计，便是臣之万幸。"

随后，陈庆之行礼告辞。

陈庆之踩着建康城的第一束夕阳进入家门。陈昭见父亲回来，急匆匆迎上去，未等他开口，陈庆之倒先说话了："阿狸，你如何不去读书，却在这里焦急？"

陈昭贴到陈庆之耳根上说："圣上派人来监视你了，这今后如何联系太子？"

"你如何得知有人监视？"陈庆之并没有大惊小怪。

"我自国子学回到家中，发现门口有两个大汉，虽然装扮成路人模样，却徘徊不离，而且身材壮硕，像是行伍之人。"陈昭一脸严峻地说。

"你倒有不少长进。"说着，陈庆之摸了摸陈昭的头，"为父早已料到，近日不会有人登门问讯，不过我相信太子已经安排妥当，不必担心。"

萧衍派遣的钦差比陈庆之想象的要快得多，似乎这边谈完话，那边便结队出发，前往贵池"慰问"萧统。

船行数日，顺利抵达贵池。因为事先没有任何通报，登岸之后没有任何迎接，一行人也是素装打扮，看不出是京都来的贵人。

登岸之后，一行人一路微服，也没有入县城，而是雇了向导，沿着乡间路径一路行走。皇帝的符节也都打扮成货物的模样。到了靠近西门外的地方，这些人才取出皇帝的符节旌旗，慢慢走到太子行宫门前。

此时，正是萧统与幕僚编修的时间。

行宫的侍卫远远看清符节，惊诧万分，慌忙去通报萧统和钱鱼。

"父皇符节？"萧统也惊诧起来，"事先未有任何通报，书信之中也未曾与我言说此事。这……"

钱鱼也觉得有些奇怪："莫非有诈？"转而询问通报的侍卫，"你看清了？"

"虽离得远，但陛下的红底子三辰旗，还有两面龙虎旌幡一清二楚。他们朝行宫走来，想必不多时便要到了。"

　　刘孝绰正在一旁，上前行礼进言道："殿下宽心，定是陛下前来'问讯'的，兴许是接殿下回宫。"

　　"回宫？"

　　正说间，门外又来一员侍卫禀报："殿下，门外确是圣上的钦差，着卑职前来通报。"

　　萧统带着钱鱼和刘孝绰等人到宫前厅堂等候，特使一行人持符节进入行宫，萧统等人行礼。

　　特使是一位年轻的宦官，与萧统素不相识，上前宣旨道："圣上知太子素来俭朴，故而不愿兴师动众，微服前来。圣上念太子妃有孕在身，令太子宫中各色人等尽皆回宫，即刻启程。"

　　萧统虽不情愿，也难违圣命，行礼说道："父皇好意，劳烦内侍了。"

　　内侍俯身回礼："殿下即刻启程吧，实乃我等有命在身，万望宽恕。"

　　"既是皇命，岂敢。"萧统清楚萧衍的脾气，也略知太子妃的孕情，但如此火急火燎也是出乎意料，心中难免生起疑惑。他正准备安排手下整理行装，内侍却又说道："圣上有令，行宫一众物品，皆由我等搬运，不劳殿下动手。行宫中一众人等，皆今日启程，不得有误。"

　　萧统有些不满，刘勰几次拉他的衣摆，他才没有发作。萧统简单嘱咐几句，力士们便在宫内翻箱倒柜。几员力士看到西丰侯萧正德送的珍宝，都有临川王萧宏亲自书写的封条，立即回到前厅，与钦差内侍耳语几句。

钦差暗暗点头，萧统也明白了这些人的来意，心中反倒生出一丝喜悦来，庆幸自己之前未曾发作。

很快，力士们将行宫的侍卫、内侍、宫娥，太子的幕僚全部召集到前厅，宣读了皇帝的圣旨。凑巧此时睿奴和义娘正在宫中，也被召集到前厅，一听要随太子去京城，他们一时没了主意。

正要上路，睿奴上前与内侍说道："钦差上官，想是搞差了。我们是……"

"看你打扮不像宫中内卫，脸上生了须子，也不像是内侍，你是何人？"内侍一看，也觉得奇怪。

"我们是太子的友人，西门酿浆的手艺人。在这行宫之中并无差事，只是时常在此与太子玩耍。"睿奴一把拉过义娘。

萧统一看，上前与内侍解释道："他们兄妹是孤王的友人，没有品第，只是寻常布衣，偶尔请到宫中酿浆供饮而已。"

内侍一听，有些犯难："殿下，着实是圣上旨意，务请东宫一行人即刻前往，也好不耽误殿下修书之业。行宫内卫，交给那些京都来的力士便好。"

萧统明白内侍的言外之意，于是对睿奴、义娘说道："如今事出突然，实在无法，只得让你二人随我去京城玩玩也好，只是你那老父……"

睿奴正要言语，却被义娘踢了一脚。

萧统以为义娘有心要去京城，笑了："我时常在信中说，要让母嫔喝上你二人新酿的酢浆，如此也遂了心愿。我让行宫留守到西门通报令尊，并作安排，可好？"

睿奴低头思量了一会儿，只得点头。

当下，萧统等人在行宫之内安排了车马，力士们接管了行宫，幕僚们也让宫门外的侍从回家传了口信。萧统与刘孝绰、刘勰等令人将书籍装上马车，自己却只得步行。行至江边，萧统又安排人装载好书籍，到了入夜时分，船舶才启程。

江水东逝，一日追着一夕，满天的星斗下到水中戏月，那渔火在星月间一晃一晃，时而模糊，时而清晰。

二

有桨，有帆，更有风力助阵，一队皇家船舶浩浩荡荡地南下建康，仅用了一天两夜。

萧统在船中，百事不问，一心研读《金刚经》。

船到码头，萧衍特地派了车马前来迎接，装载好书籍后，萧统等人乘坐马车，一路到皇宫东北角，从侧门进入。

侍卫、幕僚等人被安排在玄圃中，义娘和睿奴也被安排在此处。

萧统带着内侍、宫娥，进入东宫。他的心情有些烦躁，既担心与太子妃的矛盾，又担心岳父蔡尚书对他的中伤。可他看到太子妃挺着个肚子出来，怨气先消了一半。

"臣妾见过太子殿下。"太子妃上前行礼。

在她抬头时，萧统看到她脸上的色斑，还有色斑下的愁容，心一下子软了，忙上前搀扶住太子妃："你有身孕，就不要胡乱走动。"

太子妃笑着说："迎接殿下，如何是胡乱走动？"

萧统搀扶着太子妃到席位上坐下，安排宫娥垫上狐裘软垫。萧统如此用心，太子妃却愁容不减。

"臣妾听说家父前些日子曾上疏弹劾殿下，只望殿下不要在意。"太子妃抓住萧统的手说道，"之前臣妾与殿下有些不和，可是殿下不在宫中，我也着实想念。"

萧统一听，心中已经升起怜悯之意："尚书之奏，自然有他的道理，至于此道非彼理，父皇自有分辨，我不介意，你也要放下才是。此番回宫，定要开春方得回贵池。等你临盆，也好陪陪你们母子。"

即使如此，太子妃也无喜色："你还是念念不忘修书，晋王萧纲回京之后，谣言四起。这次你匆忙回京，教训还不够吗？"

"或是巧合罢了，孤与萧纲一母所生，我相信不至于此。"

"不至于此？那你为何回京如此匆忙，行宫已经为父皇掌管？"

"普天之下，莫非王土。父皇自有安排。"说到此处，萧统的言辞又有些激烈，随即想到太子妃肚里的孩子，只好缓了语气道，"你说得也有道理，只是你怀中尚有胎儿，莫要费心这些事，我自有安排。"

"你自有安排？"见萧统语气平和，太子妃却又冷笑道，"莫不是又和那个庶民陈庆之谋划？"

"子云先生足智多谋，还有刘勰、刘孝绰等人，你不必费心，安心待产便是。"

"哼，陈庆之的儿子前阵子把我的侄儿打了一顿，你可曾听说？有其子必有其父，我看，他也好不到哪去，就是个粗野的病汉子。"

萧统强忍着怒火，继续平心静气地说："我自有安排，你还是少费心思，多为胎儿考虑。"

"为胎儿考虑？为他考虑我更要说，你是太子，将来父皇'万岁'了，你便是皇帝，等你'万岁'了，他若是男孩，也是皇帝。万一哪天萧纲夺嫡，不说连累于我，也连累于他。"

"好，子云先生是个粗野的人，那你说，我该找谁谋划？"萧统虽然语气平和，但是怨气已经写在脸上。

太子妃一见，语气顿时软了："我也没别的意思，只是让你多和世家来往。"

萧统抚额，冷冷地说："好，寡人知之，尔且宽心。"

萧统实在不想谈论此事了，示意宫娥搀扶着太子妃回寝宫，自己独自一人在东宫正殿等候皇帝的旨意。

过了大约半个时辰，那名内侍前来传旨，令太子入宫觐见皇帝。

萧统随内侍入宫，拜见了萧衍，丁令光却不在旁。

萧统深知萧衍的意思，上前谢罪道："儿臣有罪。"

萧衍一听，立即起身搀扶起萧统："吾儿莫要动气，不是为父不念及父子之情，只是你贵为太子，为父这么做，也是堵他人之嘴，维护于你啊。"

萧统起身说道："儿臣并无怨意，谢罪只是因为儿臣行为有欠考虑，劳父皇费心了。"

萧统几句话着实让萧衍受用，他突然改口，唠起了家常："与太子妃见过了？"

"嗯。"萧统应和道。

"皇儿啊，父皇知你和太子妃有不和之处，但是皇家血脉为重，你要更加忍让。"

"儿臣明白。"

"回京之后，你照常编修书稿，大小政务仍由萧纲辅佐，你不必分心，等太子妃临盆之后，你若还想回贵池，再回也无妨。"说至此，萧衍捋了捋胡须，"你且宽心，我已经和你临川王叔打过招呼，他绝不会再有骚扰。"

"谢过父皇。"萧统见萧衍的案头尚有不少奏章，随即行礼道，"父皇若是繁忙，儿臣先行退下，好去探望母嫔。"

"嗯，去吧。"萧衍轻轻地挥挥手。

萧统得令之后，萧衍看着他缓缓离开，一直到他出了大殿，眼睛还望着宫门。一时间，萧衍也有些悔意，鼻子也有些酸涩，叹息不已。

萧统径直去了丁令光的寝宫。丁令光见萧统前来，百感交集，安排他坐下，让宫娥、内侍准备了一些点心与茶汤。

"这次你来，你父皇没有让我一起受你觐见，我想事出有因吧。"丁令光说道。

"确实如此，父皇听了谣言，查了我的行宫，此番是与我说明用意的。"萧统一边吃着点心，一边说道。

"你要相信父皇是好意。"见萧统吃得开怀，丁令光也笑了，"看你吃东西的样子，也不像是有所介意，我倒宽心了。"

谁承想，母子和乐之时，萧纲没有通报便径直进入寝宫中。萧统原本面带笑意，见萧纲来此，脸上如同乌云遮日，立马阴沉了许多。

萧纲也没好脸色，拱手行礼道："见过太子殿下。"

"唉，你们亲兄弟，何必如此生分？"这样一来，弄得丁令光也有些尴尬。

萧纲在萧统的下首坐下，拿起点心就吃。

"近日萧纲帮你父皇处理政务，一有闲暇便来陪我，故而我这多备着点心茶水，好让他吃些。"丁令光看着两个儿子在吃，虽然尴尬，倒也开心。

三人再不言语，萧纲吃了几口，便向丁令光告辞，说是要去处理些事项。

萧统也顺势告辞，在宫门外追上了萧纲："贤弟。"

萧纲回头见是萧统，脸上没有好气色："太子殿下，有何吩咐？"

萧统言正理直地说："我之前便与你说过，不管你有何想法，不要在母嫔面前表露。"

萧纲一听，摇头苦笑："我若说，京城关于你的谣言，与我没有一丝一毫的关系，你信吗？"

萧统直视着萧纲。

"看来还是不信，也罢。"萧纲说道，"实不相瞒，我麾下幕僚有人说，这是你的苦肉计。待我进京之后，流言四起，好让父皇疑心，最后陈庆之再来个计策，洗刷你的清白，到如今，我却成了构陷兄长的小人。如此这般更显太子殿下清正廉洁，同时落个有容乃大、不计前嫌的美名啊。"

萧统当即说道："绝无此事！"

"政务在身，告辞！"萧纲连起码的辞礼都没有。

皇宫里很静，萧统看着萧纲的脚步一步撵着一步，偌大的梁朝政务自然很多，但萧纲有这么急吗？处理政务在勤、在礼，急有何用？萧统又多了一份担心。

三

看似寂静的夜晚，陈庆之门前的人影晃了几下，便被夜色吃掉了，陈昭告诉父亲，监视的侍卫走了，陈庆之点了点头，没有回音，他想好了，明天务必见到太子。

玄圃中，陈庆之叩见萧统，必要的礼节之后，两人直奔主题。萧统将萧纲的话说与陈庆之听，陈庆之也觉得奇怪。陈庆之也无法和萧纲的人取得联系，这件事便暂且搁置。

在京城的日子里，萧统也如在贵池一样，白天入玄圃与幕僚们编修书稿，夜里回到东宫。每到假日，入宫面见父皇、母嫔，得空了也陪着睿奴、义娘游历京城附近的景致。

太子妃临盆的日子渐进，萧统越发压着性子，不和太子妃言语冲突，凡事都顺着她。太子妃也越发恃宠而骄，萧统有不堪忍受的时候，也不发作，只是默不作声，或悄悄离开。

七月初九，太子妃临盆之时，萧统尚在玄圃修书。闻讯，他快步前往东宫，入宫之后，已经听到孩子"哇哇"的哭声，他欣喜若狂。

萧统正要进去，一名白头宫娥早已抱着孩子呈给他："恭喜太子，恭喜太子，老身自前宋便在宫中接生，尚未遇过如此贵相之孩儿。"

萧统接过孩子，只见他头部歪斜，有些丑陋，但毕竟是自己的孩子，心里到底欢喜。

接生的宫娥看出了萧统的心思，忙说道："太子莫嫌小皇孙的模样，初生孩儿头部都有些歪斜，数日便能端正，莫要介意。"

萧统一听，重归欣喜。

萧衍和丁令光也赶来，与萧统一同进入寝宫，太子妃刚刚生产，已经有气无力。丁令光上去握住太子妃的手，眼中充满了激动。

萧衍接过小皇孙，抱在怀中，已经合不拢嘴。

许久，才有一名内侍斗胆提议："陛下，何不就此为皇孙赐名？"

萧衍怀抱着皇孙，思量片刻，看着宫室之中，所有人都喜笑颜开，心生一字："皆大欢喜，不如单名一个'欢'字？萧欢，如何？"

萧统与众人跪地谢恩。

萧衍继续思量，又说："这是朕第一个皇孙，待他成年之后，举行冠礼，再赐他一个表字，孟孙。"

当下一个宦官即拍手道："孟者，大也，陛下好寓意啊，好寓意啊！"

萧衍听了越发高兴。随后，丁令光安排后宫人手，伺候太子妃坐月子，并给皇孙安排了奶娘、内侍、宫娥，才与萧衍一起回宫。

看着东宫中忙碌的众人，萧统想着要将这个消息告诉正在玄圃的钱鱼、睿奴、义娘和幕僚们，便急出东宫，要去玄圃，却在门口迎面遇到了一个熟悉的身影。

"萧纲？"太子脱口而出，萧纲下意识地回头，与他打了个照面。

"王兄……恭喜了。"

萧统正在喜气头上，一听这话，很是畅快，当即领着萧纲进入东宫之内。

众人见是萧纲，纷纷行礼："晋王殿下安好。"

萧统安排萧纲坐下，一碗享喜的糖打蛋很快端了上来，萧纲应礼般地喝了一小口糖水。萧统命宫娥将皇孙抱来。

萧纲看着熟睡的小皇侄安详的样子，便问："有名了吗?"

"父皇赐名欢。"萧统刚想说皇帝还赐了表字，但是话到嘴边，又咽了回去。

不多时，萧纲便告退了。

萧统再度出宫，来到玄圃，将好消息告诉众人。其实，玄圃幕僚早已听说了消息，都向他道贺。

随后，陈庆之前来道喜。萧统见了陈庆之，想起之前与萧纲的会面，寒暄之后，又把刚刚的事说了。

陈庆之思量再三："或许，此事……"

"如何?"萧统追问道。

"若萧纲没有夺嫡之心，想必……此事，已经完全超乎我的意料之外了。"

萧统有些迷惑，继续追问："除了萧纲，萧综纵然有此心思，也无此能力。临川王叔? 更不可能。或许此事，根本无关夺嫡之争?"

众人沉默片刻，随后异口同声地说："北朝！"

陈庆之当即面露微笑："我平生最大的志向便是能有朝一日征服北朝，想来如今竟能遂愿了。"

萧统面色却有些凝重："如今敌暗我明，子云先生可有头绪？"

陈庆之低头沉思道："我想这京城宫闱之中，或许有北朝的奸细。"

"大内宫闱之中，若有奸细，倒也有些危言耸听了吧？"刘孝绰说道。

"未必，"萧统很认同陈庆之的判断，"如果不是宫闱之中有奸细，诸事难以说通。"

刘勰上前说："我与皇宫虽接触不多，但是我听说，北朝至今仍在善待前齐的宗室。"

陈庆之点头道："确有此事，前齐遗族萧宝夤似乎也多有活动，他在北朝乘坚策肥、交通王侯，很是快活。"

萧统问："如此，是不是皇宫大内之中，有前朝的宫娥内侍传递消息？"

刘孝绰摆手道："绝无可能，宫娥不得外出，而前朝内侍已尽皆赶出宫中。"

"无论如何，此时是否要告知萧纲？"萧统询问陈庆之的意见。

"早晚要说，不过缺乏一个契机。"陈庆之喝了一口热茶，

"此时敏感，你去说这些话，他倒未必相信，只怕适得其反。"

萧统觉得有理，众人也没能讨论出一个结果，只是陈庆之突然灵光一闪，抬头看了看正在玄圃花园里练习写字的睿奴和义娘……

陈庆之看得出神，没听到萧统的呼唤。

"先生？"

"太子有何吩咐？"陈庆之听到萧统的询问，慌乱作答。

"我想，待我回到贵池，先生只身前往晋王府说明此事，如何？"

"太子回贵池，无论如何也得等到开春之后，尚有数月时光，不必太过急切。兴许机会不日便有。只不过太子近日若是出宫，定要注意安危。"

"有钱鱼带人作陪，先生大可放心。"

"嗯，切记。"

四

太子妃的月子坐得皇宫上下一片忙乱，萧统也跟着吃了一通又一通的气。出了月子，太子妃实在按捺不住性子，执意要带孩子回娘家省亲。按礼制，太子妃需三年后才能归家。但是太子妃亲自去丁令光那说了些许好话，丁令光也理解她想回娘家的心思，便同意了。

　　太子妃带着浩荡的人马，一路回到蔡府，父亲蔡樽和母亲在门外相迎，风光无限。太子妃素来任性，在家待得快活，索性先斩后奏，传话回东宫，说要多住些时日。

　　萧统虽然不舍得孩子，但是见不到蛮横的太子妃，他倒也宽心，当即应允了。这天正好是预定的每隔十天的休假，萧统没有编修事务，早早入宫见了父皇母嫔。到了中午，便叫上钱鱼带上侍卫，轻装简从，与睿奴和义娘出城看雪。

　　城中的北驰道湿滑，雪水半化不化，泥泞不堪。到了乐游苑，行人稀疏，一片白茫茫的景象。

　　萧统下了马车，与睿奴、义娘等人步行去乐游苑的覆舟山前。

　　睿奴在地上攥起一个雪球，在手上把玩。

　　"你倒是不怕冷。"钱鱼看了说道。

　　"子云先生喜欢素色，酷爱雪景，只可惜他身体欠佳，有些畏寒。"萧统说道。

　　"殿下还真是时刻忘不了子云先生啊。"钱鱼明白萧统凡有好事或烦心事，第一个想到的人便是陈庆之。

　　萧统笑了："若不是子云先生当年舍命相救，我早就没命咯。"

　　"可惜这山太小了，不如贵池的千山暮雪。"睿奴将手中的雪球丢了出去，悻悻地说。

　　"千山暮雪？听着便是好景。"钱鱼一听，倒也有些神往。

322

这时，义娘却将手指了指东北方向，萧统见了立刻明白了她的意思。

"你是说，出了北篱门的钟山？"

义娘笑着点了点头。

"走！我们去钟山，看千山暮雪。"

一行人再度上车，萧统和睿奴、义娘二人在一辆车上。义娘脸上堆着笑，打开车窗看着外面的街景。零星有一些雪花飘到车里，慢慢被车里炭火的温度融化。

"把窗关上吧，你不冷，太子还冷呢？"睿奴在责怪义娘。

义娘回头横了哥哥一眼。

萧统却说："有炭火，开窗正好透气，无妨。"

义娘脸上又堆着笑，继续看着窗外。萧统看着义娘，叹息了一声，随后低下头沉思。

不多时，义娘发出了声音："呃？"随后，义娘把窗户洞开，指着窗外。只见路边的一户人家，竟然没有窗户。萧统顾不上许多，将头凑过去，与义娘几乎贴到一起，义娘顿时有些尴尬。然而，萧统全然没有意识到，他当即回头喊道："驻驾！"

这时，萧统才意识到自己已经把义娘逼到了车的一角，他的脸唰地一下红了，赶忙退后到座位上坐下。

"殿下有何吩咐？"钱鱼打开了车帘，将头伸了进来，"唉，殿下脸这么红，想必是车里火大有些闷，下来走走吧。"

萧统没有应答，与睿奴、义娘二人下了马车。萧统和义娘径直走向那户人家，只见他们的院落墙壁早已破败，房屋的窗户徒有其名，没有窗布遮风。完全不像有人居住的样子，可是往里一看，一家人正围在一个小小的火炉边取暖。

男主人注意到了窗前的萧统和义娘，没好气地说："门外的郎君、主母，不要看我贫家的笑话了。"

义娘一听，这分明是把他们当成了一对，立马羞涩起来，往后一步，躲在萧统一侧。萧统顾不上许多，推门进去。雪花随着开门的风飘了进去，钱鱼等人跟了过来。

这户人家一看钱鱼是军人打扮，立即受了惊吓，这家人的孩子更是直接哭了起来。萧统一看，觉得失礼，上前道歉，随后安排钱鱼将车内的炭火分予这家人，又将车子的窗户扯下，装到这户人家的窗上。

这户人家不明就里，只顾道谢。

之后，萧统上车，继续行程。车里没了炭火、车窗，寒风吹进，三人都觉寒冷不已。萧统哪受过这种严寒，不一会儿便直打寒战。

"殿下，要不回去吧？"钱鱼看萧统冷成这样，说道。

"以前只听子云先生常说冷，没想到冷竟然如此可怕。"萧统将手搓着取暖，继续说道，"这雪，我们看来是景致，很多人看来，就是灾祸啊。"

"可不是嘛！义娘还小的时候有一年下了一场大雪，家里的柱子都倒了一根。我姆姆索性将那根柱子不要了，劈开生火取暖，我们一家才没冻死。后来我们家就一直缺一个角，到了夏天暴雨的时候，又难受了。"睿奴说着。义娘也低下了头。

"回去吧！"萧统吩咐钱鱼道，"伯鳞！有些寒冷，就此回宫吧。你带人查一下，城内外大概有多少人家缺少过冬的柴薪，有多少人家门户破损无力修补，购置柴薪、修缮门户需要多少银两，尽快汇报给我。"

"诺！"钱鱼得令，随即命令队伍转向。

"殿下这是要……"睿奴问道。

"睿奴，此事也正要和你商议。"萧统说道，"我宫里有许多绸缎，我回宫之后尽数交与你，你将这些绸缎卖掉，将账目汇报于我，可否？"

睿奴追问："殿下是要卖这些绸缎给贫苦人家购置柴薪？"

萧统笑了，拍拍睿奴肩膀："知我心意便好。"

睿奴听了这话，面露难色，沉吟道："殿下，你如此贤明，倒让我有些难办了……"

"你过誉了，古时候的贤王明君，比我不知高明到何处。你说难办，有何难处？宫中锦缎，卖出高价，我想不难吧？若是缺人手，不必担心，我将东宫内侍挑些帮你。"

"殿下吩咐，我自全力办妥。"

回到宫中，萧统清点了东宫的绸缎、珍宝，一一交与睿奴，并派四位精干的宫中内侍听命于他。到了夜里，钱鱼已经清点好城内外贫寒人家，与睿奴合计了所需的柴薪和门户修补的费用。

第二天，雪是停了，但天气更加寒冷，正应了"下雪暖，融雪寒"的民谚。萧统继续编修，睿奴和钱鱼带着宫中珍宝去乌衣巷边的市肆中贩卖。一看是宫中物品，富商巨贾、豪门世家纷纷解囊购买。原来这些绸缎珍宝，都是太子妃放置在东宫的稀罕物品，睿奴只按照所需费用计算价格，他心里还有些忐忑价格是否太贵，然而不一会儿，这些货物已经被人抢购一空。

事后他们才知道，他们定的价格，远比市价低了数倍。

当晚，二人向萧统汇报，萧统直夸他们能干。

又是一个雪过初晴，满载柴薪的车辆一辆接着一辆驰向建康的大街小巷和城外的村庄。皇城里的温暖很快与民分享。萧统没有企望回报，他只做了一位太子应该做的。

五

太子妃回到东宫，原本的笑脸立即凝固了，她的整个身子仿佛成了一堆干柴，一遇火星就即刻爆燃。她不顾众人阻拦，一路出宫向北，内侍、宫娥吓得只能远远地跟在后面。

太子妃径直闯入玄圃，负责守卫的钱鱼不知事由，只顾低头行礼，跟在后面。

到了玄圃的厅堂，萧统吃了一惊，众人还没来得及行礼，太子妃一脚踢翻厅堂中央的一个火炉，破口大骂："你这好人可是做到家了。我原本就奇怪，你个庶民之子能有多少钱财？原来卖的都是我的绫罗珍宝……"

"使不得……使不得……"宫娥、内侍纷纷跪地劝阻。

仅听半句，萧统便知晓了来由，淡定地对刘勰他们说："大家继续动笔，寡人的事，汝等莫问。"

幕僚们个个精明，于是继续编修，见无人理会，太子妃十分尴尬。

萧统面不改色，直愣愣地盯着太子妃："把你刚才的第二句话，重说一遍，与我听之！"

太子妃有几分胆怯，却也不愿意服软，不知如何是好。

萧统此时正想把前些日子忍的怒火一并发泄，脸上不怒而威。

"把那句话，重说一遍，与我听之。"太子重复了这句话。

太子妃膝盖一软，跪在地上，许久才蹦出一句话："臣妾……不敢……"

"你月有供奉，自有定数，那些财货，从何而来？我还没问你呢。"

"都是娘家供给……"

"那就是入宫妃嫔结交外戚了？你可知道，在北朝，你如此这般，将受何处分？"

"臣妾不知。"

"效钩弋故事。"

太子妃一听，越发木愣，询问道："那是……"

"你不是世家大族之女吗？怎么既不懂北朝事务，又不懂汉家典章？"萧统说着，不禁笑了，"你的家教没有讲过，钩弋是汉武帝的宠妃，后来生了皇储，汉武帝怕钩弋结交外戚，于是将她杀了吗？这是北朝魏国的习俗啊！"

太子妃一听，越发软瘫，不敢说话。身后的宫娥赶紧上前，搀扶起太子妃，把她拉回了东宫。

此事很快在宫中传开，蔡樽为了自保，主动上书乞骸骨。萧衍看他态度诚恳，没有计较。皇孙被带到丁令光宫中抚养，而太子妃被软禁在东宫之中，不得外出。

一石打了百鸟，惊了千卵。萧统本不想在京城多待，因为事情传开，世家大族罔顾事实，一味指责太子，说他拿着太子妃的嫁妆沽名钓誉。在萧衍的授意下，萧统准备再度启程，前往贵池。

可谁也没有想到，这次萧统却不急了，刚过腊八，便下令暂停编修，放了幕僚们的假，给了银两和礼物，送他们回到自己在建康的家中准备过年，只留睿奴、义娘、钱鱼、鱼天憨几个人陪着。

年到了跟前，建康城又下起了雪。萧统到后宫看了萧欢，心情大好，即便日近晚景，还是想出城看看。

简便车马，行出西篱门，不消一里地，便是江边的渡口石头津。

睿奴警惕地打开车窗，神情中稍显紧张。他回头看了看便装的萧统，说道："太子殿下，外面风景甚好，不如我们下车步行吧？"

此话正合萧统之意。冬日的傍晚，天色像布帘，拉一下就黑了，好在有月、有雪，二者互映，让夜明亮很多。

"风景果然不错。"萧统低声言语道，"不过能回贵池看千山暮雪会更好。"

萧统突然想到太子妃，他曾多次想去看望，却又见不得她那一打就碎的酥骨头。忧郁之中，没有发觉身边的变化。睿奴和义娘紧跟萧统身后，不时地四处张望。

"殿下。"睿奴在身后呼唤了萧统一声，"景色甚好，但毕竟是寒夜。太子殿下，走走便回吧。"

"不冷，不冷，火在脚下生。小时候，母嫔每年冬天都让我跳蹦取暖。襄阳与贵池好有一比，我都喜欢。"萧统自说自话。

睿奴和义娘对视一眼，加快了脚步。因为是雪夜，没有行人，钱鱼和鱼天憨也放松了警惕，牵着马与萧统一起步行。萧统的座驾空着车厢，车夫靠在车前，取一些车内炉火的温暖，不觉放慢了车速，已经被落在后头。

队伍沿着道路向石头津走去，突然一阵异响，惊得萧统猛然回头，只见数支乱箭飞来，将拉车的四匹马全部射死。

钱鱼飞身上前，却被睿奴拉住。

"你！"钱鱼的话音刚落。

义娘突然拉住萧统的手，低声说道："不要乱动！"

萧统正觉奇怪，突然，道路两边蹿出四五个人影。侍卫上前抵抗，被来人击溃。这群刺客迅速围住太子的座驾，原来只是空车。回头发现义娘等人在前，猜测萧统定在其中。

"到底还是你们截住了他！"有人大声吼道，"明奴，慧娘，快把萧统交出来吧，要活的。"

萧统等人一听，全是北朝口音。此时，他们也明白了。

月亮进了云层，雪少了光源的映射，建康城外一片暗寂。突然，空中一只什么鸟"咦——咦——"地叫了两声，就两声，之后再也没有。在场多人拧起了眉头，萧统也在想睿奴和义娘的身份。

第十三章　修书昌世

一

"休想！"慧娘的话语石破天惊，"我们——要保护太子！"

"你个忘恩负义的东西！"蒙面人中有人在咬牙切齿，慧娘听出那是梅虫儿，"疯了？那可是你们的仇人！"

蒙面人拔刀上前。

明奴见妹妹开口亮了身份，顿时开了窍，他松开钱鱼，并迅速从怀里掏出一把埋鞘环首短刀，快速移步到萧统跟前。

眼见刀刃相见，萧统正想劝阻刺客，此时，一队侍卫突然出现，仿佛从雪地席卷而来。

"撤！"梅虫儿见势不妙，下令撤退。

蒙面刺客训练有素，仅掀起几粒雪尘便消失得无影无踪。

"追！"钱鱼挥手，侍卫相随。

"不用追了，伯鳞！"说话的是宋景休。

萧统看清是宋景休，问道："你怎么来了？"

"回禀殿下！"宋景休施礼，"子云先生察觉不对，特地令我等前来护驾。"

钱鱼一扭头，命令侍卫将明奴和慧娘拿下。

明奴和慧娘没有抵抗，双双放下手中的武器。

萧统也反应了过来，走到慧娘面前："你们到底是谁？"

慧娘从怀里掏出一个石马，交与萧统。

萧统接过石马，恍然大悟："原来……"

钱鱼觉得奇怪："这不是……"

明奴和慧娘"扑通"跪在雪地里。慧娘低着头说："太子殿下，其实你与我们兄妹二人有仇。我们的父亲是前齐的武士，因为奉命刺杀你家母嫔，惨遭杀害。后来，我们和母亲相依为命，得到义父梅虫儿抚养，方才成人。"

萧统再问："当年骗我，害我被人劫持的，就是你们两个？"

慧娘点头，含泪说："义父潜心实施他的计划，便让我们接近殿下，因为我只会说建康话，故而义父让我假扮哑人，改称'义娘'。兄长明奴擅做美食，故而以此接近殿下。"

明奴说道："义父令我接近殿下，趁机劫持，跟他去投奔北朝，以报杀父之仇。可是……可是我们在殿下身边，发现殿下接济百姓、为人仁厚，心系民生、节俭简朴，不忍为天下苍生除一明君，现在我们兄妹二人不再复仇，任凭殿下发落。"

萧统有些动容。朝代更迭，王侯纷争，百姓却遭劫难，谁之过？

宋景休见萧统为难，便说道："殿下，子云先生已经在石头城中等候，不如问问他该如何处置。"

萧统将手中的石马递给钱鱼，低沉地下令："去石头城！"

侍卫准备绑住明奴和慧娘，萧统摆摆手。

石头城是石头津附近的一个古城旧址，此时已经只是建康城外的一个小镇，虽然比不得建康繁华，但是没有宵禁，夜里还算繁华。

一行人进入镇子，在一家酒店的楼上，见到了正在取暖的陈庆之。

"殿下，臣始料不及，以致殿下险些遇祸，罪过罪过。"陈庆之起身行礼。

"不妨，不妨！"萧统上前安抚。

陈庆之见萧统面容疲惫，以为他惊魂未定："太子受惊了，我已安排陈昭去买定魂的汤药，即刻送到。"

见萧统不再言语，宋景休上前说道："子云先生，明奴和慧娘临阵投诚，竟然保护了殿下。即使我们不去，想必也无大碍。"

陈庆之笑道："这也在意料之中，只是让你们前去，万无一失。"

慧娘和明奴被带了上来。

陈庆之突然明白了萧统面色死沉的原因，低声安慰他道："殿下，人生之事，尔虞我诈，难免遇到，还望宽心。何况他二人不也被您精诚所动，回头是岸了吗？"

萧统叹息一声："我倒不是感伤此事，子云先生先询问他们二人吧。"

明奴和慧娘又把之前说的交代了一番。

陈庆之问道："今天殿下行踪，外人如何得知？"

"这个并非我们透露，前几日去城中与义父会面，义父问我殿下行踪，我只说不知道。慧娘从未独自离开玄圃，定然也不是她。"明奴回答。

"那你如何得知有人要劫持太子？"

"义父言语之中有此意图，而且我闻义父说，和宫中某位皇子有所串联，从他那里能够得知不少东西。"

此话一出，众人眼里都闪过一丝诡异的光。

陈庆之追问道："皇子？你可知哪一个？"

"不曾听说，义父只说此皇子不是嫡出，其母是前齐皇帝的宠妃。"

"豫章王？"陈庆之点头道，"果然是他。"

"再问你们一件事，"萧统问道，"你们既然知道梅虫儿有此意图，为何不直接告知我？"

明奴跪地叩首："慧娘倒是早想向殿下坦白一切，可是家父身亡之前，我尚有印象。杀父之仇，难以忘怀。如果能够隐瞒，我便一直潜伏，等殿下夺嫡失败，或是登基为帝，在位数年之后，我再动手。本以为今夜能够蒙混过关，没想到事发突然，还是暴露了身份。"

陈庆之明白萧统的心思，便说："贵嫔娘娘绝不会是杀你父亲的凶手。你们父亲姓甚名谁，告与我知。"

"义父那有父亲存留的书信，上面写得清清楚楚，是……"明奴刚刚要说，却似有所悟，低头说道，"可是义父一直不让我们识字……"

"兄长，此事我早已觉得蹊跷，或许义父只是在利用我们？"慧娘提醒明奴道。

"书信在何处？"陈庆之问道。

"就在义父家中，时常拿出来，与我们念书信上的文字。"随后明奴指着那把环首埋鞘短刀，"这把短刀，便是家父的遗物。"

钱鱼遂将短刀呈给陈庆之。陈庆之拔出短刀，只见寒光逼人，刀身纹路如行云流水。这把刀全长二尺有余，正好可以藏在冬袍之中。陈庆之发现刀背上有一行铭文：

"华阳道人，百炼清钢。上映星宿，下辟不祥。"

"华阳道人？"陈庆之脸上浮现笑容，向明奴兄妹说道，"你们父亲的冤情，或许可以昭雪了。"

明奴与慧娘对视一眼，道："我们和殿下学字之后，也曾读得这一行铭文，只是不知道这华阳道人到底是谁。"

陈庆之也不忙着与他二人回话，面对萧统说："殿下，你不必内疚，贵嫔定然不是他们的杀父仇人，而且你和晋王的冤结，也可以解开了。"

一听此言，萧统不解："此话怎讲？"

陈庆之将宝刀刀背铭文指示给萧统看："这个华阳道人，便是晋王麾下的头号幕僚——陶弘景。"

至此，萧统觉得兹事体大，便吩咐："今夜之事，不得告诉任何人，暂也不要告知父皇和母嫔。伯鳞，你差人去通知石头津，就说天气寒冷，太子在石头城镇里暂住几日。"

"诺！"钱鱼应声后，双肩猛地下沉，这副担子他扛出了重量。

二

丑时，建康依然漆黑一片，冷风早早地打硬了地壳，人走在薄处"吱吱"作响，走在厚处溜溜作滑，宵禁的意义似乎不大。萧统、陈庆之，还有明奴、慧娘一行在侍卫的护送下悄悄来到晋王府。

陈庆之打门问人："通明先生在府上吗？"

王府的侍从正昏昏欲睡，很不情愿，又听到有人问陶弘景，便打着哈欠开门，说："通明先生在府上，但时候尚早，怕是不见客。"

陈庆之拿出那把宝刀，递与侍从："劳烦通报，并将此物呈与通明先生。此事非同小可，切莫贻误。"

侍从也是行伍出身，看出宝刀非比寻常，拎着刀、踮着脚进去通报。

不一会儿，陶弘景亲自前来迎接，见是陈庆之，已料事非小也，又看到其后板着脸的太子，腿肚子开始转筋，心中直呼"菩萨保佑"。他施了大礼，一边慌忙请萧统一行入厅堂，一边差人唤起晋王。

萧纲在梦中被叫醒，听到萧统寒夜造访，顾不上衣衫不整，就在圆领中衣外套了一件裘衣，胡乱系上系带，跑进了厅堂。

萧统从刀问起，晋王府轻松了许多。

陶弘景端起宝刀："此刀乃我为前齐游侠鲍磊所锻，怎么会……"

明奴上前行礼跪拜，指着自己和慧娘道："世伯！我们正是鲍磊的一双儿女，家父不幸蒙冤而死，不肖子女不知仇人是谁，还望世伯指教。"

"世侄莫要拘礼。"陶弘景收起宝刀，交还给明奴，搀扶他起来。

"当年，令尊来我处锻造一把短刀，并未说出用途。后来方知他奉梅虫儿之命，去刺杀当今的贵嫔娘娘。令尊大人素称勇武，但未能成功。前齐羽林郎都传言他有心向着梁朝，梅虫儿遂带人将他秘密杀害，此宝刀也下落不明。没想到他竟能留下

337

一双儿女，此刀依然在后人手中，着实令人欣慰，着实令人欣慰！"

"啊！"明奴大喝一声，惊呆众人，他随即向萧统、萧纲跪拜行礼，"殿下！晋王！小人有罪！"

萧纲一愣，追问道："令尊刺杀未遂，你何罪之有？"

明奴低头说："实不相瞒，小人和愚妹一直被梅虫儿所养，认他做了义父。之前晋王与殿下种种误会，皆出于梅虫儿所蛊！"

萧纲一听，沉思道："我近日在母嫔宫中，常听母嫔说起往事，有一次母嫔说，她怀太子兄长的时候，曾经遇到刺客。可是刺客天性纯良，不忍对孕妇动手，最后还救了她一命。母嫔说，那名刺客的女儿，还是她取的名字，名叫慧娘。不知……"

萧纲随即望向明奴身后的慧娘，慧娘下跪行礼答道："慧娘正是奴家。"

陈庆之不禁叹道："你二人和令尊一样，虽然身处恶流，却禀性不改，依旧纯良，可谓佳话了。"

萧统说："明奴、慧娘，关于梅虫儿的事，将你们所知，尽皆说来。"

明奴说道："梅虫儿与北朝的前齐遗族萧宝夤素有勾结，和宫中一个皇子也有串联。这个皇子，母亲是前齐的宠妃。"

"二哥？豫章王？萧综？"萧纲狐疑地看着萧统。

"我想，也只有他了……"萧统说道。

"不仅如此，小的还有一言，斗胆禀报。"明奴再次跪下。

萧统示意明奴平身："不必多虑，但说无妨！"

"此事乃宫闱要秘。"明奴清清嗓子，"梅虫儿说，此人并不是圣上之子，而是前朝皇帝萧宝卷的遗腹子，也就是北朝萧宝夤的侄儿，故而前齐势力，对他多有关照。"

语惊四座，厅堂内的灯火如建康城一样被冰冻了，萧统、萧纲以及陈庆之等人，谁也不敢接这个炸雷。

许久，明奴叩头谢罪："小的罪该万死！"

萧纲立即吩咐此事不得外传。

陈庆之继续询问道："那这位皇子知道此事吗？"

明奴思量片刻："我也不清楚。"

"应当不知道。"慧娘行礼，接了话茬，"梅虫儿曾与我说，等那皇子继承大统，知道自己身份，便可以让齐朝光复，为家父沉冤昭雪，拟定谥号。"

萧纲随即离席施礼，向萧统谢罪："王兄，日前有所误会，多有得罪。"

萧统搀扶萧纲起来："我又何尝不是误会了你？不必拘礼。"

陶弘景又问："敢问殿下是如何遇到世侄二人的？"

于是，萧统和明奴、慧娘又将前因后果说了一遍。

萧纲当即向明奴、慧娘二人行礼："你二人曾有害我兄长之心，实为奸人所误。如今迷途知返，更令我兄弟二人解开嫌隙，实乃有功，也算恩人，受我一拜。"

明奴吓出一头汗珠："殿下，殿下！小人不敢，我们有罪。"

萧纲随即说道："只怕梅虫儿不会死心，祸及二位。你们不如就在我府上住下，我保你们二人安全，如何？"

明奴和慧娘对视一眼，随即又看看萧统。

萧统明白，说道："随你二人自便。"

慧娘说："殿下待我们恩重如山，何况又即将就藩，路途艰险，有我兄妹在，也多出两双手脚。"

萧纲看出明奴、慧娘与萧统并非一般主奴之情，便顺水推舟："如此甚好，我不强留。"

陈庆之说道："殿下既已解开嫌隙，日后还多有叨扰之处。"

萧纲笑道："子云先生说得极是，京城风雨太多，王兄外出就藩，京城的事，我会与通明先生全力协助。"

"我料定不出几日，这京城还有风雨。"陈庆之说完，又面对萧统，"殿下切记我言，要时常以探视太子妃为名回京，务必令太子妃再度怀孕，这样便有由头回京，也好稳住局势。"

陶弘景上前说道："我有一言，不知子云先生觉得如何。"

陈庆之抬手作请："通明先生但说无妨。"

"太子妃已然失宠，不如进言陛下，为太子纳些低门第的女子，当作侧室。这样子女一多，回京的理由愈加充分。"

340

"通明先生言之有理。"陈庆之笑着对陶弘景说，随即转过头与萧统说道，"万望殿下以国本为重。"

萧统环顾厅堂，一束光从瓦缝中透入，天亮了。有一双眼在盯着他，他最终还是点了点头。那双眼陡地大睁，又很快闭上，硬直的睫毛湿润了，这是慧娘的眼睛，除了陈庆之，没有人看到。

三

一个朝代有一个朝代的气象，一座城池也有一座城池的春秋。萧统与陈庆之促膝长谈后，决定重返贵池，禀呈萧衍的理由：一是修书时紧，二是与民共度佳节。加之萧纲的帮腔，萧衍和丁令光也就应允了。

返程选了一个大好的晴天，一路上残雪之景也别有风情，到了贵池，日子从应年开始，一切便喜庆起来。腊月二十四，贵池的小年，信使前来送了许多礼物。

除夕之夜，萧统与明奴、慧娘、钱鱼、鱼天愍待在行宫中，和宫娥、内侍们团聚在一起，有吃，有乐，年味还算浓厚。

大家坐在各自的座位上，等着明奴给大家准备的馄饨。钱鱼盯着刻漏，总盼着子时早些到来。

"伯鳞，秀山门离这里不远，到了子时城楼自会敲钟，你急什么？"萧统说道。

"殿下，明奴吹嘘几日了，说他做的馄饨天下第一，我不是急新年，是急着明奴的馄饨呢。"钱鱼在打趣。

"别说你盯着刻漏，就是你把水加到子时，钟声不响，你也吃不着啊。倒不如入席先吃些果品垫垫肚子。"慧娘笑着，随手剥开一个栗子，一边吃着一边说。

席间不见了鱼天憨，萧统正要询问他去了哪里，却见他穿着一身褎衣，头上戴着红巾，腰间揣着一个鼓，就在厅堂中间载歌载舞，表演起滑稽戏来。几个年轻的侍卫也跟了上来，头戴着牛角面具，就在厅堂之中表演角抵。

钱鱼兴致上来，就手在桌案上拿起三个橘子，一股脑儿扔到空中，三个橘子在空中转圈，钱鱼另一只手摸索到一名侍卫身上，拔出他身上的宝剑，将剑往上一指，三个橘子依次掉在剑尖上，前两个如同糖葫芦一样被串在剑上，第三个只将第二个橘子打进剑刃，自己却被弹开，正好落在萧统的桌案上。

钱鱼技惊四座，鱼天憨等人不住地拍手叫好。但是他兀自懊恼，一心只想再试一次。萧统也鼓励他再来一次。于是，钱鱼拿来自己的三十炼宝剑，一手飞出四个橘子，他正盯着橘子看，完全没注意秀山门的钟声已经敲响。明奴已经和后厨的宫娥内侍端着馄饨上来，分发到各人的座位上。

只见钱鱼闪身挥剑，四个橘子正好落在剑尖之上。

"好！好！"

钱鱼听到场下叫好连连，正得意间，却发现大家是在对馄饨赞不绝口。

"你们也是，子时到了也不叫我!"钱鱼说完，自己也笑了，赶紧落座。

"明奴，没想到你除了酿浆，这面食做得也甚得滋味啊。"萧统吃着馄饨，赞不绝口。

"当初……家中多有北方来客，我趁机学了几手。"明奴说的是梅虫儿的家，此时他小心地避开，"这馄饨，不仅馅料、汤料要好，皮的制作也要得法，才能入水不散，包裹住馅料。盛出来馅味汤味不串，便是合格了。"

萧统放下碗筷，动情地说："若是父皇和母嫔，还有兄弟姐妹能与我同吃这碗美食，岂不更乐?"

没想萧统此言一出，竟使得殿堂之上的人尽皆不语。看到此情此景，萧统强作宽心，举起酒樽，说："诸位不要介怀，此时欢聚，你我便是家人，满饮此杯，万寿无疆!"

"万寿无疆!"众人一起祝酒。

"等下!"钱鱼突然招呼大家停下。

萧统略有些不耐烦，问道："又有何事?"

"殿下，有两句诗，跟这万寿无疆意思差不多，似乎是《诗经》里的句子，祝贤王长寿，仁德远播，是什么诗来着?"

萧统张口就来："君子万年，介尔昭明。"

"对对对!"钱鱼起身端着酒樽，"君子万年，介尔昭明!"

大家起身祝酒，高呼："君子万年，介尔昭明!"

萧统笑着对钱鱼摇头，大家一饮而尽。直到过了子时，众人才散去。不过萧统不喜酗酒，故而大家都没喝多，只是小酌了两杯。

丑时，除了值夜的侍卫、内侍、宫娥，其他人大多已经睡去。萧统却无心睡眠，他也不回寝宫，只是在殿前踱步……

积雪已冻，朵朵蜡梅开得正旺，萧统坐在正殿门前的台阶上大口吞吸着梅蕊的寒香，他自言自语道——

> 公子无于隔，乃在天一方。
> 望望江山阻，悠悠道路长。
> 别前秋叶落，别后春花芳。
> 雷叹一声响，雨泪忽成行。
> 怅望情无极，倾心还自伤。

吟完之后，原来成诗，他即定名为《有所思》，想待春日的一天，抄下赠予慧娘。

"殿下？"

萧统听到一声呼唤，抬头看时，却发现是慧娘。她说："怎么在这里瞌睡？"

萧统站起来："未曾入睡，只是觉得梅花香气怡人，故而来此小坐。"

"不睡好，不睡好！小时候，一到过年，姆姆就拿笤帚拍打我和哥哥的瞌睡虫，说只要闭上眼，小瞳仁就会上天给玉皇大帝告状，告我们一年来做的坏事，不睡它就待在眼里上不去，玉皇大帝也就不知道了。不过殿下睡也无妨，您尽做好事，老百姓的小瞳仁也会一五一十地报告给玉皇大帝。"慧娘说得有声有色。

"母嫔在襄阳也说过这样的故事。"萧统笑着说。

"殿下想家了吧？"

"你如何得知？"

"建康多梅，你来这里嗅梅香，一定是想家了。东宫我没进去过，里面应当也有不少梅花吧？"

"其实，我成婚之前，没在东宫住过几日。年幼时，与母嫔住在华林苑旁的别宫，后来又住进宫城。十二岁的时候，我便入玄圃居住，一直到成婚。"

"为何不住进东宫？"

"东宫文人学士不便入内，玄圃可以自由出入。我那时与他们来往，有时聊到深夜，干脆就住在玄圃，久而久之就成了习惯。"

"玄圃挺好，布置得雅致，有许多花草。"

"我喜欢这些，都是我摆弄的。有阵子因为沉迷花草，还被母嫔数落。花中偏爱，就是荷、梅，爱其香，恋其洁。"萧统边说边走到一株高大的蜡梅前，折下一枝花，递给慧娘。

慧娘接过梅花，脱口说出两句诗："江南无所有，聊寄一枝春。"

"你怎么知道两这句诗？"萧统惊诧道。

"在玄圃的时候，我常看殿下的藏书，这两句诗上的字我都认得，而且看殿下在上面圈圈点点，故而印象深刻。"

"要是人人都像你一样喜欢读书，天下便没那么多糟心事了。"

"那些识字的世家子弟，难道不读书吗？"

"他们？算了吧，只是学一些皮毛，当成入仕的资本，能潜下心读书的，少之又少。那些世家子弟偶尔写上一两首歪诗，便互相吹捧，真有才学的凤毛麟角。"

"殿下，你想拥有的天下，是何等模样？"

"你为何问及此事？"

"因为我思索不得，难以捉摸。"

"天下一统，唯才是举。"萧统说着，随后解释道，"天下一统，就是挥师北上，光复长安、洛阳东西二京，都邑华夏，再北上，到黄河，到长城。孤有朝一日，要像秦皇汉武一样，立马巡边，威震华夷。"

慧娘问："唯才是举呢？"

"不分门阀门第，所有立志效邦者，均可去建康城答题作文、中榜及第，唯才学者先，封官领饷。"

"你去边塞的时候，能带上我吗？"

萧统仰天长吟："愿千军华盖之中，唯吾二人。"

慧娘似懂非懂，一团寒香涌上心口，她抬头看到北极星，极明，极亮。

四

杏花村的杏花开得城西粉嘟嘟的，一阵轻风，落英无序的样子，煞是喜人，然而却在此时，萧衍和丁令光一再来信，催促萧统回建康纳侧室。萧统实在拖不下去，回去两月有余，听了他们的安排，又匆匆回到贵池。刘勰等人也在春光明媚中各行其是。

萧纲一直在皇城之中。尽管不时有挑唆萧纲和萧统关系的传言，放在过去足以令兄弟产生嫌隙，但是此时，却完全无碍兄弟和睦。

如此数年，萧统在建康和贵池来回奔走，其间，他又添了三子两女。丁令光几次暗示萧衍是否让萧统在民间纳个侧室，因为她早听说有个"慧娘"了，但萧衍不应。萧统呢，有意而为，又怕人家不愿，于是"维持现状"。

这次，萧统再度离京，正在西津渡准备上船，却听到一阵马蹄声，回头看见是萧纲。

"王兄！"萧纲策马前来，一脸笑容。

萧统待萧纲下马，询问道："你有政务在身，若是不便大可不必来见我，何必如此匆匆？"

"王兄，我府上添了人口。"

"王妃生了？"

"然也！我特地亲自前来通报，你与我同去，看看长侄。"

"甚好甚好。"

萧统下令暂缓登船，与钱鱼一同骑上马，三人很快来到晋王府上。

这一切都被梅虫儿的探子看在眼里。探子回到玄武湖旁鸡笼山下的一处别苑，将所见告诉了梅虫儿。

"怪了。"梅虫儿有些摸不着头脑，"数年来我等进行挑唆，难不成这兄弟二人一点反目迹象都未曾有？"

探子进言说："梅公，莫不是明奴、慧娘反叛时，败露了行迹？"

梅虫儿捏着胡梢："既然如此，为何数年之间，他们兄弟二人交往甚少？"

"他二人时常在宫中，我们也未能得知。何况晋王交通甚广，我等一直难以厘清，兴许交往在其中？"

"如此看来，夺嫡无望了。"梅虫儿随即下令，"你速去豫章王府传话，让郡王今夜三更，在外郭篱外的燕雀湖南岸等我。如果他不愿来，你就说我有关于他身世的事要告知。"

探子领命，随即乔装打扮，前往豫章王府。萧综正在玩乐，听到探子的话，本无兴趣，可是一听身世，又觉得奇怪。不多时，他便趁着尚未宵禁出了东篱门，走到燕雀湖南岸时，正好二更时分。

萧综只带了一员亲信的随从，他不敢携带灯火，只借着月光沿湖而行，好不容易在湖与外郭的交界处，找到了梅虫儿。

"太子殿下，臣等您多时了。"梅虫儿见是萧综，没有多说，倒头便拜。

萧综其实压根儿看不上梅虫儿不男不女的样子。"又是你。"萧综有些烦躁，"前些年你说能助我夺嫡，如今数年过去了，反倒让父皇冷落了我许多。我便只是个荒淫王侯，顽劣公卿，扶不起的阿斗，你也莫要多费心思了。"

梅虫儿捏着嗓子尖尖地说："殿下，'父皇'二字，您可不能乱说啊。"

"此话怎讲?"萧综有些疑惑，却又担心他说出些什么。

只见梅虫儿拔出一把匕首，递与萧综，随即又从怀里掏出一截骨殖，跪地呈给萧综："殿下，这是先帝的骨殖。"

"先帝?"

"齐朝末帝。"

"你这是何意?"

梅虫儿抬头，吩咐手下点上一盏灯火："殿下，不妨割开一个口子，将血滴在此骨上……"

萧综将信将疑，却又不想错过这个证明身份的机会。他颤抖着将手指划破，将几滴血滴在骨殖上。

这几滴血，在灯光的照耀下，一点点渗入骨殖，直到被完全吸收。

"殿下，这便是滴血认亲，这骨殖之主，方为殿下之生父。那庙堂之上的，分明是窃国之贼、杀父仇寇啊！"梅虫儿声声泣、句句唤。

"住口！"萧综将刀愤然掷于地，"你休要拿这些东西戏耍本王！"

"殿下，实不相瞒，老臣是先帝的宠臣梅虫儿。殿下眉宇之间，举手气度，乃至于言语都和先帝形神皆似。殿下之母又是先帝宠妃，世间当真能有如此凑巧之事？"

"你一面之词，我如何能信？这截枯骨，又能说明什么？"萧综依然不信，他怎敢信？

"殿下若不信，臣也没有办法。臣便暂住在鸡笼山北麓，殿下若是想通了，便可来寻觅。老臣告退。"说完，梅虫儿便带着人离开。

天亮了，在外游荡了一夜的萧综恍如游魂一般，回到王府。他在床上翻来覆去，无法安眠。这时，他想起了前些日子王妃流产，生下一个死胎，因为已成人形，便在后院中草草埋葬。

当晚，他来到后院，将埋葬的死胎挖了出来，此时死胎已经腐朽，但是骨骼尚存。他再度割开手掌，将血滴到骨殖上。

血，还是一点点地渗透进去，直到被完全吸收。其状态，和昨夜的骨殖完全一样。萧综一看，顿时瘫软在地。又是一夜辗转反侧。次日，萧综的双眼像点炽的灯笼，府中谁见谁怕。

一早，萧综带人还有礼物来到鸡笼山北麓，好一通找，方才找到梅虫儿的居所。

梅虫儿似乎早已料到，仿佛就在门前等着他："我料定殿下会来。"

萧综觉得不如直说："不必多言，如何是好？"

"夺嫡无望，速去北朝。"

"如何得去？"

"如今北境徐州刺史有缺，你尽可与萧衍商议，就任徐州刺史。你到任之后，收敛些性子。到时候你在一间密室内铺上沙子，每日赤脚行走，练就日行三百里之功，余下的，小的自有安排。不仅让殿下与皇叔萧宝夤相会，更能赚得徐州，为殿下光复之资。"

五

萧综请命去了徐州，萧衍竟毫无戒心，反倒觉得此子大有所成。除了萧统等人，无人怀疑萧综的出身。

萧综出任徐州刺史，还真的兢兢业业，使政务有条不紊，百姓安居乐业。不出两年，萧衍便加封他为镇北将军，主持徐州一带防线的军务。

萧统依旧在贵池修书，看着一卷又一卷名著佳作被纳入《文选》之中，他内心十分喜悦。他还在闲暇时对佛教大乘经典《金刚经》的第三十二分则进行编辑。他与京城的书信从未断绝，他最担心的还是徐州。

"奇怪。"萧统翻阅京城来的信札，不禁叹息。

"又没有子云先生的书信？"慧娘一语道破。

"是啊，都五六天了，子云先生一封信都没有。"萧统皱起眉头。

钱鱼笑了："没有信也是好事，说明没有大事发生，一切安好，殿下安心修书便是。"

说到这里，萧统又叹息一声："可惜……"

"可惜彦和先生不在了。"慧娘又道破了萧统想说的话。

首卷书稿初成，萧统返京，将编修名单呈与萧衍，萧衍却一笔勾下刘勰大名。萧统瞒了数月，依然走漏了风声。刘勰气上心口，又染风寒，一病未起，终老在嗟叹之中。

"唉！若是先生尚在，书稿或许早已编完。"

鱼天愍蹿入了殿内，大喊大叫："殿下，你猜谁来了？"

看鱼天愍脸上春光满面，萧统问道："谁？"

鱼天愍说："子云先生！"

"子云先生！"萧统弹了起来，不管不顾地就出宫去相迎，"在哪？在哪？"

"在这儿呢，殿下！"陈庆之一身素衣白袍，虽然是仲春时节，他依然披着一件绒衣。

萧统大喜："子云先生怎么亲自来贵池了？"

陈庆之向萧统行礼，随后被萧统请入殿内坐下。萧统吩咐煮了一壶加了核桃的团茶，给陈庆之暖身。

陈庆之喝了几口，面容却不见喜色，依旧寡白，少有红晕。

萧统便问道："子云先生所来何事？京中莫非有要事发生？"

"京中安好。"陈庆之又喝了一口茶，却咳嗽了几声，取出素巾抹了抹嘴，"只是我此行，是来道别的。"

萧统亲自上去捶着陈庆之的背："要不就在行宫住下，我这也有些名医……"

"殿下多虑，臣虽多病，不至于此，适才只是呛着了。"陈庆之却笑了，"我来告别，是因为臣将要北上，入徐州了。"

"徐州？"众人惊愕。

"微臣今年已四十一岁，此次机会非同小可，不想错过。"

"父皇又要北伐了？"

"北魏徐州刺史元法僧暗通本朝，有意归顺。但是，萧综却请缨前去迎接。只怕到时候有变，北境不保。故而，我也向圣上提出要领兵护送萧综，四月便要动身。"

"子云先生带多少人马？"

"我已经联系了一些士卒，大约两千人，另外我想请殿下让鱼天愍、宋景休与我同去徐州，此二人都有绝技，应该有用得着的地方。"

鱼天愍一听，看着萧统说："殿下，臣是北人，去得！"

萧统点头应允。

"臣去北境领兵，不便与殿下通信。"陈庆之说，"不过京中之事，有晋王和通明先生，殿下依旧放心，不要耽误了修书事业。"

"只要萧综不在京中，也无甚事。"萧统吩咐道，"伯鳞，取些酒来！你再到城内叫几样贵池名吃，秋浦花鳜不能少，我要与先生小酌几杯。"

陈庆之聊了些建康的趣闻，萧统也尽数贵池风土人情，邀请陈庆之多留几日，趁天高气爽，到他在仰天堂近处选定的一钓鱼台垂竿秋浦河。然而，陈庆之婉拒，他揪心徐州要地，认为萧综定有阴谋。陈庆之天亮便带着鱼天愍、宋景休启程回京，萧统直送到池口的津渡。

陈庆之回京之后，立即着手北上事宜。他奉皇帝命，召集了两千人马，并且任命鱼天愍、宋景休为校尉，各自领兵一千。这些士兵全部身穿白袍，每人携带弓一把，箭三十支，长刀一把，长枪一杆，人人都可以上马骑射，下马步战。

陈庆之练兵有谱。他将这些士兵以十人为一伙，五十人为一队进行编制，日日在玄武湖的长堤外进行操演。下马时，他让每两队士兵组成空心的方阵，四面都有长矛，九十六名士兵在外结阵，四名指挥官在中心指挥。骑马作战时，他将军队分为两种，一种专营骑射，组成空心的环阵，在假想的敌军前转圈，每一名骑射手经过阵前，依次快速放箭；另一名手持长矛，在假想的敌军阵中来回冲刺。

这些独特的练兵方法让很多人不解。梁朝第一名将韦睿将军之子韦放也时常带人在此地练兵，并不把他的这些训练看在眼里。

"子云啊，过些日子我也要去北境为将，你这些兵的确都是精锐，可是这么布阵，着实荒废了。"韦放一副教头的样子，"先父在时，不是这个打法。"

"令尊汝阴之战，功比淝水，依然未能克定祸乱，此后我朝亦无斩获。"陈庆之不以为然。

"似你这般说，你能斩获多少？"

陈庆之也不应答，反问道："那请韦将军赐教，这些兵该如何结阵啊？"

"子云，你那马军尚可，只是步战之中当以大盾结阵，层层守之。你只让弓矢长枪结阵，怕是不行。"

"韦将军可知北魏何兵最强？"

"自然是甲骑具装，人马皆披重甲，锐不可当。故而步军当以大盾结阵以守，挫其锐气……"

"甲骑具装其长处莫过于持枪冲阵，我军长矛结阵，势如猬集，各有弓矢之利，虽甲胄厚重，其奈我何？"

"似你这般长矛之阵，我一队刀盾可破。"

陈庆之笑道："诚然，不过北朝素来不重刀盾，只有轻装步卒，持短矛散兵而战，不足畏也。"

　　韦放在陈庆之这里讨不到什么乐子，自感无趣，便再问，不过这回客气了点："子云先生此次出征北境，能有多少斩获？"

　　"三年之内，光复洛阳。"陈庆之凝气吐纳，字字如矢。

　　韦放策马而去，一片烟尘。

　　"千里马，要伯乐，更要一根鞭子！"陈庆之抬头北望，几处云朵忽分忽合，可见风雷之势不小，只是在高处而已。

第十四章　北伐中原

一

一场倒春寒，似乎有意打乱季节的时序。四月中旬，建康城的桃李还没有开苞，几百里之外的淮河被铁蹄惊醒，河冰破裂，随波逐流。

萧综策马，陈庆之伴行，紧随其后的还有两千白袍军，素衣白甲，军容整肃，煞是威风。萧衍倒没多想，只是想让这支军队震慑住前来投降的北朝人士。军人在淮河边境的彭城略作休整，便浩浩荡荡、威风凛凛地跨过淮河，进入北朝境内。

陈庆之先与元法僧麾下的汉族将领成景俊接触，确认无误后，护送萧综进入徐州城内主持受降。元法僧献上地图、兵符，放下武器。陈庆之宣读了皇帝的旨意，册封他为公爵。随后，元法僧的武装被就地收编，由萧综统领，陈庆之依然率领两千白袍军。

不想一月之后，北魏徐州都督元延明率领两万大军前来讨伐。陈庆之当即写书信，由宋景休密呈萧衍：萧综在徐州过于危险，应当让他退居淮水南岸。

不多时，皇帝降旨，让萧综总督彭城军务，退到淮水之南。萧综不敢违抗皇命，带人后撤，陈庆之依旧留在徐州。

当晚，陈庆之与众人在营中商议："魏军足有两万，兵力不锐，我等无须胆怯，况且其意不在徐州。"

宋景休也有猜度，他还是问了一句："来接萧综去北朝？"

陈庆之成竹在胸："我估计此时，元延明已经派先锋邱大千前往淮水，要伪装出切断我等后路的样子。"

鱼天愍问道："现在要不要先遣下手？"

"倒也不必。"陈庆之盯着地形图，盘算着邱大千军队的路线，"萧综必然自作聪明在路上缓行，按理明日午中渡淮，傍晚才到，好趁夜离营。元延明和邱大千向来有勇少谋，我想他们一早便会到淮水岸边结阵。"

鱼天愍喜上心头："趁其立足未稳，一击破之！"

"不！"陈庆之摇摇头，"最宜午战，但晨起布阵。"

宋景休也有些摸不着头脑："为何？"

"立足未稳，敌人战则溃败，有路可逃。"陈庆之指着地形图说，"到了日中时分，敌军背水结阵，马军冲阵，定叫他无路可逃。"

众人叫好。

当晚，白袍军在营中养精蓄锐。

次日拂晓，陈庆之和宋景休、鱼天愍带着两千白袍军，一路奔向淮水岸边。到了日中，邱大千果然已经在背河修筑壁垒，列阵以待。

陈庆之心中暗喜，让宋景休带领数百人马上前环而射之。邱大千不堪其扰，见城外人少，便率领壁垒中精锐的上千甲骑尽数出战。

陈庆之早已在后面布好阵形，十几个小的空心方阵摆成一个锥形阵。邱大千在马上看了，心想这陈庆之是个阵战的外行，如此布阵，正好先攻其首阵，各个击破，遂令麾下甲骑具装不要追击骑兵，组成零散的楔形队形，径直向步兵阵发起进攻。

陈庆之默默地在中军马车上看着，见甲骑具装中计，便亲自敲响了金鼓。只见首阵往后，后阵往前，两翼往中，到甲骑具装行到百步之外，各小阵已经排成两排，组成一个大的方阵。一时间万箭齐发，为首的甲骑具装在那箭雨之中尽皆落马。后面的甲骑具装继续上前，已然停不下脚步，一路损失惨重。须臾，甲骑具装距离前阵已经只有五十步之遥。前面的小阵立即换弓为矛，长矛一头抵在地上，一头刺向前方。后面的小阵依然在不停地射击。瞬间，数百甲骑的奔跑让大地为之震动。白袍军士兵们攥紧手中的矛杆随令而动。甲骑也将手中的马槊端平，顿时，喊杀声一片。步兵的长矛和骑兵的马槊相交，双方互有伤亡。但是，甲骑冲击的速度已经明显放慢，零星攻破阵线的，也在阵心的空心中被三面夹击刺杀。

阵前，马匹和骑兵的尸体几乎组成了一道短墙，一千甲骑全军覆没。前排的小阵虽然有不少伤亡，但是第二排的士兵安好如初。壁垒中的步兵见甲骑已经覆灭，士气低迷，开始出壁垒向西逃窜。陈庆之的骑兵再度迂回上前，拦截住企图逃走的残军，第二排小阵中的士兵以百人空心小阵为单位，上前逼杀敌军。

战斗不到一个时辰，魏军六千人马全军覆没，白袍军首战告捷。

又过了一个多时辰，萧综的人马才赶到此处。陈庆之有意命宋景休策马上前："报告镇北将军，我军已经击破魏军在此地的拦截，白袍军两千人全歼魏军六千人，仅伤三百二十四人，亡五十七人。"

萧综一听如此战绩，吓得险些坠马。

陈庆之的马车缓缓移到萧综面前，镇静地说："镇北将军殿下，安然渡淮吧！"

萧综这才缓过神来，挤出笑容，抱拳赔笑道："有劳将军。"

陈庆之还礼："分内之事，分内之事。"

萧综渡淮之后，淮北人心惶惶。陈庆之白袍军仿佛打了一针强心针，士气正盛。主力在徐州彭城中坚守，陈庆之带领白袍军在淮北地区转战，在机动中防御，在防御中机动。

同时，陈庆之担心萧综寻机会逃亡北魏，密令韦放将军盯紧他的行踪。

双方僵持了两个月，徐州城也一直在梁朝手中。然而，这天元延明再度兵临城下，原以为北魏军要再度攻城，不想萧综却突然出现在魏军阵中，成为"俘囚"。

梁军正在疑虑，魏军对着城上士兵大喊："魏军已经攻破淮南，尔等镇北将军已被俘虏。放下兵刃，归降勿杀!"

一时间，军心涣散。当晚，徐州城南门洞开，无数士兵、百姓乔装逃难。魏军按兵不动到了白天，突派轻重骑兵追击南下，无论士兵百姓，尽皆屠戮。

梁军几乎不战而败，士兵伤亡惨重，辎重兵器尽丢在彭城之中，被鲜卑人据为己有。

陈庆之百密一疏，还是让萧综潜魏成行，只得愤愤地带兵南撤。不过魏军也不敢阻挡白袍军，任其撤退。

二

淮水之殇，快马加鞭传到建康。萧衍气得撕扯了正在阅读的《陶渊明集》，这是萧统抄录当作生日礼物送他的，他尤喜欢那田园牧歌的诗意，只有那时他才能回到童年，回到故乡。震怒痛心之下，处死了萧综的母亲吴淑媛。同时，遣派一队特使秘密潜入北魏，得悉萧综已经改名，称为"萧"。萧衍气得摇头，也就是从这个夏秋之交，他开始不停地摇头，吃药皆无效。

变故在淮水，惊动的却是皇根。萧衍越发倚重萧统和萧纲。不久，萧衍的特使来到贵池，赏赐宫中特供的宣城紫毫笔，以示恩荣。

一日，萧统突然想到刘孝绰是彭城人，便召他单独会面。"孝绰先生！这次未能收复彭城，着实可惜。"

"陈将军两千精锐横扫淮北，已旷古未有，如此勇武，克复中原是早晚的事。"

"萧综，噢，不，他已改名萧，此事不知先生知否？"

"略有耳闻。前朝萧宝卷之子，都是以言旁字为名；而陛下之皇子，自殿下起，皆以丝旁字为名。虽仅改一字，可见他定无南归之意了。"

"原来如此，可惜如今子云先生没有书信递来，也不知他在边境境况如何。"

"殿下，边将不结宗室，自古皆然。子云先生音信渐疏，也是在维护殿下。若是书信频繁，想必也引得圣上疑心。"

"话虽然如此，可是子云先生自去边疆已然数月，竟然一封书信都未曾寄来，想必也有些过虑了。"

"殿下有所不知。"刘孝绰俯身行礼，"圣上虽然为人宽厚仁德，但兴义军之前，并无边功，故而对边将多有介怀。此时子云先生在边疆整饬防务，手握精兵，身边必然有不少眼线。一旦殿下与之往来过密，怕祸及两人。"

"如此是否过于刻意，反倒令圣上觉得不妥？"

"刻意倒也无妨，反倒令圣上觉得子云先生与殿下用心良苦，也堵京城世家销金蚀骨之风语。"

萧统表面放下对边疆的操心，可也无心编修，几次带着钱鱼垂钓秋浦河，一无收获。慧娘看在眼里，疼在心上，屡屡让明奴在饮食上精工细作，也不见他有多少胃口。

《文选》编修终是大业，萧统殚精竭虑。当第一片秋叶从秀山门外吹进行宫的时候，编修的《文选》已达二十八卷。只有看到一卷又一卷新书时，他的那颗颤颤的心才会宁静下来。

行宫的藏书与日俱增，厚的薄的，宽的窄的，数下来有三万多卷，从刘孝绰等的书房到萧统的卧室，全是书。即使这般，远近文人学士仍络绎不绝前来拜访，萧统不问其出身，只求其才学，收书稿、会名士，成为贵池西门一景。

这天，行宫外来了位操着北方口音的士人。侍卫询问几句之后，见此人衣着粗鄙，又没有携带书稿，便不让他进去。此人执意，侍卫也不敢让一个北人在门外久留，只好严查搜身之后，让他去偏厢中候着。

午休之后，侍卫禀报萧统："殿下，来了个北朝的，自称读书之人。"

"北朝腥膻遍地，斯文不存，没想到也有读书人。"萧统一想，便说，"让他来见我。"

来者高大，他大步来到萧统面前，拱手行礼："奴杨炫之见过太子殿下。"

"我朝男子不自称奴，你不必如此，免礼。"萧统捉摸不出来者之意，便轻松了口气，"先生表字为何？"

杨炫之行礼道："出身贫寒，未有表字。"

"先生哪里人士？"

"北平郡人。殿下听说过北平？"

"汉家故地，如何能忘？你在北平，见过长城吗？"

"北平境内并无长城，前些年小的去渔阳郡，倒是见过。"杨炫之抬眼远眺，似乎正在长城之上，他说，"长城已经数百年风霜，依旧横亘群山之中，着实壮丽。"

长城是萧统的梦，此时，被杨炫之代入，但他并未沉浸其中，而是很快回到现实。"北朝人文如何？"

"不比南朝，倒是也有些可圈可点之人，范阳郡有郦道元，字善长，文笔精妙。"杨炫之叹了口气，"只是终不能尽其才。"

"善长先生的文章，我也读过。先生未曾南下，然书写南朝风物，如同亲睹，非但文笔隽永，亦见学问深厚。"萧统说起来头头是道，"我见你也没献什么书稿，何事前来？"

"小的带来的是地图。"杨炫之只说，却身无片纸，"请殿下赐我笔墨。"

萧统立即令人铺纸研墨，甚至递给了杨炫之那支御赐的紫毫笔。

杨炫之果真不凡，不足一个时辰，一幅地形图便跃然纸上。正在萧统狐疑之时，杨炫之在地形图的右上侧题下"洛阳形胜图"五个隶书大字。

萧统再看，这哪是地形图，洛阳城方圆五十里的地貌、城楼方位及大小，甚至驻军之虚实，古今城池的差异，都有标注，分明是洛阳小百科全集。

萧统凝目寻思，问道："先生献此大图，意在何为？"

杨炫之将紫毫笔轻轻放入笔洗，摆了摆，又提出来看了看，心中直叹好笔，听得萧统询问，忙回答："陈庆之将军麾下数千白袍，令鲜卑胡虏闻风丧胆……陈将军与殿下素来交厚，只怕殿下与将军之志不在偏安一隅，立足东南吧？"

"孤又不领兵，于我，又有何用？"

"陈将军人在边境，我一个北人贸然求见，岂不被当成细作？还望殿下差人引荐。"

"那我如何得知你不是细作？你可知宗室交通边将，是我南朝大忌？"

"不需殿下将臣引荐给陈将军，只让臣在宫中数日，尽绘北朝图册，届时殿下定有办法将图册交与陈将军……小的可自裁以明志。"

"如此，你所求何事？"

"求天下一统，以报主恩。"

"主公何人？"

杨炫之再度顿首。

萧统知此事非比寻常，便屏退了内侍宫娥，只留钱鱼在身旁。"如今厅堂里，都是信得过的人，你但说无妨。"

"殿下可知杨祯？"

"北魏建远将军？他不是前些日子讨伐丁零人战死了吗？"

"臣之主公，便是建远将军之子，杨忠。"

"未曾听说此人。"

"公子今年未满二十，素有志向。如今北朝孝文帝汉化之法毁于一旦，以至胡风逆流，六镇之乱。公子念五胡乱华，更念世代效命鲜卑，深以为耻，遂与小人绘制了这些图册。如今陈将军北伐有望，臣愿效力，助此功成。"杨炫之说得滴水不漏。

"若是杨公子真有心归附，何不南下归顺？"萧统仍不放心，"若是要为内应，杨公子年纪尚小，也未有兵权吧？"

杨炫之叩首道："杨公子不在北疆，只在南朝！"

"此话又怎讲？"

"去年四五月间，陈将军带领白袍军在徐州攻城略地，其偏军一路打到泰山。当时我家公子正好在泰山游历，于是没了消息。如今我四处探听消息，只听说公子被白袍军生擒。素闻白袍军将俘虏都拉去修垒筑墙，只怕我家公子受苦，更怕有所闪失。只恳请殿下万望将此事说与陈将军，以成全我家公子性命！"

　　萧统略作权衡，确认此事非小，当即起草密信，吩咐钱鱼派人速送陈庆之。信使才走，萧统又后悔没有多写几句，他还有好多话需要问候呢。

　　杨炫之住在了贵池西门。

三

　　陈庆之没有想到，期盼的萧统之信却是如此一封，于是命人唤来了杨忠。

　　杨忠入帐，身着白袍褶衣，并无俘虏之相。

　　"太子来信，你猜所为何事？"陈庆之笑着问道。

　　"听将军说，太子素来谨慎，这次递交密信，莫非……"杨忠聪慧，"将军既然叫我来，定是与我有关吧？"

　　"你可知杨炫之？"

　　"先父的门客，我绘制河南形胜，便是与他一起完成。"

　　"他只知道你是'被俘'，不知你与我早有交情，以为你在我营中受苦呢。所以特地去央求太子……"

　　"这……"

　　"我已草拟了复信，勿要多虑。待些日子我回京复命，着你们主仆二人会面。"

　　"谢将军！"

　　头霜下来的第二天，陈庆之领兵回京。有意安排杨忠择道贵池，面会了杨炫之。萧统见杨炫之有过目不忘的本领，想来军中也用得着他，便荐与陈庆之，让他随军助力。

见少主杨忠无恙，杨炫之安心随军，做了陈庆之的幕僚。

白袍军已经扩编为七千人，日日在玄武湖操练。然而，军队编练尚未完成，边疆烽火再度传来——魏将元树带领大军南下。陈庆之再次奉命，率军三千人北上，留下宋景休继续练兵。

三千白袍军一鼓作气，势如破竹，北魏节节溃败。陈庆之乘胜追击，连克五十四城，俘敌数万。不久，北魏将领李宪率军投降。

陈庆之功炳梁朝，回京复命，萧衍亲驾石头津迎接。

"陈将军！"

"陛下！"陈庆之连忙拜谢，"臣以淮北五十四城，报陛下之隆恩来也。"

萧衍抓住陈庆之的双手，激动地说："庆之啊，往昔朕说你非将种豪门之家，如今你有边功如此，朕定让你也成豪门士族。"

陈庆之注意到了萧衍的摇头，也感到他的衰老。

萧衍在石头津就地赐陈庆之为东宫直阁将军，同时又封他为关内侯。

回到营帐中，杨忠和鱼天愍看出陈庆之心事重重。

杨忠问道："将军，为何封侯赐爵，你却面露难色？"

"陛下封我为东宫直阁将军，这个官职……"

鱼天愍问："有何不对？"

杨忠思量片刻，说："将军，莫非陛下龙体欠安？"

鱼天愍一听，恍然大悟："陛下让将军就职东宫，莫非是交代后……"话才露了个头，他便掐断在喉咙里。

留守京城的宋景休前来参见，陈庆之没有与他寒暄，直接问道："你在京城，察出什么事患没有？"

"贵嫔娘娘——病危了。"宋景休回答道，"将军！太子正在星夜回京。"

陈庆之一惊："那陛下呢？"

"先有萧综事变，加之贵嫔娘娘，他似是有些……"宋景休压低了声音，"宫内传闻，陛下几乎不思茶饭了。"

"陛下年过六十。"陈庆之来回踱着，"才六十！不会，不会！"

鱼天愍叹息一声："也不必难过，太子登基，也是大家乐意见到的，近些日子，我们力保太子安危便好。"

此话按住不表，众人各行其是。

萧统尚不知丁令光病危的消息，带着一行人回到建康。听说陈庆之被任命为东宫直阁将军，他便令船直接开进玄武湖，靠岸之后，径直去陈庆之的中军大帐。

陈庆之出帐迎接，见萧统面带喜色，猜到他尚未知情。也未点破，只是带他去营中视察，见了杨忠等将。之后，时候差不多时，鱼天愍安排的内侍匆匆进入军营，禀报萧统速往宫中向父母请安。

萧统入宫，见到萧衍面色憔悴，再一联想到陈庆之的封号，当即一身冷汗，但他依然带着笑容，上前搀扶着萧衍："父皇近日安好？"

"我倒不碍事。你在贵池，说与你知，怕你路上急切易出祸患。"萧衍叹息良久，"你母嫔，你母嫔，怕是，怕是，难过此关啊……"

"母嫔，我母嫔怎么了？我走时她不是还好好的吗？"萧统顾不上行礼告辞，双眼飞泪，疯了似的跑出正殿，进入丁令光的宫中。

丁令光平躺在雕花大床上，气若游丝。

"母嫔，母嫔！"萧统多次呼唤，丁令光才努力地睁开双眼。

萧统擦干眼泪，从侍女手中接过汤药，仅喂了丁令光一勺，便喂不进了。

萧统将守着的御医叫到一边询问病情。

一阵铃铛声传入。

"什么人在吵母嫔？"萧统在问。

侍女小心地回答："巫医在门外画符驱魔。"

萧统跳起身子，又回头拎起一只圆凳，冲出殿门，吼道："什么歪门邪道？滚！滚！！我母嫔只是生病了，好着呢！滚！再不滚，斩了你们！"

巫医哪见过太子之怒，吓得法器都不敢收，抱着脑袋逃离正殿。

萧统日夜侍奉在丁令光床前，萧衍也劝不回。

这日，丁令光醒来，精神明显好于往日，她主动喝了一口稀饭。萧统以为她在好转，脸上生了笑容。她伸手摸了摸萧统的手，示意有话要说。萧统侧身，蹲到床前，将头靠在她的枕边。

"德施啊！为娘亏你呀……那个慧娘……好吗？不能纳为侧室，做个知己也好……莫负她则好……"丁令光的话断断续续。

"孩儿只有谢母嫔的恩！"萧统拉着丁令光的手。

丁令光又休养片刻，睁开眼："去，去，将我的儿孙都叫来，为娘有你们看着，走得安心……"

"母嫔，母嫔！"萧统意识到了什么。

丁令光猛地从萧统手里抽回手。

"快，快将母嫔的所有子孙都叫来！"萧统有了哭腔，"母嫔要训话！"

萧统再次跪蹲到丁令光床前，抓住了她的手，他多次感到丁令光想抽回手，却再也无力。

很快，萧纲、萧续，还有各自的妻儿齐拥入正殿。

"母嫔，母嫔！"萧统再次呼唤，"儿孙们都来了，您吩咐吧！"

丁令光迟迟睁不开眼，终于突然打开眼皮，她从萧统、萧纲、萧续看起，一个一个地看，直到萧统那还在怀中之女，之后安详地合上了眼。

萧统感到丁令光的手在变凉，先是慢慢的，似乎不舍，时候不长，那凉突然飞奔起来，如箭矢，"吱"地钻进了他的骨缝里，他本能地抽回了手。

"母嫔！"萧统号啕大哭起来，"母嫔薨逝矣！"

皇宫内一片缟素，萧衍垂泪，令萧统负责厚葬丁令光。建康素食四十九天，以示守孝。

丁令光"头七"的夜里，萧统回到东宫，才进门，却听到宫中有嬉笑之声。他的内心升起一股怒火，冲入其中，发现太子妃正在那吃着点心，旁边的宦官鲍邈之还为她斟酒。

萧统震怒，上前将桌案掀翻，正要发怒，却压低了声音："如今母嫔待葬、父皇欠安，不宜动怒，不然我定治你们两个大罪。"

太子妃和鲍邈之早七魂吓跑了三魄，只顾着叩头谢罪。

"不要再让我看到你私食荤腥饮酒，不然……"

"没有下次，没有下次……"太子妃谢罪不止。

萧统也懒得和她多说，带几个贴身的内侍去玄圃入睡。

到了出殡的日子，萧衍越发病重。萧统在萧纲的帮助下，处理着各项事宜，安排僧人为丁令光超度。为首的大和尚见太子痛哭过度，便上去宽慰道："殿下，生老病死，皆是如此，还是要宽心啊。"

萧统与和尚行礼道："寡人何尝不懂这个道理，只是想着一些往事，不免难过。"

和尚叹息道："可怜，世上又要多一个父母双亡之人。"

萧统一听，拉住和尚道："法师，如何是父母双亡？"

和尚双手合十，道："这……只当老僧多嘴。"

"法师万望直言！"萧统说着，竟要行礼。

和尚只好扶起萧统，低声说道："殿下，实不相瞒，老僧昨夜入定，看了未来事。这圣上……"

萧统一惊，身体一时瘫软。和尚再度搀扶起萧统，悄悄说道："老僧有一法，可让圣上痊愈。"

"如何？快快说来。"萧统从不信神佛，但此时还是急急地问道。

和尚再拜道："难得殿下孝心，老僧便为圣上施法一番。"

萧统不阻。只见和尚就着桌案，将众多蜡烛碾碎，生火烧软，做了一个蜡鹅，并写了符文。同日，蜡鹅与丁令光的棺椁一同下葬。

萧统悲痛之中，无暇顾及此事真假。

数日之后，萧衍真的慢慢痊愈，萧统心里很是安慰。但是他难以从悲痛中走出来，守孝七七四十九天后，又勉强在京城过完年，便请旨又回到了贵池。

四

初春开土，有些野菜早早地爬了出来，为了改善萧统的口味，慧娘天天不是进杏花村，就是上秋浦河堤，拣地皮、挖野菜，并让明奴设法子为他做各式素斋，可是他的胃口一直上不来，日渐消瘦，渐渐虚弱。幕僚没有办法，多次函告陈庆之，最后还呈报了萧衍。

萧衍屡次下旨，半逼半劝，才让萧统勉强吃了些素食。明奴、钱鱼和慧娘觉得如此也不是办法，便让幕僚们以视察民情为由，安排他到贵池四处走走。

时值三月，轻风若羽，春水如蓝。萧统连日饮食不佳，清溪河上泛舟，竟觉有些凉冷。

见萧统无心观景，一名刚刚入职东宫的属官上前进言道："此地风物甚美，应当多设女乐，方成美谈。"

萧统一看，说这话的是番禺侯轨盛。他没有回应，抬头看了看四周风景，竟露出久违的微笑："何必丝与竹，山水有清音。"

"既如此，殿下何不就此山水之乐，一洗丧亲之痛？"侯轨盛有意启示萧统。

萧统看着一声不吭的慧娘，还有她从内而外溢出的担忧，心疼起来。此时，船头左掉，进入南湖。一群鹭鸶齐飞，在天空随意排列。阔大的水面，也任渔民的渔网随意而下。远处太朴山的谷林里传来山歌，那优美的调子，他已得知名为"慢赶牛"，它的舒缓，仿佛与血流同速。萧统的脑壳"啪"的一响，开了。

"回宫，回宫！"萧统喊道，"慧娘，我饿了，我要吃你做的菜团子。"

慧娘等人半天才反应过来，钱鱼兴奋地跑过去与船夫一起操桨。好笑的是，萧统就立在明奴和慧娘的灶边上，一口气吃了五个菜团子。

中断数月的编修工作，终于继续。到了大通二年（公元528年）秋天，《文选》编纂完成。萧统做了全面安排，动身入京，呈书稿于皇上。

萧统一行人沿江而下，到了建康江面上，只见都是战船。上岸之后，他看得清楚，这些士兵身穿白袍，军容整肃，他认出是陈庆之的部队。士兵也见到了太子的船上的旌旗，都在岸上欢呼。

陈庆之等人闻声前来，见到萧统大喜过望，行礼参拜，随即又和刘孝绰等幕僚互相行礼。

萧统摇着陈庆之的手说："子云先生，听说你此番北上，相持一年之久拿下涡阳，自前宋衰落以来，南朝尚无如此边功。今后丹青史册，定有一笔。"

"殿下过奖！"陈庆之也现出少有的开怀，"听闻殿下近日要献书于圣上，这才是真正的丹青史册、彪炳万代。"

"难得见子云先生如此展眉欢笑，看来如此军功，斩获颇多。"

"非因斩获。殿下，杨炫之和杨忠已经打探得消息，如今北魏大乱在即。"

"哦？"

"契胡人首领尔朱荣势力如今已经做大，六镇之乱后，北魏宗室内斗日益加剧。尔朱荣准备进入洛阳，效仿当年的董卓，另立新君了。"

"如此北魏宗室，怕是有灭门之忧啊。"刘孝绰补充道。

"我已经派杨忠潜入北朝，让他联络一些北魏宗室近亲，一旦有变，便劝他们南下归降。殿下，还记得当初臣说过的话吗？"

萧统问："军卒满万，光复河洛？"

陈庆之说："只要一切顺利，现在七千白袍军以护送北朝宗室的名义北上，光复河洛，并非难事。"

刘孝绰却提醒道："可是，孤军深入，难以为继啊。"

"我也有所顾虑。"陈庆之想了想，"不过如果真能光复洛阳，再向圣上请求援兵驻守，或许不迟。"

"如今圣上春秋已高，此番殿下回京，定然要重新参政。"刘孝绰压住了声音说，"若能光复洛阳，守住河南，也是给殿下今后铺路。"

　　萧统被这话梗了一下心："此话倒还尚早，一同进京吧。"

　　陈庆之安排宋景休和鱼天愍指挥步卒前往玄武湖畔，自己跟随萧统入宫觐见。

　　进入西篱门，百姓认得是太子的辎车和陈庆之，都在两边欢呼。钱鱼没办法，只得命令士兵在前开道。往昔太子变卖资产赈济灾民，京城百姓都念着太子的好，一时间，万人空巷。

　　行了许久，萧统一行人才进入内城的西华门。此时萧衍正好在宫中的太仓查看内帑，听到外面喧嚣，便叫上几名内侍，搀扶他上了宫城之上。

　　陈庆之、钱鱼缓马在前，萧统端坐在辎车之中，周围百姓都呼喊着"太子殿下、白袍将军"。

　　萧衍看了许久，不禁感慨自己当了二十多年皇帝，尚未有如此拥戴，叹息之中，也带着些许欣慰。

　　萧统和陈庆之拜见了萧衍。萧统呈上书稿，陈庆之献上光复地区的郡县资料。

　　萧衍轻轻地拍着书稿，龙颜大悦："自晋南渡以来，文治武功想必莫过此时了。"

　　萧衍突地收住了笑，头似乎比以前摇得更狠了，不知道的人，以为他什么时候都在否定别人。他端详着萧统，仿佛这位太子是个陌生人，一时间气氛有些尴尬。许久，他才开口："寡人年事已高，今后诸事，看来要指望你们二人了！"

　　陈庆之拜谢推辞道："臣只知道为陛下分忧，为太子分忧，只顾管好我那七千人马便是。"

萧衍从手边上取出一封书信，说："这是北朝宗室元颢递来的。"

"尔朱荣已经拿下洛阳？"陈庆之询问道。

"庆之果然足智多谋，元颢说他无路可去，准备南下。"萧衍来了精神，"皇儿，你有什么见解？"

萧统行礼道："我已经生疏政务，不如还是让三弟萧纲前来商议。"

萧衍劝慰道："萧纲文华有余，谋略尚缺，理藩诸务，他素来未曾参与。"

"远人来降，自是佳音。不过前者元法僧来降，让我梁军北上接应，折了许多人马。这次不能重蹈覆辙，应当让元颢渡淮南下，前往建康。"萧统对此有思考，"到时候我朝再派遣精兵，以护送为名北伐，必能乱了北朝的根基。"

萧衍点头称赞："如此甚善，如此甚善！"

萧统和陈庆之均注意到，萧衍乐归乐、赞归赞，但心中自有想法，又寒暄几句后，二人知趣地退下。

他们各有心思，一时认为是皇帝老相的表现，没有深思。

五

元颢降梁，选在腊月，好在这年是暖冬，他无论是过淮河、渡长江，还是经陆路，风不寒、路不滑，到了建康。萧衍为示恩荣，带着萧统及部分文武大臣亲自在渡口迎接，并赐元颢与他同乘御辇。元颢虽然旅途劳顿，却感激涕零。

入内城之后，元颢去礼部大司马门署更换了朝服，演习了礼仪，随后入宫朝见。正殿之上，萧衍端坐上方，宣读圣旨，封其为"魏王"。一番外交说辞和典礼之后，百官朝贺。

散朝之后，萧衍、萧统和元颢单独会面，点名陈庆之和杨忠参与。

元颢遵旨坐在萧衍下方。

萧衍笑笑，底气十足地问道："魏王，你南下，绝不是找个栖身之所那么简单吧？"

元颢行礼，也直言不讳："我希望能借贵朝兵力，帮我复国。"

萧统接口："复国，于我梁朝，有何益处？"

"殿下！"元颢转向萧统，"陛下当年起兵，岂不也是为南齐宗室复国，铲除奸佞，最后登基称帝，不也是百官朝贺，黄袍加身，不得已而为之？"

萧衍还在笑："我拥立你做北朝皇帝，最后南北一统？那你又图什么？"

元颢说："届时我禅位于陛下，陛下定然不会加害于我。"

"你如何断定？"

"总比任他尔朱荣尽屠我北朝宗室好。"

萧衍看着陈庆之。

"其实敞开了说，如同下棋一般，都有心思。"陈庆之也不拘礼，直接进言道，"魏王殿下想豪赌一把，如果我梁朝赢了，到时候最差的结果也是裂土分封，若是调停得当，兴许能够继续魏朝法统，然耶？"

元颢看了看萧衍，点了点头。

"陛下，其实此事于我南梁而言，并无坏处。若是败了，北朝已乱，我朝尚能保住淮北新复之地。若是胜了，南北一统固然是好，就算魏王得以自立，也可换边境数十年之安宁。"

萧衍又看了看萧统。

萧统说："若能南北一统，可谓盖世之功，父皇可以考虑。"

萧衍再问元颢："你要多少人马？"

"只要陈将军七千白袍足矣。"元颢说。

"你倒聪明，这七千人马攻势有余，守则不足，到时候你若从中渔利，趁势自立，如何是好？"萧统有些不乐意。

"陛下，此番北上，自然是以助臣北上复国为名。若是人马多了，岂不尴尬？若是我败了，陛下和尔朱荣交恶，只怕边疆又有祸乱。"元颢说。

"庆之。"萧衍问，"你的白袍将士，击溃尔朱荣，胜算几多？"

"陛下，尔朱荣麾下各将前后拥兵百万，微臣难以与之相持消耗。"陈庆之上前行礼道，"不过拿下洛阳，不为难事。"

"洛阳?"萧衍有些不解。

"去洛阳要过荥阳，荥阳虎牢一线有三十万重兵，如何能过?"元颢补充道，"只需送我到睢阳，那里有我的梁王府，我登基称帝，若能号令群雄，再与贵朝大军风云际会；若是不能号令，还请去帝号南归，求一个安身所在。"

"你自去睢阳，我带人去打荥阳，若是能拿下，你再与我一同去洛阳不迟。"陈庆之自有道理，"拿下洛阳之后，陛下再派遣援军北上，黄河以南，可尽数为我朝所有。"

萧衍捋须赞叹："能有如此之功，不亚晋末刘裕。"

"号令北朝诸侯，我未必有把握。你去荥阳，我在睢阳何人护佑?"元颢心里不踏实。

萧统说："魏王过虑了。子云先生打荥阳，尔朱荣哪顾得上你?"

元颢无话可说，只好应允。

元颢和杨忠被安排到西洲城里住下。

转眼又是年关，萧统时隔多年之后，再度与萧纲一起操办新年庆典，萧衍看着很开心。

陈庆之为了避嫌，这段时间里没有和元颢、杨忠有任何来往。转眼到了中大通元年（公元 529 年）四月，在一个平淡无奇的日子，七千白袍军便护送元颢出发。这一次，陈庆之带着皇帝符节出征，被任命为镇北将军，军心大振。他的儿子陈昭，列入军中同行。

陈庆之的老对手邱大千已经整顿好防线，以七万兵力修筑九座城池。白袍军训练有素，指挥得当，沙场如坦，一日之内，连下三城。邱大千只得亲自去阵前请降。随即，陈庆之又攻克考城，歼敌两万。

大军继续开进，很快便拿下睢阳。元颢在睢阳称帝，进封陈庆之爵位。此时的陈庆之携带两朝帅旗，一路奔向荥阳，一场前所未有的大战正要来临。

五月，一名羽骑飞马持书，径直进入内城。萧衍接过军报，面露难色，一旁的萧统和萧纲上前询问。萧衍将军报递给萧统，萧统看了一眼，大呼不好。

萧纲问道："王兄，前方如何了？"

"元颢未能策反杨昱，现在北魏三十万大军已经在荥阳城外合围。"萧统擦了一把汗，"子云先生的七千白袍军——下落不明。"

萧纲提议道："父皇，不如我们让涡阳的韦放将军带领援军，助镇北将军一臂之力？"

萧衍却如同没听见一样，自递出军报后，只顾处理其他政务，仿佛如此大事与其无关。兄弟二人对视一眼，甚觉奇怪。

第十五章　天下缟素

一

"父皇！"萧统急匆匆地上了大殿，见到萧衍俯身便拜。

"孩儿为何行此大礼。"萧衍一挥手，"起来吧。"

萧统急切地恳请道："前方战报，尔朱荣的百万大军进逼洛阳，援军再不北上，便没机会了！"

萧衍置若罔闻，拿着一本《文选》似看非看。此情此景，一下让萧统想起前几次萧衍的态度，开始惶恐起来，直呼："父皇！"

萧衍依旧如同没听到一样，萧统也不再多说，跪地不语。

许久，萧衍才慢慢蹦出一句话："你准备准备，去贵池吧。"

萧统一听，两眼瞪得老大，随即再拜："孩儿不知父皇有何用意？"

"前些日子，有些小事没与你说。有个僧人跟朕说，你母嫔墓地的风水有些不妥，劝我将她改葬。我照做了。"

萧统惊诧之后，抬头望着萧衍："这与孩儿去贵池，又有什么关联？"

萧衍扔下《文选》，拿起砚台，猛然砸到萧统面前，一片墨水染了萧统一身。身边的宦官、内侍全都吓得跪地不语。

"那只蜡鹅，是怎么回事？"萧衍怒气冲冲地说，"你竟然玩起了巫蛊之术，全然不把为父放在眼里！"

"父皇！"萧统想解释。

"别说了！"萧衍摆着头、拍着案几，"我已经询问了你东宫的内侍鲍邈之，太子妃也招了实情。你也是读过书的，你可知道前汉武帝时，正是太子行巫蛊，害死了多少忠良？！"

"父皇，儿臣冤枉！"

"你还狡辩！去年你带着书稿和陈庆之一起回京，何其威武，如今是不是要朕禅位于你才好？"

萧统欲哭无泪，无处申辩。只好叩头，任凭萧衍发落。

"今后一切政务，你别管了。之前的事，朕也不计较，在京城待上几日，你再回贵池。朕已经六十有余，他年归西之后，你再回京吧。"

"父皇，你不信儿臣则罢了，子云先生倾心为国效力……"

"为国效力？为谁的国？朕的，还是你的！"

萧衍是皇帝，但也是人，当过皇帝的人，比谁都惊心自己的地位，岂可容忍他人觊觎，包括他的儿子。

许久许久，萧衍在一片死寂中开口，他说得很吃力："此事，我不会声张，你也当没有发生过，不要再提了。陈庆之，便由他去吧。朕不会像汉武帝一样大兴连坐，也不会废黜你太子之位。"

萧统不知是谢恩好，还是辞别好，他清楚暂没有任何言辞能改变萧衍的决定。

"回东宫去吧，我会择日让你回贵池。"萧衍的怒气明显消减，"眼下人心惶惶，让你回去，只怕又有流言。"

萧统待萧衍着实无话才回应："儿臣不愿回东宫。"

"你愿去哪里去哪里吧！"萧衍又拿起那本《文选》。

萧统冷冷地向萧衍作了个长揖，哽咽告退，径直走向玄圃。

中原之西的洛阳像一口依然燃着柴薪的热锅，那只蚂蚁便是陈庆之。他在城中府邸来回踱步。此刻，他最希望见到的人，应当就是韦放，听到他带着数万大军前来支援的消息。

这时，宋景休闯入府邸，报与陈庆之说："尔朱荣大军号称百万，已经开拔。"

陈庆之望着地图："预计敌军还有几日到中郎城？"

"快则三日，慢则五日。"宋景休问，"援军还没消息？"

陈庆之摇了摇头。

"如何是好？"宋景休搓着手。

陈庆之立于府中："传令，让鱼天愍、杨忠等人，还有白袍军在洛阳校尉以上军官，都到府中，商议军务。"

宋景休不敢怠慢，急速传令，众人如数迅速集聚。

陈庆之将敌军的情况和援军未到的情况都说了，征询大家的意见。

有的说，应当带着元颢南下，出虎牢关回到睢阳，沿途截击争取时间，等援兵到了再反击。

有人提出，应当据洛河和黄河南岸驻守，与尔朱荣隔河对峙。

"诸位将领，援军不会来了。"陈庆之突然站起来，"京城有变，圣上有意放弃白袍军。甚至韦放将军已经得了密令，如果我们返京，有可能被当成魏军或者逃兵、叛兵被捕。"

杨忠瞬间明白了陈庆之的意思："莫不是太子令圣上忌惮了？"

"诸君，我这里有一个险招，不知大家意下如何？"陈庆之在问。

众人一致齐言："唯将军之命是从！"

陈庆之走到地形图边："诸位，尔朱荣想进入洛阳，势必要经中郎城渡河。不如我们先行北上，这样先杀尔朱荣的锐气。中郎城小，他的大军难以展开，我们坚持三日，让洛阳这边做好准备。随后再南撤到洛水，逐步沿水撤退。之后假装和元颢一起逃走，来个金蝉脱壳。"

“放弃元颢？”陈昭问道。

陈庆之很欣赏儿子的进步：“是的，元颢和我之间，尔朱荣会选择先干掉元颢。吾儿长进不少啊。”

杨忠却有些犯难：“那之后呢？自立？”

“到时候我们可以进驻睢阳，在此坚守。”陈庆之回到座位，“宋景休便可去京城打探消息，如果太子和圣上嫌隙尚有余地，便力促援军。如果嫌隙不解……”

“如何？”众人问道。

陈庆之咬咬牙：“那宋景休便去找晋王和通明先生，让他们劫持太子到睢阳来！”

众人惊愕万分，有的听出了汗。

陈庆之看到大家的反应，叹息说道：“这是保全白袍军的唯一办法。而且能让圣上放弃北伐建功的大好机会，只怕太子和圣上的嫌隙非同小可。”

“怕什么！”鱼天愍拍案而起，“大家没听洛阳小儿唱的童谣吗，名师大将莫自牢，千军万马避白袍！我们是白袍军，之前七千多人连克三十万大军拿下洛阳城，这次来个百万大军，一样干他！”

“不能轻敌，之前所谓三十万大军，细细想来，只是号称，实际不过十万而已。如今号称百万人马，怎么也有三四十万，却是难办。”陈庆之说，“我原以为洛阳城中能有汉人，没想到尔朱荣之前在此屠城，无法就地征募士卒，我们人数少，消耗不起。"

众将领命，大军开拔，行动有条不紊。

元颢亲自出城，一路护送白袍军北上。

宋景休的先锋已经准备好渡河的船舶。

中郎城是一座依河而建的堡垒，当中是个市镇。大军在中郎城附近登岸，城中守军见是白袍军，当即弃城而逃。鱼天愍请命要去追击，却被陈庆之拦下。七千甲士开入城中，修葺城垣，整军备战。

两日后，尔朱荣大军先锋临近中郎城，但是没有攻城。白袍军主动派出两千骑兵，尔朱荣的先锋部队不与纠缠，白袍军不敢追击。

二

是夜，萧统仿佛猛地被扔进黑洞，有眼看不见，有耳听不到，关于皇宫，关于陈庆之，甚至关于贵池。其间他去过一趟东宫，看看孩子们，也想看看太子妃，她却闭门不见。倒是侧室来过玄圃，看他满嘴生了能照见人的燎泡，说了几句嘘寒问暖的话，他也叮嘱她看护好、教育好孩子们。

陈庆之和他的白袍军在中郎城抵抗三日，伤亡惨重。鱼天愍来报，已减员两千。

当夜，陈庆之料定尔朱荣不敢夜袭，命令部队悄悄渡河到南岸。

陈庆之顾不上许多，将洛阳城中的鲜卑富户劫掠一番，以保证粮食供给。随即一路东进，在洛阳城外的平乐镇驻扎。

此时，一千北朝骑兵前来，陈庆之看那旌旗，知道是元颢的军队，元颢的人马也已经撤离，南渡到洛水以南，便让鱼天愍带他们的千夫长前来会面。

那名千夫长虽然是鲜卑人打扮，却会说一口流利的中原语："陈将军，此地驻扎，有一处不好。"

"说说看。"

"上游有一黄河支流，建有堤坝，加之日前阴雨绵绵，河水尚未退去。天象依然不好，雨季还会再来。若那时尔朱荣带人去决堤，只怕……"

"我已经派遣杨忠驻守，你不必担心。"

"我奉皇帝之命，与你们一同守卫堤坝。"

陈庆之将信将疑，但有御旨，只得同意让千夫长一同前去。

正如千夫长所料，入夜时分，龙门大降暴雨。

未料到的是，尔朱荣的大军冒雨追击，次日兵临洛水。

陈庆之佯装列阵，尔朱荣也不敢轻举妄动，只在数里外扎营。

夜幕再次降临，陈庆之派鱼天愍带一队轻骑前去劫营，但是尔朱荣并非草包，早有防备，鱼天愍未有斩获。就在劫营的同时，陈庆之率部渡过洛水，进驻睢阳。

鱼天愍无功而返，天刚大亮。陈庆之还未听鱼天愍细说，就传来情报：尔朱荣的部队正在渡河，水面上轰隆隆地敲着战鼓。

陈庆之突然改变南进决定，当即下令，与尔朱荣再战一番，准备趁他渡河未稳，一举击溃。

接令的所有白袍军下马列成空心方阵，就在距离河边百步之内的地方列成一个倒楔形的大阵，准备一举击破渡河敌军。万事俱备，只欠东风。就在此时，河水突然暴涨，洛水中的敌船随流转向。

"不好！"陈庆之大呼。

更糟糕的是，白袍军身后仿佛从地里钻出一支军队，厮杀声震天。从喊杀的口音，可以听出全是南人。背面受袭的白袍军阵，不击自破。

"中计了！"陈庆之在马上大喊，"快向西南撤，快向西南撤！"

前有暴涨河水，后有追兵逼近，白袍军虎落平阳。

"将军，撤吧！"宋景休和鱼天愍拉着陈庆之要走，陈庆之不服，依旧想收拢士卒再战。回头看看马上的陈昭，只得和他们一起向西南奔逃。

鱼天愍为了给大家争取时间，掉转马头将士卒的马匹尽数往南赶。敌军万箭齐发，箭雨盖天，不仅马匹死伤惨重，鱼天愍也中箭阵亡。

　　白袍军此时四散开来，各自逃命，南面的追兵也不敢与他们拼杀，似乎是有意放他们一马，只是追着陈庆之等人不放。好在他们三人骑有良马，一路狂奔，很快甩掉追兵，躲进一处林地。

　　陈庆之疲惫不堪地说道："来兵并非元颢，实为建康。"

　　"河水暴涨，难不成是杨忠……"宋景休问。

　　"我看是昨日那个鲜卑人模样的千夫长。"陈昭说。

　　"都不是。"陈庆之说道，"朝廷援兵已经到了洛阳，只是我们不知道罢了。而且，援兵的目标，就是我们。"

　　"眼下我们无路可去了。"陈昭叹息道。

　　"不，还有办法。"陈庆之说，"杨忠还带着部队，不过他那么聪明，不会立即南下来找我们。我没记错的话，这附近有一处庙宇，之前我们曾经来过。"

　　"是的，一座寺庙。"宋景休补充道。

　　"我有办法了。"陈庆之说道，"现在圣上也只是利用韦放和我的个人恩怨，不敢公然宣布我是国贼。只要我能全身退到梁境，我依然是镇北将军。依圣上之性格，太子也不会被废黜，只是会遭冷落。不过萧综已经死了，萧纲不会夺嫡，大可不必担心。"

　　"言之有理。"宋景休说，"我等听令于将军。"

　　"陈昭，我们把甲胄就脱在林中，往寺庙中剃掉须发，化妆成和尚。"陈庆之吩咐道，"景休，有劳你一人乘这三匹马，一路往南，让太子和钱鱼带着东宫、行宫的内卫务必在八月十五前于涡阳边境接应。"

"具体何处？"

"你可记得那家好大的客栈？"

"何名不记得，但到了跟前，打眼便认得。"

宋景休乔装成逃兵，策马南下，在一个镇子里将马匹换了钱财。趁着无人注意，进入南梁境内。随后雇了艘快船，一路前往建康城。

宋景休潜入玄圃，方知萧统受屈返回贵池。于是，又到骡马市上将身上的钱财换了匹快马，连夜赶往贵池。刚过铜陵，马又累死，宋景休一路小跑，终于在第三天拂晓，赶到行宫。

宋景休其时已疲累得脱了人形，幸得慧娘从西门采菜归来遇见。进入方知，萧统出了建康便念及谥"隐"的隐侯沈约，心恋当年太傅携他到乌镇西栅读书的情形，听说他走后，当地官员巴结他建了书院，然而，这次临时决定旧地重游。

慧娘与内侍商定，宋景休暂住行宫，明奴快马南下，接应萧统。

其时，萧统已游过书院，触景生情，想起了老师，想起了娘亲，想起了襄阳，泪眼婆娑，连住一宿的心思也没有，匆匆离开，急急前往贵池。在铜陵见到了明奴，听了传话，知道事关重大，从守军里择一良马，与明奴飞奔至贵池西门。

已经躺在床上两天的宋景休见到风尘仆仆的萧统，起身跪下："殿下，皇上派人追杀子云先生，现在子云先生已经和陈昭化装成僧人，前往涡阳边境的一家大客栈……殿下，八月十五前务必带兵接应，务必……"话说至此，宋景休开始大口大口吐血，不到两个时辰便身亡了。

"陛下派人杀子云先生……"萧统悲恸，可是他现在必须冷静，"钱鱼，你清点一下东宫人马，我们乔装成客商，前往涡阳。宫中事务，全部交给孝绰先生打理。宫娥内侍，由慧娘看管。"

"诺！"

一旁的明奴主动请缨："你们不懂商人是什么样子，我来帮你们。"

"自然少不得你。"萧统说完，重重地拍着明奴的肩膀。

慧娘一声不吭，与一宫女进入萧统内室，收拾了衣物，仅在出门时，叮嘱了一句："小心！到了，报个平安。"

萧统怜惜地看着慧娘，故作轻松地说："等着我回来，吃你做的秋菜团子。"

三

一行"商人"急急地北上，没有引起多少注意。到了涡阳县城，月饼香气弥漫着团圆节的喜悦，萧统一行定了客栈，东宫侍卫像一把钉子一样撒放在客栈四周和县城角落。

这天中午，明奴领着萧统、钱鱼进入客栈，一副谈大生意的样子，要了一壶茶，在大厅里喝起来。钱鱼将店家扯到一旁问了几句，得知这里都是些过往客人，只是有一伙北朝商人，有些奇怪。

钱鱼回到座位上，低声说道："大掌柜，我已经看过了，那边七八个北朝商人模样的，定有问题。"

明奴一看，补充道："年龄相仿，个头身材也都仿佛，定是某军中的精锐。"

萧统当日下榻，整整一天，也未见有和尚前来。直到入夜时分，众人才听到一声"阿弥陀佛"。

萧统打开窗户，月光下一位中年瘦弱和尚带着一位二十上下的年轻沙弥正在问宿。定睛细看，正是陈庆之和他的儿子陈昭。

陈庆之父子明明看到了楼上的萧统，却视而不见。萧统他们也不敢上去贸然相认。

店家见来了和尚，迎上去说："二位法师，我这里不斋僧。"

一位一直就着一盘炒黄豆喝着酒的乌嘴唇的精壮"商贩"，插了一句酒话："你们不斋僧，自有斋僧人。"

陈庆之和陈昭只是点头称谢，没有多说，找了一处空位坐下。乌嘴唇为二人付了茶钱，店家上了一壶粗茶。陈庆之虽然是个喝茶讲究的人，但这时候也顾不上许多，将热茶一饮而尽。

正说话间，一个模样秀丽的公子进入店中。萧统隔窗而望，认得是杨忠。他身旁带了一个随从，再细看时，原来是杨炫之。

杨忠订房时，钱鱼出门"倒水"，让他看见。杨忠也不急着进房，同样要了一壶茶，坐到陈庆之对面的桌子上。

几壶酒，几壶茶，喝得各有心思。萧统提着心躺下，明奴不敢合眼，钱鱼借喂马，去看了在马厩中将就的陈庆之父子，那里有他设的岗哨，他很放心。

第二天，陈庆之又去店中喝茶，又是乌嘴唇付的茶钱。按理这是约定的日子，可是陈庆之依旧没有主动相认。忽然间，不知从何处蹿出几百带刀引弓的人，将客店团团围住。萧统、钱鱼等正在惊诧，出门一看，惊出一身冷汗，原来他们埋伏的东宫侍卫都被这伙人拿下了。

钱鱼、明奴贴着萧统退回客栈，突然乌嘴唇起身向萧统和和陈庆之行礼，还未等反应过来，杨忠从后门遁入，径直走到陈庆之面前："陈将军，卑职已经按你说的做了。"

陈庆之摘下斗笠，跪倒在萧统面前，"殿下，臣不得已出此下策。"

一时间，店家不明就里，吓得不敢出来。其他客人都逃出店去，均被门外的人放行。

萧统顿时明白了，慌忙上前搀扶起陈庆之，问道："子云先生究竟何意？"

"殿下，我为圣上的伏兵所害，只得乔装如此，一路难逃。"陈庆之起身，满面生愁，"我想殿下在宫中，也过不好吧？"

萧统叹息一声，略说了宫中之事。

陈庆之叹息良久："殿下，如今整个河南乱成一团，涡阳县内守军都在淮河、黄河一带寻觅臣的踪迹。臣麾下白袍军收拢之后尚有三千多人，杨忠与陈昭各领一部，还有一部由李虎领兵，一直在黄河之南和各方势力周旋。"

"李虎是谁？"萧统问道。

"李虎是臣的友人，西凉王五世孙。"杨忠上前说，"前些日子他要和我一起守卫堤坝，我还当他是鲜卑人，不想也是汉家儿郎。"

"我们遇到韦放将军的部队，以为是援军，便放松了戒备，与他们换防，未料他们却挖开了堤坝。后来我们得知，原来圣上早已和尔朱荣交通，有意置我们白袍军于死地。"陈庆之行礼道，"现在外面都以为李虎那支部队是最后的白袍军，各方都在绞杀，其中就包括韦放将军的部队。"

萧统一细想，恍然大悟："你……你是要让我在此处割据？"

众人一起行礼："殿下！"

"不可！"萧统严词拒绝。

"殿下！"陈庆之下跪恳请道，"臣让您乔装来此，便是此意。如今只要我一声令下，三千白袍残军尚可一战，割据淮北

396

不是问题。以圣上之心，不会怪罪于殿下，更不会迁怒于殿下子嗣。殿下如今深得民心，在此割据，得天下有何难哉?!"

"如此，岂不陷孤于不义?"萧统诘问道，"子云先生何故如此?"

陈庆之再拜："殿下，如今皇帝暗中派人追杀，我若安然回宫复命，也怕是软禁终身。臣素来体弱，若不拼搏一番，一统天下之业再无机会!"

杨忠也上前恳求："殿下，我杨家，李虎李家，都是北方豪强士族，只要殿下肯立旗鼓号，河南山西尽可王也!"

杨炫之再上前劝说："殿下，北朝军民，无一日不望汉家旌旗再飘北界!"

萧统的心在痛。割据? 割什么? 割父皇的肉啊! 割百姓的肉啊! 割南梁的肉啊! 又何尝不是割他这个当朝太子的肉? 不合道，不合心，不合德……

"不，不! 黄河都能改道，我不信此事无辙。"萧统苦思一阵，面对陈庆之说，"我若不答应，会如何?"

陈庆之道："那臣只好只身前往建康，任凭圣上发落。以臣对圣上的了解，当是给臣一个虚荣，随即软禁在瓦官阁中。"

萧统脸上却浮现出笑容："子云先生，向来都是我依你的计策，如今你依我一回可好?"

"殿下有何妙策?"

"莫要多问，你且带着白袍军南下，我带着人马回贵池。我自有办法，让你再度领兵。"

"殿下若是执意如此，我不强求。"

"不用介怀，先生信我。"

四

夜露很重，不到子时，窗棂上便有了露水，体弱的陈庆之立在秋夜里。他在等候，陈昭问了三回，他才说在等杨忠。

果不其然，杨忠一脸憔悴地推门而入。

"陈将军！"杨忠也看出陈庆之父子在等他，于是直言，"此番，我不陪你南下了。"

"等我出现在建康，你去与李虎会合。"陈庆之说，"虽说侍奉胡虏之君终究不是大义，但如今天下又有几个明君可以依附呢？"

"可惜太子不愿在此割据，不然霸业定然可成。"

"太子大义，此举不成，我有料定。只是不知，太子有什么办法，能让我再度领兵？"

"兴许只是太子说辞？"

"依我对太子的了解，他应承的事，自会实现，但这……"

"万一弄巧成拙，会害得将军……岂不……"

"不会的，我相信太子！"

杨忠叹息道："若将军能再为太子拼搏，我定再来归附。若今后你为南梁皇帝领兵，你我就当陌路之人吧。"

陈庆之打了个寒战："你和李虎……是要自立吗？"

"或许吧，也许先依附一个倾心汉化的鲜卑主公，培养些势力，以图光复。"

"我麾下有数百骑，一直是你在打理，与你交善。若是他们同意随你同去，你就把他们带走吧。此地距离边境也不远，夜里正好带人摸过去。"

杨忠再度拜谢："谨记将军恩德。"

杨忠告退。

第二日夜，萧统也和陈庆之告别。

萧统回到贵池。

陈庆之则大张旗鼓，造出声势，挥师南下。白袍残军虽然衣衫褴褛，但百姓见是英雄归来，箪食壶浆，夹道欢迎。

萧衍听到消息，也不好发作，密令韦放将军队尽数撤回，拱卫边界。陈庆之一路大摇大摆，到了建康城中。

已经是寒冬十二月。

宋景休死后，皇宫消息传到行宫也变慢了，只有通过刘孝绰和萧纲的幕僚联系，才能得知一些消息。

萧统日日盼着陈庆之的消息，这天得了书信，方才知萧衍果然给陈庆之加官晋爵，却剥夺了他的兵权，数千白袍军也被打散分遣到各地，而陈庆之父子二人，明居暗囚在乌衣巷的侯爵府中。

萧统修书一封，上呈萧衍，自然石沉大海。一连修了三封书信，建康方面一点消息也没有。萧统心如死灰，知道父子之情如今隔腹难通。

冬去春来，江南一点绿意没有，路硬得马蹄打滑，柳树光秃秃地在风中乱舞。

这天，萧统写好一封书信，递与信使带入宫去。实在是闷了一个寒冬，他穿好衣装，叫上慧娘去秋浦河中泛舟。

萧统亲自划船，他伸手舀了一下水，觉得冰寒刺骨："这水，和当年的雪一样冷啊。"

"殿下还记得呢……"慧娘听出萧统的意思。

"别叫我殿下，叫小名吧。母嫔去世以来，再也没有人如此唤我了。"

"德施！"慧娘轻轻叫一声。

水面拂起春风。是的，这年江南的春风是慧娘唤来的。

萧统笑了："过些时日，我要去京城一趟，回来后，你就如此叫我，无论人前人后。"

"是去京城救子云先生吗？"慧娘很少问类似的话。

萧统点了点头，起身站在船头。狭小的船变得重心不稳，在水流之中，显得有些晃荡。

"德施！"慧娘伸出手，身子却不敢动，"当心啊。"

萧统回头，深情地看着慧娘，低声说道："慧娘，我来生定不负你！"

一个"你"字还有半边在口中，萧统突然纵身跃入水中。

慧娘惊慌失措，只顾呼救。

在岸边聊天的钱鱼和明奴见状，双双跳入水中，救上萧统。

萧统自丁令光去世以来，一直茶饭不思，身体消瘦。这次入水，外人只能理解为"失足"，糟糕的是寒气侵体，胜似大病。

萧统倒在病榻上，令人取出一个秘盒揣在怀中，吩咐众人安排舟车，他要进京面圣。

慧娘前来，这些天她的眼泪从未干过。见到萧统，她扶榻痛哭，众人识趣地退去。

慧娘问道："此番去京城，你还回来吗？"

"回！"萧统轻抚着慧娘的秀发，"回来之后，我再也不走了，哪儿都不去，就陪你终老在贵池。"

慧娘低头，问道："长城也不去了吗？你说要带我去的。"

"那……兴许是要食言了吧?！"

两人说了没几句，钱鱼进来汇报："殿下，舟车已经备好了。您要不要等康复了再动身？"

萧统强颜欢笑："不必了，尽早动身吧。"

众人服侍萧统起身，换上那身裘衣，他没有推辞。慧娘将汤药喂其喝下，又千叮万嘱，方才让他离去。

乘车，乘船，劳顿数日后，萧统病情越发严重，进了建康城时，已经高烧得忽而迷糊忽而清明。当日，萧统执意面见萧衍。

"儿臣见过父皇。"说完这几个字，萧统在台阶下咳嗽不止。

萧衍见萧统如此病态，心软了几分，但硬话还是不变："我令你在贵池不要外出，为何又回京来了？"

萧统伏在萧衍桌案前，痛苦万分，几乎直不起腰来，咳嗽不止，内侍上前搀扶。

"父皇，儿臣恳请父皇放了陈庆之。"

萧统努力忍着咳嗽，可是没说几句，总是咳嗽不止。

"父皇……儿臣知道，父皇已不再相信儿臣……如今边境事务庞杂，没有子云先生……之前光复的领土，想必……尽数不保……恳请父皇……"话未说完，萧统猛咳一声，有了腥味，他咽了下去。接着又咳，血便涌出了嘴。

"皇儿！皇儿！"萧衍真的不想听萧统的这些话，尤其还提那个陈庆之，但一见到血从萧统口中吐了出来，他的心颤抖起来，"太医，快叫太医！"

萧衍离位，一手揽过萧统，他是那么轻，哪是一个男儿的筋骨？哪是一个太子的重量？

萧统的眼睛开始游离，宫廷的栋梁在旋转，像在上升，又像在下降……还有那雕龙，在嘶叫，在翻飞，它想逃离，却被柱子绑缚着……"德施，德施！"丁令光来了，慧娘来了，她们又走了。他多想陈庆之也来……萧统从嘴角里慢慢地挤出一句话："父皇，萧纲贤德，太子之位……让予他吧！"

说完，萧统的头狠狠地垂下。

萧统，南梁当朝太子与世长辞，这天是公元 531 年五月初七。

萧衍抱着萧统在干号，太医到时，例行查看，在萧统身上摸到了一只小盒子。

萧衍将盒子打开，里面是一封书信：

父皇陛下圣安：

　　儿臣深知不能取信于陛下，然天下不可无父皇陛下，儿臣亦不可无父皇陛下；边军不可无子云先生，儿臣亦不可无子云先生。遂自染寒疾，服寒药以自裁，以明儿臣之志。儿臣身死之后，望父皇陛下传言天下，但言风寒而死，无令父皇蒙冤也。

萧衍再次干号起来。

五

陈庆之在乌衣巷的侯爵府，正坐在门口数望行人。突见三两个世家大族之人，互相道贺，他不明就里。

一名内侍带圣旨前来，任命陈庆之为都督，掌北境军事，并且下令他重新集结白袍军。

陈庆之正要与陈昭一起庆贺，却听到巷内哭声传来，再联想起世家大族的"不怀好意"。他立即觉得大事不妙，拔腿跑出乌衣巷，看到百姓披麻戴孝，整个建康如同下雪。他径直走向宫门，遇到了正在宫门外痛哭的钱鱼、刘孝绰、庾信、番禺侯等人。

陈庆之瘫软在地，痛哭不已。

陈昭跟着陈庆之前来，看到如此情况，不明就里。

刘孝绰拭着眼泪，与陈庆之说道："今日上午，太子入宫朝觐，不到两个时辰，便传出……太子暴毙。"

陈昭"扑通"朝宫门方向跪下，头顶着地石痛哭起来。

"殿下！早知如此，悔不当初啊！"陈庆之大为懊恼，沉默许久，仰天长号。

未几，萧衍召见萧统属官，刘孝绰和钱鱼等人都已入宫。内侍见陈庆之也在，便让他一同进入。陈昭刚刚起身要走，却被陈庆之拦住："罢了，我们不去了。"

陈昭不解，陈庆之也没有解释，与内侍说道："望回禀圣上，我和陈昭已接旨，即刻动身前往北疆。"

陈庆之扭头就走，忍着悲恸，与陈昭回到府中，默默地准备行囊。

东宫属官入宫后，只见萧统的尸体躺在玄圃之中，萧纲等人都在一旁痛哭，太子妃虽然哭得假惺惺，却也流了一脸的泪水。

众人先向萧统尸首行礼，随即拜见了萧衍。

萧衍皇威依旧，但每个字都不是说出来的，是抖出来的，他说："太子薨逝，尔等都是太子的近臣，今夜和尚书礼部一同商议，为太子拟定个谥号。"

众人跪而不语。

萧衍又问道："庆之怎么没来？"

内侍答道："陛下，子云先生似是不愿意进宫，臣有呼唤，言说接旨赴疆。"

"庆之是不想见朕了。"萧衍也没有追究。

当晚，萧统的灵堂中，除了一众学士和侍卫，萧衍也未离开。

众人都为萧统守灵，萧衍突然想起一件往事，便问道："有一年太子因与太子妃交恶，为了躲避流言未能在宫中过年，有此事否？"

钱鱼抹了抹眼泪，上前答道："回禀陛下，确有此事。"

"太子和谁过的年？"

"和臣等侍卫，还有几个友人。"

"沈约、刘勰、殷芸，都与太子友善，却都先行一步。也好，太子去后，不会孤单。"说完，萧衍又问钱鱼，"那年除夕，你们如何过的？"

钱鱼回忆起当晚的事，一一说给萧衍听，说到当时萧统唱及的诗句被卡住了，支吾半天："小的不才，诗句记不得了，大意是'贤王长寿，仁德远播'，好像是《诗经》……"

萧衍木木地坐在那里，也不回话，嘴里却慢慢沉吟起来："既醉以酒，既饱以德。君子万年，介尔景福。既醉以酒，尔肴既将。君子万年，介尔昭明。……"

"圣上英明，就是这句：君子万年，介尔昭明。"

众人静默。萧衍独自泣唱，老泪纵横，唱完后，又反复地唱着"君子万年，介尔昭明"，一句一个调，一句一片情，如僧念经、如娘哄儿、如圣奠天……

烛换了一炷又一炷，香接了一茬又一茬，萧衍半倚在胡床上，内侍以为他累瘁了，欲盖上裘袍，他却突然睁开大眼，起身宣旨：

"太子仁德天下，如同日月昭昭，谥号'昭明'！"

"昭明！昭明！！昭明太子！！！"

众人跪谢萧衍，又转身跪拜萧统。

萧统谥号"昭明"的圣旨，连夜宣告天下。

萧统的葬礼，每一件，每一条，萧衍都要亲自过问，眼看，萧统停灵的时日快超过其母丁令光了，萧衍才点头送行。

望着儿子的棺椁浩浩荡荡地移向宫外，萧衍感到一阵眩晕，好不容易睁开眼睛，一个小沙弥正在收着法器。萧衍闭上眼，轻声宣旨："即日起，僧侣不得食肉，以斋养心，违者必杀！"

原来，他想到了与太子的误解，正是因为和尚与鲍邈之的谗言。

萧衍很快册封萧纲为太子。

萧纲住进东宫和玄圃，太子妃等人被安排到金华宫。萧纲探出离间皇帝与太子之人即是鲍邈之和太子妃。萧纲不去动太子妃蔡氏，唤鲍邈之到王府，将其拔舌处死，后将鲍邈之的舌头寄给蔡氏，蔡氏吓得一病不起，未几而终。萧统的儿女，全由新任太子萧纲悉心抚养。

萧统病逝的消息快马加鞭传入贵池。百姓自发哭悼七七四十九天，天天有上百人等跪在行宫之外，为太子在天之灵祈祷。同时，百姓联名上书，要求修建昭明大庙，供世人敬俸。

行宫中的几位内侍接旨回京了，谁也没有在意慧娘，她如很多人一样痛哭过，她也为前来祭拜的百姓供水生灶，只有一个人担心她，那便是她的哥哥明奴，可他一直在京城为萧统守孝。……慧娘几往九华山，请了神龛，制了一尊塑像，供在行宫之上。

那雕像制得栩栩如生，与其说是工匠雕的，不如说是慧娘的心血化成。雕像摆上案桌，慧娘会心一笑："德施啊，你是重诺之人，这次真的不走了，我来陪你！"

慧娘烧了一大锅热水，沐浴完毕，穿戴齐整，稳稳地插上那对喜鹊发簪，上完"昭明太子"神像的香，沿着当初与萧统泛舟之径，将船划入秋浦河中，约莫着萧统投水之处，一头钻了进去。

不远处，立在船头的四只鸬鹚，以为有了大鱼，呼地也钻了下去。渔翁看得真切，奋桨而来，一切晚矣。

行宫送信到建康，等不得明奴回来，在西门的山岗上安葬了慧娘，此处可见到行宫的宇顶，可望到秋浦丰水，也算尽心了。待明奴赶回贵池，那坟头已长草芽，他只有泪。

陈庆之继续北方军务，虽然没有北伐，但是尽忠职守，再也没有回京城半步，不愿与萧衍谋面。数年之后，死在任上。

又过多年，萧衍用人不当，以至于南朝发生侯景之乱，元气大伤，从此再也无力问鼎中原。

历史几番更迭，梁朝被陈朝取代，北方依然是胡人的天下。一切，似乎与萧统、陈庆之的梦想越来越远了。

可是就在萧统去世五十年后，北朝的皇位由一个汉人取得。他叫杨坚，他建立了隋朝。这个王朝建立之后，北方文风大盛，大有光复汉朝盛世的气象。再有数年，隋朝开创科举制度，废除九品中正制，朝廷不分门第不看出身选拔人才。又过了一两年，隋朝南下，讨伐南朝的最后的一个朝代陈朝，中国终于南北一统。

杨坚之父，即是杨忠。

之后，隋朝虽然和秦朝一样，二世而亡，可是迎来了一个更加强盛的李唐王朝。

李唐之盛，源由一方——萧统的曾孙萧瑀，辅佐唐太宗李世民开创贞观之治，位列凌烟阁二十四功臣第九位，他也赢得了"疾风知劲草，板荡识诚臣"的赞誉。谁曾晓，唐太宗李世民的曾祖父，便是李虎。

"君子万年，介尔昭明。"诗句和它的出处《诗经》永远闪烁在萧统编修的《文选》——后人称之《昭明文选》——之中，泽被华夏。

（全文完）